옷의
시간
들

옷의 시간들

김희진 장편소설

자음과모음

차례

1

세탁기가 고장 났다.

그가 짐 가방을 들고 내 집을 떠난 지 하루하고도 반나절이 지난, 토요일 밤이었다. 혼자 영화를 보는 중이었고, 두 캔째 맥주를 마시려던 참이었다.

세탁기는 드르륵 소리를 내며 갑자기 멈춰 버렸다. 이상하게도 모든 가전제품은 갑자기 고장이 난다. 언제나 예고도 없이 제멋대로 떠나 버린다. 가전제품만 그러는 건 아니었다. 생물이든 무생물이든, 지구상에 존재하는 모든 것은 결코 떠남의 의무를 저버리지 않는다. 배반은 모든 역사와 기나긴 시간과 수많은 관계 들의 진리이자 모태다. 그도 마찬가지였다. 다른 게 있다면, 그는 떠나기 전에 충분한 암시를 줬다는 것이다. 그러니까 갑자기와 갑자기가 아니라는 차이만 있을 뿐이지, 인간과 사물의 결론은 모두 동일하다.

"그래, 떠남."

그렇게 말하고 나니 마음이 한결 가벼워진다. 어차피 떠날 사람이었다는, 그리고 세상일은 내 의지와 무관하게 움직인다는, 자명한 이치를 깨달은 데 따른 만족감일 것이다.

세탁기를 연다. 뒤엉킨 빨래와 세제 거품이 보인다. 채 녹지 않은 세제 알갱이들도 보인다. 세탁 버튼이 불안하게 깜빡이더니 이내 꺼져 버린다. 전원 버튼을 눌러 다시 가동해 보지만, 세탁기는 물을 뱉어 내지도 돌아가지도 않는다. 예전에 썼던 세탁기와는 정반대되는 고장 증세를 보이고 있다. 다년간 우리 네 식구의 빨래를 해주던 세탁기는 깨끗한 물을 쏟아 내는 증세로 버려져야 했다.

이 세탁기는 그가 자기 집에서 마지막으로 들고 들어온 물건이었다. 그리고 그가 떠나면서 유일하게 이 집에 남겨 두고 간 물건이기도 했다. 그런데 그게 고장 나고 만 것이다. 그동안 그의 옷을 빨아주기 위해 지금껏 고장을 참아 오기라도 한 듯, 하필 오늘에서야 말이다. 자기 주인의 부재를 알아본 세탁기는 너무 똑똑하다 못해 파렴치해 보이기까지 한다.

내 옷가지 사이로 그의 파란색 면 티 두 장이 보인다. 뒤엉킨 옷가지를 헤집어 그의 옷을 건져 올린다. 발등 위로 물이 뚝뚝 떨어진다. 발이 이별을 실감한다. 그러고 보니 누군가가 내 곁을 떠나간 다음 날이면, 나는 가장 먼저 세탁기를 돌렸던 것 같다. 엄마가 암으로 죽어 췄을 때도, 뒤이어 아빠가 술을 모르는 여자와 결혼했을 때도, 언니가 유부남과 미국행 비행기에 올랐을 때도 그랬다. 그들이 떠나고 없는 다음 날 세탁기를 돌릴 때면, 세탁기 안에는 어김없이 떠나간 사람들의 옷가지가 남아 있었다. 어느 집이나 세탁기는 누군가를 떠나보내기 전, 며칠간의 시간을 공유하기 때문이었다. 짧게는 삼사일, 길게는 일주일에 한 번 돌아가는 게 세탁기의 속성이기에 그렇다. 그건 세탁기 안에 무엇이 들어 있는지 미처 확인하려 들지 않는, 떠나는 자들의 경솔함과 게으름과 미련함이 남긴 흔적 같은 것이기도 했다.

엄마는 팬티와 브래지어를 세탁기에 벗어 놓고 식구들이 바라던 대로 저세상으로 갔다. 아빠는 닳고 닳은 양말을 벗어 놓고 제주도로 갔고, 언니는 무릎 나온 추리닝 바지를 벗어 놓고 미국으로 갔다. 그리고 그는 파란색 면 티 두 장이었다. 프랑스가 될 거라고 했다. 그는 내 불면증에 몹시 지쳐 있었다.

세탁기 플러그를 뽑아 콘센트에 다시 꽂아 본다. 이번엔 아예 전원조차 들어오지 않는다. 세탁기의 고장은 명명백백해 보인다. 서비스를 부르든가, 새로 장만을 해야 할지도 모르겠다.

젖은 발을 마른 수건으로 닦으며 텔레비전 앞에 가 앉는다. 재생 버튼을 누른다. 「젠젠 다이조부」, 지금 보고 있는 영화의 제목이었다. 한국말로 정말 괜찮다, 다 괜찮다, 뭐 그런 뜻이라고 했다. 좀 웃고 싶은데, 보고 웃을 만한 영화 좀 추천해 달랬더니 첫 번째 네이버 지식인이 건넨 일본 영화였다. 영화는 지루해질 만하면 엉뚱한 재미를 날려 날 웃게 해줬다. 하지만 혼자 웃는 웃음은 길지도 깊지도 않았다. 웃고 나면 왠지 더 쓸쓸해지는 것 같기도 했다. 혼자 웃는 웃음의 후유증이라니. 눈물뿐이라고 생각했던 웃음의 후유증에 쓸쓸함이 하나 더 추가되는 순간이었다.

"젠젠 다이조부, 다이조부……."

프랑스 말로는 뭐라고 할까. 그의 불어가 듣고 싶어지는 밤이었다.

엔딩 크레딧이 올라가는데도 잠은 오지 않는다. 맥주를 세 캔이나 털어 넣었지만 정신은 말짱하다. 그가 손톱을 깎았던 자리가 눈에 들어온다. 저녁을 먹고 식탁 옆에 서서 커피를 내려 주던 자리도 보인다. 의도하지 않았는데도 눈길은, 그가 신문을 펼쳐 읽었던 자리와 쿠션을 껴안고 텔레비전을 시청하던 자리로 이어지더니, 그만의 잠자리 방향에까지 미친다. 아침이면 베란다 창가로 들이친 햇살에 매번 얼굴을 찡그리던 방향. 그럼에도 그는 늘 그 방향으로 잠을 잤다. 자리가 남긴 차가운 냄새와 기억들이 그를 대신해 곳곳에 앉아 있다. 치워 버려야 할 것 같다.

자리에서 일어나 식탁 가장자리에 놓여 있던 커피 드리퍼를 싱크대로 옮긴다. 그것을 시작으로 나는, 침대를 베란다 창가 쪽에서 멀찌감치 떨어뜨려 놓는다. 텔레비전을 창가 쪽으로 옮기고, 소파와 화장대와 책장 위치도 바꾼다. 액자와 벽시계를 서로 바꿔 달고, 가로로 놓여 있던 식탁을 세로로 돌려놓는다. 욕실로 들어가 위 칸에 있던 보디클렌저와 보디로션을 아래 칸으로 옮겨 놓고, 변기용 청소솔과 양치 컵의 자리도 바꾼다. 옷장과 서랍 속의 옷들도 모두 꺼내 위치를 바꾼다.

그렇게 하고 나니 새벽 세 시다.

떠나간 사람과 함께했던 공간을 낯설게 바꾸는 것은, 떠나간 사람을 잊기 위한 나만의 의식 같은 것이었다. 가구와 소소한 물건들의 위치를 바꿔 주고 나면 낯선 내가 된다. 그러면 진짜로 모든 게 낯설어진다. 아니, 낯설어질 것만 같다. 과거도, 과거가 만들어 놓은 관계와 기억마저도. 그래서 나는 엄마가 죽고, 아빠가 새장가를 가고, 언니가 미국으로 날아갔을 때도 소파를 옮겼다. 식탁을 옮기고 침대와 텔레비전을 옮겼다. 그건 내 안에 숨어 있는 무의식적인 행동이었고, 나도 모르게 형성된 나만의 규칙 같은 것이었다. 그렇게 몇 번에 걸쳐 가구를 옮기고, 이상적인 가구 배치의 가짓수가 바닥을 드러냈을 때서야 나는, 세 개의 방에 나 혼자 남겨졌다는 걸 알았다. 더 이상 가구를 옮길 이유가 없어진 집은 재미없었다. 나한테는 방이 세 개일 필요는 없었다. 침대는 하나면 되었고, 식탁은 작아도 되었다. 그래서 나는 엄마 아빠와 언니가 차례로 버리고 간 집을 마지막으로 버리고, 베란다가 딸린 이 원룸으로 이사를 왔다. 직장과 가까운 꽤 널찍한 원룸이었다.

널찍했지만 원룸은 포근했다. 이 원룸에서라면 가구를 옮겨야 할 일 따위 없을 거란 생각이 들었다. 방이 세 개가 아닌 하나니까 그럴 거라고 생각했다. 하지만 나는 그를 만났고, 그는 고장 난 내 세탁기를 대신해 자기가 쓰던 세탁기를 들고 여기로 들어왔다. 그리고 알아먹을 수 없는 불어로 내 불면증을 달래 주었다. 그러다 지치고 지친 그는 결국 이 원룸을 떠나고 말았다.

관계가 버려 놓고 간 온갖 찌꺼기들의 유효기간은 얼마나 될까. 다시는 이 원룸에 사람을 들이지 않을 것이다. 가구를 옮기는 일은 이제 힘에 부친다.

가구를 옮긴 고된 육체노동 뒤에도 잠은 오지 않는다. 나는 잠이 오지 않는다고 해서 수면제를 먹어 본 적은 없다. 정신과 의사를 찾아가 잠 좀 자게 해달라며 칭얼대거나 처방전을 요구해 본 적도 없었다. 불면증이 나를 괴롭힌다고 생각하지 않기 때문이었다.

인간은 살면서 자기 인생의 3분의 1을 잠으로 탕진한다. 평균수명 중에 대략 25년이란 시간을 잠으로 소비해 버린다는 뜻이다. 25년이면 한 아이가 태어나고 자라 성인이 되는 나이였다. 실패한 꿈을 찾아 도전에 도전을 거듭할 수 있는 시간이었고, 사랑을 못 해본 사람이라면 최소 여덟 번에서 최대 열네 번의 사랑을 해볼 수도 있는 시간이었다. 25년이란 시간 안에 포함된 엄청난 가능성을 생각하면, 잠이 우리 인생에서 쓸모없다는 것을 새삼 깨닫게 된다. 그러니 인간에게 불면증이란 오히려 환영받아야 할 병인지도 모른다. 조물주의 최대 실수는 인간에게 욕망을 만들어 준 게 아니라, 하루 평균 여덟 시간이라는 의무적인 수면 시간을 정해 준 것인지도 모른다.

사람이 하루 한 시간의 수면만으로도 일상생활이 가능하다면 얼마나 좋을까. 그래서 나는 불면증을 잠을 못 자는 병이 아닌, 남들보다 더 많은 시간을 누리는 시간잉여병으로 해석해 버리곤 한다. 더불어 시간에 지배당하기보다 시간을 지배하는 병으로 여기고는 애써 우월감을 과시한다. 그리고 그 시간에 잠 대신 십자수를 놓거나 책을 읽거나 영화를 본다. 음악을 들으며 휴대폰으로 스도쿠 게임을 하기도 하고, 즐기는 편은 아니지만 가끔 프라모델을 만들기도 한다. 깨어 있는 인간에게는 주어진 시간만큼이나 해야 할 일도, 할 수 있는 일도 많다. 몸이 피곤해질 때까지 뭐든 하다 보면 결국, 잠을 자게 된다.

부엌으로 가 라면을 끓인다. 오래 깨어 있어서 생기는 불편함이라면 위장을 자주 채워 줘야 한다는 점이다. 낭만적인 불면증 해석에 자리한, 어찌할 수 없는 애로 사항인 것이다. 적당히 익은 라면을 운두 깊은 사기그릇에 담고 김 가루와 썰어 놓은 쪽파를 뿌린다. 모양새가 초라하다. 아빠처럼 근사한 라면을 끓여 내기엔 나는 아직 멀었다.

식탁에 앉아 달라진 가구들의 위치를 일별하며 라면을 먹는다. 순간 피식, 웃음이 나온다. 파를 먹지 못하는 그 때문이었다. 어떻게 라면에 파를 넣을 수 있느냐던 그였다.

"이건 라면을 완전히 망치는 짓이라고!"

처음으로 그에게 라면을 끓여 주던 날, 그가 얼굴을 붉히며 한 말이었다.

"세상에! 게다가 쪽파도 아닌 대파라니. 어린애 같다 놀릴지 모르지만, 나 파 못 먹어."

"정말?"

아랫입술을 깨물고 터져 나오려는 웃음을 참아 내며 다시 라면을 끓여 줬던 게 생각난다. 나와 다른 타인의 기호를 만나는 일은 신선하고 재미있다. 이해할 수 없다가도 웃음을 유발하는 그 매력 때문이다. 그러다 왜, 하는 질문으로 파고들면 트라우마와 같은 거창한 이유를 발견하기도 한다. 그러나 단순하게도 그의 경우엔 '미끈거리는 그 느낌이 싫단 말이야'였다.

라면 국물을 단숨에 들이켠다. 파도 못 먹는 남자랑 어떻게 결혼을 하고 평생을 살겠어. 그치? 얼마나 불편할 거야. 남들 앞에서 파를 골라내고 음식을 먹는 남편이라니, 정말 끔찍하고 창피해!

양치질을 끝내고 침대에 눕는다. 위치가 바뀐 침대에서의 잠은 또 다르다. 이제 아침 햇살에 얼굴을 찡그리며 일어날 일은 없을 것이다. 부쩍 넓어진 침대와 그로 인해 자유로워진 수면 공간도 맘에 든다. 무엇보다 새벽녘, 예고도 없이 내 팬티를 벗겨 내리던 그의 습벽을 감당하지 않아도 된다는 게 좋다. 간신히 재운 잠을 발기된 페니스로 망치던 게 몇 번이던가. 코 고는 소리에 정성 들여 재운 잠을 망치던 건 또 몇 번이던가. 내 불면증과 그런 나를 재우는 데 지쳐 떠나 버린 그였지만, 따지고 보면 그는 내 잠의 훼방꾼이기도 했다. 찾아보면 나쁜 것이 꼭 나쁜 것만 남겨 두고 가는 건 아니었다. 그러니까 괜찮다. 다이조부, 다이조부!

몸을 뒤척인다. 그날 베인, 반창고 속 엄지손가락이 쓰라리다. 그나저나 아빠는 무슨 말을 하고 싶어 오늘도 나한테 전화를 한 걸까. 잊을 만하면 한 번씩 걸려 오는 요즘의 아빠 전화. 할 말이 있는 듯, 그러나 결국엔 아무 말도 하지 않고 끊어 버리는 요즘의 아빠 전화에는 통화 끝의 미세한 여운이 느껴지고 있었다. 대체 뭘까.

2

　세탁기는 회생 불능이었다.

　중요 부품 몇 개를 갈아 줘야 한다고 했다. 오래된 제품이다 보니 부품 구하기도 어려울뿐더러, 고장 난 구석을 다 손보려면 수리비가 꽤 많이 청구될 거라고 했다. 대번에 수리 기사는 고쳐 쓰느니 차라리 한 대 사는 게 낫겠다며, 그래도 수리할 생각이냐고 물어 왔다. 기사는 세탁기를 고칠 의지가 별로 없어 보였다. 그래서 나도 포기하고 말았다. 고쳐 봤자 또 말썽일 거라는, 수리 기사의 묵시록적인 발언이 결정에 쐐기를 박았다. 그렇게 기사는 출장비만 받아 챙기고 돌아갔다. 그럴 듯한 말로 세탁기에 대한 내 포기 결정을 이끌어 낸 데 따른 대가치고는 꽤 비싼 값어치였다.

　세탁기가 있던 자리는 물때와 옷 먼지로 지저분하다. 그의 세탁기는 방금 가까운 중고상에 팔려 나갔다. 수리 기사의 출장비에도 못 미치는 가격이었다. 늙고 병들면 다 그렇다. 엄마도 그랬다. 아니, 엄마는 늙고 병들기 전부터 우리 가족에게 쓸모없는 존재였다. 암적인 존재에게 암이 생겼으니 환영받을 일이었다. 그래서 엄마의 암 선고는 가족 누구에게도 슬픔을 안겨다 주진 못했다. 본인만이, 더 이상 술을 먹을 수 없게 됐다는 현실이 기가 막힐 뿐이었다. 하지만 엄마는 암에 걸려 죽어 가는 동안에도 소주를 물처럼 마셔 댔다. 보약인 양 소주에 밥을 말아 먹었고, 심지어 소주와 함께 알약을 삼키기도 했다. 그런 엄마는 아빠에게 평생 지독하고 징그러운 년일 뿐이었다.

엄마는 술만 먹으면 시금치를 먹은 뽀빠이처럼 힘이 세졌다. 흘러넘치는 힘을 주체하지 못해 살림살이를 때려 부쉈고 언니와 나를 이유 없이 때렸다. 그리고 종종 아빠를 때렸다. 아빠는 얼굴에 피멍 자국을 달고 학교에 출근해야 했다. 학생과 동료 교사 사이에서 술주정뱅이 아내에게 맞고 산다는 소문이 나날이 퍼져 나갔다. 윤리 선생답게 너무 윤리적이라 폭력을 모르는 모양이라고, 그래서 맞고 사는 모양이라고 모두 우스갯소리를 해댔다. 새 학기 신입생들이 듣는 첫 번째 소문은 늘 아빠의 피멍에 관한 것이었다. 소문은 아빠를 괴롭혀 온, 제2의 폭력이자 제2의 엄마였다. 그렇게 아빠가 엄마의 폭력과 그 폭력이 길러 낸 소문에 지쳐 갈 즈음, 엄마 몸에는 암 덩어리가 생겼다. 아빠는 예고된 엄마의 죽음과 함께 해방을 꿈꿨다. 그리고 엄마는 암의 수순에 따라 죽어 갔다. 한 치의 오차도 없는 죽음이었다.

아빠에겐 너무 가혹하기만 했던 엄마. 그런 엄마의 묘비에는 '술에 미쳐 술에 살다 술에 가다'라고 쓰였다. 아빠가 고집한 엄마의 묘비명이었다.

물에 젖은 빨랫감이 세탁 바구니에 차고 넘친다. 그의 면 티 두 장은 맨 아래에 깔려 보이지 않는다. 나는 세탁기가 남기고 간 자리를 솔로 문대 씻어 낸다. 흔적은 흔적도 없이 사라진다. 비싸고 좋은 세탁기로 장만할 계획이었다. 건조 기능을 비롯한 갖가지 기능을 갖춘 드럼세탁기가 요즘은 인기라고 했다. 얼마 전 결혼으로 호화 혼수를 해 간 친구의 말이었다.

"요즘 세탁기는 안 되는 게 없어. 세탁소에 갈 필요도 없다니까. 뭐든 비쌀수록 좋다는 거 알지?"

친구는 직접 보고 사라고 충고까지 해줬다. 오래오래 옆에 두고 쓸 물건인데 마우스 클릭 한 번으로 산다는 게 말이 되느냐는 것이었다. 최신식 세탁기를 써본 적 없는 나는 궁금해 친구에게 물었다.

"근데 세탁기 건조 기능이라는 거 말이야, 진짜로 축축한 기 하나 없이 말려서 나와?"

"그렇다니까."

한겨울에 옷을 말리는 일은 참 지난한 일이다. 새 세탁기가 생기면, 올겨울엔 베란다로 나가 차가운 빨래를 널지 않아도 될 것이다.

방금 빤 옷을 바로 입을 수 있다고 생각하면 신기하기도 하고 설레기도 한다. 세탁기 장만할 돈은 충분히 있다. 식구들이 버리고 간, 방세 개짜리 집은 원룸을 얻고도 남을 정도로 값어치가 있었다. 누구나 사랑에 빠지면 사랑 이외에는 아무것도 보이지 않게 된다. 특히 엄마처럼 죽음과 사랑에 빠지게 되면 모든 물질적 가치는 0원이 되고 만다. 그러니 돈 생각은 하지 말고 아주 좋은 세탁기로 살 것이다.

나는 옷을 차려입고 현관문을 나선다. 콧구멍 속처럼 어두운 복도를 지나 엘리베이터 앞에 선다. 엘리베이터 버튼을 누르려는데, 갑자기 웃음보가 터진다. 어젯밤에 본 일본 영화의 한 장면이 생각나서다. 여자 주인공이 엘리베이터 버튼을 누르려다 집게손가락이 부러지는 장면이었다. 실제로 그런 일이 일어날 확률은 얼마나 될까, 하는 의문이 들자 나도 모르게 나온 웃음이었다. 다행히 이번엔 웃음의 후유증 같은 건 나타나지 않는다. 나는 손가락이 부러지지 않게 엘리베이터 버튼을 조심스레 누른다. 엘리베이터가 올라오기를 기다리는데 누군가가 내 이름을 부른다.

"오주 씨!"

고개를 옆으로 튼다. 옆집에 사는 702호 여자다. 이웃은 때로 불편할 때가 있는데, 저 여자가 그렇다. 몇 달째 비어 있던 옆집으로 여자가 이사를 들어온 건 한 달 전이었다. 옆집 여자는 알이 없는 검정색 뿔테 안경을 쓰고 다녔다. 일명 나이아가라 파마로 불리는 헤어스타일 때문에 머리는 늘 붕 떠 있었고, 머리숱도 많아 보였다. 내가 옆집에 산다는 걸 알고부터는 지나치게 친절하게 구는 여자였다. 좋게 말해 친절이지 집요함의 일종이었다. 앙다문 여자의 입술이 내게 성큼 다가온다. 저 입술 안에는 악어 이빨처럼 날카로운 이빨이 자리하고 있다. 한번 문 먹잇감은 절대 놓치지 않을 이빨이었다. 악어 이빨이 나에게 묻는다.

"어디 가나 봐요?"

"아, 네."

"어디 가는데요?"

"그냥, 뭐 좀 사러요."

먼저 말을 걸어오는 쪽은 항상 여자였다. 엘리베이터 안에서 처음 만났을 때도 그랬다. 그때 여자는 자기를 수집가라고 소개했다. 고물상 주인이라도 되나, 하고 단순히 생각하기에 여자는 도심 속의 커리어우먼처럼 보였다. 그래서 나는 궁금해 무슨 수집을 하느냐고 물어 봐야 했다. 여자의 대답은 '뭐든요'였다. 나는 뭐든이라는 말에 또 궁금증과 흥미가 일어 되묻고 말았다.

"뭐든이라니요?"

그러자 여자는 기회다 싶었는지, 자기가 들고 다니는 서류 뭉치 가방과 카메라를 들어 보이며 길고 지루한 설명을 해나갔다. 날카로운 악어 이빨에 덥석 달려들고 만 꼴이었다.

"뭐든 찍고 뭐든 기록해요. 모두 갖고 있지만 사람마다 천차만별인 걸 찍어요. 예를 들면, 손금이나 귓바퀴 같은 거요. 냉장고 속이나 여자들의 핸드백 속 같은 것도요. 수면 자세, 필체, 닳아진 신발 뒤축…… 아무튼 모두요. 사람들의 기호나 취미나 생활 습관 같은 것도 수집하죠. 그리고 누구에게나 있는 아이디어, 신념, 감정, 고집, 철학, 규칙 등등까지도요. 가령, 슬프고 괴로운 일을 겪고 났을 때 그 사람만의 행동이나 치료법 같은 거요. 아무튼 한 사람의 내·외적인 모든 라이프를 수집해요."

"그런 걸 왜요?"

나는 또 그렇게 묻고 말았다. 여자와 얘기를 하다 보면 이상하게 질문을 던지게 된다는 걸 나는 그제야 알았다.

"아주 좋은 질문이에요. 자본주의 원리가 뭔지 알아요? 인간들에게 필요한 물건을 개발해 파는 거예요. 그러니까 제가 하는 수집은 아주 가까운 미래, 혹은 아주 먼 미래의 상품 개발에 필요한 참고 자료가 된다는 거죠. 가령 제가 찍은 수천 장의 냉장고 속 사진을 생각해 봐요. 냉장고 사용에 관한 면면들이 보이지 않겠어요? 그런 통계 자료를 바탕으로 냉장고 구조를 변경해 나가는 거예요. 더 간편하고 편리한 포장법과 보관 용기를 만들어 내기도 하고요. 나아가 변화된 식습관까지 파악하게 된다면 음식 문화의 혁명을 이끌어 낼 수 있는 거고요. 또 이런 거죠. 아파트 주거 공간에 대한 개개인의 불편 사항이나 그 불편에서 도출된 편리한 아이디어가 건설에 반영된다면 주거 문화의 혁명을 이끌어 낼 수도 있을 테고요."

고개를 끄덕이자 여자는 나를 이해시켰다는 만족감에 득의양양한 미소를 지어 보였다. 그 미소에 고춧가루를 뿌리고 싶은 마음에 나는 이렇게 받아치고 말았다.

"그러니까 한마디로 익명의 개인 정보를 기업체에 팔아넘기는 거네요?"

팔아넘긴다는 내 표현에 심사가 뒤틀렸는지 여자는 양미간을 찌푸리며 대답했다.

"단순한 정보라기보다는 잠재적 실용 가치를 파는 셈이죠. 그렇게 표현하신다면야 어쩔 수 없지만요."

여자하고는 거기까지 얘기하다 바쁜 출근길을 핑계로 헤어졌던 것 같다. 그런데 오늘 또 마주친 것이다. 일요일이라 출근 핑계도 댈 수 없으니 난감할 노릇이었다. 엘리베이터에 오르자 여자가 뒤따라 올라탄다. 짐작대로 여자의 앙다문 입술이 열린다.

"바쁘지 않으면 잠깐 시간 좀 내주세요. 제가 차 한잔 살게요."

"차는 방금 마시고 나왔는데……."

나는 일단 거짓말을 해본다.

"그러지 말고요. 이웃 좋다는 게 뭐예요."

엘리베이터 정지 음이 울린다. 문이 열리자 후다닥 발걸음을 재촉한다. 여자가 뒤따라오더니 내 팔을 낚아챈다.

"이웃끼리 너무 매정하시다. 차 한잔 살 테니까 우리 얘기 좀 해요."

"저 바빠요. 세탁기 사러……."

"잠깐이면 된다니까요."

"그게……."

여자는 내 말에 아랑곳없이 나를 가까운 카페로 끌고 간다. 정말 막무가내다. 맺고 끊음이 분명치 못한 내 성격 탓이기도 하지만, 여자의 완강한 팔 힘을 버텨 낼 자신이 없다.

결국 내 앞에는 카푸치노가, 여자 앞에는 아메리카노가 놓인다. 대학가라 카페에는 젊은 사람들로 북적인다. 여자는 아메리카노 한 모금을 마시고 나더니 가방에서 안경닦이를 꺼낸다. 설마 저걸로 안경을 닦으려는 건 아니겠지 했는데, 아니나 다를까 여자가 안경을 벗어 안경알도 없는 안경을 닦는다. 너무 자연스러운 행동에 나는 눈을 깜빡이고 여자의 안경을 다시 쳐다본다. 역시나 안경알은 보이지 않는다. 혹시 미친 여자? 의아해하는 내 시선을 감지한 여자가 말한다.

"왜요, 이상해요? 근데 재밌잖아요? 없는 걸 있는 척한다는 거요."

여자가 깨끗이 닦인(?) 안경을 쓰고는 빙그레 웃으며 덧붙인다.

"더 재밌는 건 이렇게 다시 안경을 쓰고 나면 사람들이 아, 안경알이 있었구나, 하는 표정으로 절 쳐다본다는 거예요. 그러다 얼굴을 가까이 들이대고는 또 한 번 어, 하는 거죠. 그러면 상대방이 저한테 관심을 갖게 돼요. 사람들은 이상한 사람한테 호기심이 생기니까요. 오주 씨도 나중에 한번 해봐요. 이거 은근 재밌어요."

다행히 미친 건 아닌 듯했다. 여자의 말을 듣고 나니 정말 해보고 싶다는 생각이 들었다. 그리고 여자에게 뿔테 안경이 참 잘 어울린다는 생각도 들었다. 여자가 안경닦이를 네모반듯하게 접어 가방에 쑤셔 넣고는 두툼한 서류 뭉치와 카메라를 꺼낸다.

"협조 좀 해줄 수 있죠? 근데 저번에 제가 물었던 거 혹시 있던가요?"

"뭐요?"

"태어난 날짜와 죽은 날짜가 같은 사람요."

처음 만난 날 여자는 대뜸 나에게, 태어난 날에 죽은 사람을 본 적이 있느냐고 물었다. 없다고 하자, 그럼 들어 본 적도 없느냐는 것이었다. 그래서 태어나자마자 죽는 애들도 있으니 있지 않겠느냐고, 자기 생일에 맞춰 자살한 사람도 있을 테니 어딘가 있지 않겠느냐고 했더니, 그런 거 말고 오래오래 살다 자연스레 죽는 경우를 말하는 거라며 답답하다는 듯 덧붙였다. 왜 그러느냐는 물음에 여자는 그냥 개인적인 호기심이라고 했다. 365일이라는 수많은 날 중에 자기가 태어난 날을 다트로 찍어 죽을 수 있는 게 어디 쉬운 일이냐며, 정말로 그렇게 죽을 수 있는지 궁금하다는 것이었다.

"아직 없었어요. 만나는 사람들한테 계속 물어볼게요."

"고마워요. 근데 하는 일이 뭐예요?"

드디어 시작인가. 옆집에 사는 이상 저 여자를 피해 갈 수는 없다. 지금이 아니더라도 언젠가 해야 할 일인지도 모른다. 이웃이란 이런 것이다. 피할 수 없다면 맞닥뜨려야 하는 이분법의 존재들.

"사서예요."

"시립?"

"사립대 도서관요."

"책에 둘러싸인 직장이라니, 좋겠네요. 부러운데요."

"책을 많이 좋아하나 봐요?"

"아니요."

"부럽다면서요."

"그건 그냥, 책은 왜 불만을 토로하진 않으니까요. 대답이 좀 이상한가? 그럼 일단 패스. 나이는요?"

"스물여덟이에요."

"아직 결혼은 안 했죠?"

여자의 질문은 계속 이어진다. 달랑 커피 한 잔에 주저리주저리 신세라니. 자동인형이 된 기분이었다.

"가구를 옮긴다고요? 사람들이 떠날 때마다? 오주 씨 가구엔 필히 튼튼한 바퀴를 달아야겠네요. 아주 재밌어요. 호호호."

여자가 웃는다. 뭐야, 저 웃음은? 날 비웃는 거야? 내 라이프스타일을? 근데 눈썹 모양까지 찍을 필요는 없잖아! 여자는 방금 전에 내 귓바퀴와 손금과 신발 뒤축을 찍었다. 그리고 지갑 속까지 찍고 나더니, 이번엔 내 눈썹에 카메라를 들이대는 게 아닌가.

"눈썹이라는 것도 사람마다 얼마나 천차만별인지 모를 거예요."

"눈썹은 찍어 뭐에 쓰게요?"

"유형별 통계 같은 거죠. 성형이나 메이크업 아트에 요긴하게 쓰일 거예요. 관상쟁이들한테도요. 자료란 건 말이죠, 있으면 다 활용하게 돼 있거든요."

나는 여자에게 들키지 않게 긴 한숨을 뱉어 낸다. 추가로 주문한 카푸치노를 카페 종업원이 내려놓고 간다. 벌써 세 잔째다. 카페 테이블은 다른 손님들로 채워진 지 오래였고, 밖에는 벌써 어둠이 꿈틀대고 있었다. 화가 나기 시작한다. 세탁기를 사러 가긴 늦어 버린 시간이었다.

"그럼 마지막으로 하고 싶은 말은요? 삶에 관한 한 어떤 아이디어든 좋으니까 말해 봐요."

그렇게 물어보고도 아직 남아 있는 모양이었다. 그래서 나는 이렇게 말해 버린다.

"이웃 유형에 대해서도 수집해 보지요, 왜. 그리고 그 이웃에 대처하는 방법에 대해서도요."

"오, 그거 좋은 생각인데요."

화가 나 한 말인 줄도 모르고, 여자는 그걸 또 열심히 받아 적는다. 속기를 배웠는지 여자의 필기 속도는 굉장히 빨랐고, 글씨는 알아먹을 수 없을 정도로 엉망진창이었다. 여자가 열심히 펜대를 굴리는 동안, 내 눈은 창가 테이블에 앉아 있는 한 커플에게로 향한다. 여자애가 가방에서 손톱깎이를 꺼내더니, 마주 앉은 남자애의 손을 자기 쪽으로 잡아당긴다. 처음엔 싫은 듯 거부하던 남자애는 이내 자신의 손을 상대방 여자애에게 내맡긴다. 여자애가 남자애의 손톱을 깎아 주기 시작하자, 남자애는 잘려 나간 자신의 손톱을 내려다보며 살며시 미소를 짓는다. 남자애가 한 번씩 무슨 말을 건넬 때마다 여자애는 어깨를 들썩이며 까르르 웃는다. 타인의 눈을 의식한 남자애가 주위를 두리번거리다 나와 눈이 마주친다. 나는 카푸치노 거품으로 시선을 돌린다.

"또 뭐 없어요?"

"네? 아, 끓여도 끓여도 절대 끓어 넘치지 않는 냄비가 좀 있었으면 좋겠어요. 절대 끓어 넘치지 않는다던 냄비는 꼭 넘치더라고요."

"어머, 저 갖고 있는데. 그것도 두 개나. 진짜로 끓어 넘치지 않더라고요."

"그래요? 전 아직 못 봤는데⋯⋯."

"나중에 보여 줄게요. 그리고요?"

"어떤 미용실을 가든 실연당한 사람에 한해서는 머리를 공짜로 해 줬으면 좋겠어요. 그리고 본인이 원한다면 하루에 한 시간만 자게끔 자기 신체를 조절할 수 있었으면 좋겠고요. 아니, 잠이란 게 아예 사라져 버렸으면 좋겠어요."

"불면증이 심한가 봐요?"

"조금이요. 그리고 책이 넘쳐 나는 만큼 평균수명도 계속 늘어났으면 좋겠어요. 그래야 쏟아져 나오는 책을 다 읽고 죽을 수 있을 테니까요."

"책 읽는 걸 좋아하는구나. 그래서 사서가 된 거예요?"

"꼭 그렇다기보단…… 근데 우리한테 잠이 사라질 날이 올까요?"

"음, 수면제나 마취제뿐만 아니라 각성제까지 만들어 낸 인간이니, 머잖아 그렇게 될지도 모르죠. 혹시 생겼으면 하는 날은 없어요? 왜 빼빼로 데이니 삼겹살 데이니 많잖아요."

"이별 데이요. 다 같이 이별하면 덜 외로울 테니까요. 4월 14일로 하면 어때요?"

"4월 14일은 솔로들을 위한 블랙 데이잖아요. 자장면 먹는 날요. 뭐 날짜는 상관없겠네요, 어차피 이별하면 솔로가 될 테니까요. 호호호. 그럼 초콜릿과 사탕을 주고받고 한 달 뒤에 헤어지는 거네요?"

"설마 다 그러겠어요."

"그, 그렇겠죠?"

여자가 억지웃음을 짓는다.

"근데 아까부터 뭘 그렇게 쳐다보고 있어요?"

여자가 내 시선을 따라 고개를 돌린다. 손톱을 깎아 주고 있는 커플을 여자가 발견한다.

"손톱이라는 거, 저렇게 다른 누군가가 잘라 주도록 법으로 정해 버리면 어떨까요? 더 구체화해서 연인들끼리만 잘라 주도록 하는 거예요. 그러면 길어질 손톱 때문에라도 헤어지지 않을 거고, 손톱이 자라기 전에 누군가를 만나 다시 사랑하려고 하지 않겠어요?"

"오주 씨, 최근에 실연당했어요? 오늘 오주 씨 애길 종합해 보면 그래 보여요."

"아니, 오래전에요."

안 좋은 기억은 현재 시간으로부터 빨리 좀 달아나 버렸으면 좋겠다. 기억을 화석화하고, 화석화된 기억을 한갓 돌멩이로 치부하는 데에는 얼마나 걸릴까. 더디게 흘러가는 시간이다. 게을러터진 이 시간 때문에 미래의 시간 같은 건 영영 오지 않을 것만 같다.

"연인만이 잘라 주는 손톱이라…… 그것도 재밌겠네요."

여자가 거기까지 받아 적고는 자신의 손목시계를 들여다본다.

"그럼 이쯤에서 마무리할까요? 오늘 시간 내줘서 고마웠어요. 나중에라도 생각나는 거 있으면 언제든 초인종 눌러 줘요. 오다가다 만날 때 얘기해 줘도 좋고요. 혹시 십 원짜리 동전 가진 거 있어요?"

십 원짜리는 왜 또 그런담? 일부러 이맛살을 과장되게 찌푸린 후 여자에게 묻는다.

"그런 것도 수집하세요?"

내 목소리는 내가 듣기에도 좀 퉁명하다.

"네. 옛날에야 공중전화 필수품이었지, 요즘은 지갑 무게만 늘리는 애물단지잖아요. 그래서 품귀 현상 한번 일으켜 보려고요. 하찮은 거라도 없어져 봐야 가치를 알게 될 테니까요."

"십 원짜리는 매년 만들어져요. 근데 그게 가능할 거라고 생각해요? 그것도 혼자서요?"

"이론상으론요. 지금 골 박스 세 개째 채워 가는 중이에요. 실패하더라도 상관없잖아요. 부자밖에 더 되겠어요?"

여자가 웃는다. 얘기할수록 정말 이상한 여자라는 생각이 든다. 골 박스 세 개에 들어차 있을 십 원짜리 동전을 상상해 본다. 직접 보지 않고는 그림이 잘 그려지지 않는다. 나는 지갑을 열어 동전이 든 지퍼를 연다. 십 원짜리 동전 일곱 개가 나온다. 동전을 건네자 여자가 내 손에 만 원짜리 지폐 한 장을 쥐어 준다.

"약소하지만 시간 내준 사례예요."

"네?"

"세상에 공짜는 없어요."

"아, 이러면 제가……."

순간 알 수 없는 부끄러움이 가슴을 파고든다. 내심 나도 무슨 대가를 바라고 있었던 건 아닌가, 하는 생각에서다. 여자가 내 손에 지폐를 쥐어 줌으로써 그 속마음을 여자에게 들켜 버렸다는 생각에 얼굴이 확 달아오른다. 막판의 내 퉁명스러운 목소리는 충분히 그래보였다. 하지만 맹세코 그런 건 아니었다. 여자가 계산서를 들고 자리에서 일어난다. 커피값을 계산하고 나가는 여자를 따라나선다. 다른 약속이 있어 가봐야 한다며 여자는 발걸음을 재촉한다. 돌려준다 해도 여자는 돈을 받지 않을 것이다. 여자가 말한다.

"예의가 아닌 줄 알지만, 그래야 제 맘이 편할 것 같아서요. 오해 없었으면 해요."

여자는 내 손에 지폐를 쥐여 준 자신의 행동에 정당성을 부여하며, 자신에게 치졸하게 비쳐졌을 내 속마음에도 면죄부를 부여한다. 그러고는 자기한테 뭐 부탁하고 싶은 거 없느냐고 묻는다.

"시간을 너무 많이 빼앗은 것 같아 미안해서 그래요."

여자는 정말 미안해하는 것 같다. 카페에 들어갈 때와 달라진 어둠의 깊이 때문이었다. 때마침 사러 가기로 한 세탁기 생각이 난다. 빨래를 그대로 묵혀 둘 순 없었다. 그렇다고 손빨래를 하고 싶지는 않았다.

"저기요, 혹시 집에 세탁기 있어요?"

"당연히 있죠. 근데 왜요?"

"세탁기가 고장 나서 빨래를 못 했어요."

"저런, 쯧쯧쯧. 그럼 밤에 초인종 눌러요."

"진짜로 그래도 돼요?"

"우린 이웃이잖아요. 그럼 이따 집에서 봐요."

여자가 횡단보도를 건너 버스정류장으로 바삐 뛰어간다. 손을 펴 꾸깃꾸깃해진 지폐를 내려다본다. 부끄럽게 날 쏘아보는 세종대왕이었다.

원룸으로 돌아오자마자 나는 현관 신발장 위에 있는 동전 그릇부터 살핀다. 배달시킨 음식값을 계산하고 남는 거스름돈은 모두 이 그릇으로 들어간다. 그릇 안에는 식탁 밑이나 세탁기 안에 굴러다니던 동전들과 철 지난 옷에서 횡재한 기분으로 건져 올린 동전들도 들어 있을 것이다. 딱히 의도하지 않아도 동전들은 이상하게 잘 모여 드는 것 같다. 나는, 경제활동의 부스러기이자 대단한 결집력의 소유자인 동전을 침대에 쏟아붓는다. 그중에 십 원짜리만 추려 낸다. 십 원짜리 동전으로 만 원을 갚아 나가려면 얼마나 걸릴까. 십 원짜리 천 개가 모여야 만 원이 되는 거니까……. 나는 혀를 내두른다. 방금 추려 낸 십 원짜리가 겨우 스물네 개밖에 안 된다는 사실 때문이었다.

스물네 개의 십 원짜리 동전을 들고 두 차례나 가서 초인종을 눌렀지만 옆집 여자는 대답이 없었다. 여자가 집에 들어오지 않는 바람에, 물에 젖은 빨래는 어정쩡한 상태로 있어야 했다. 베란다 창으로 불어오는 4월 초입의 봄바람 또한 따뜻하지도 차갑지도 않고 어정쩡하기만 했다. 그러고 보니 나는 아직 옆집 여자의 이름도 모르고 있었다.

3

예정에 없던 연장 근무가 이틀째 이어지고 있었다. 일부 서가를 조정하느라 밤늦게까지 도서관에 남아 책 먼지를 마시는 중이었다. 정시 출근은 있을지언정 정시 퇴근은 요원하다는 게 도서관 사서란 직업의 특성이다. 어디나 다 그럴 테지만, 특히 도서관 업무는 불규칙하게, 그리고 끊임없이 돌아간다. 누군가가 끊임없이 책을 써내기에 그렇다. 끊임없이 책을 만들어 내고, 끊임없이 그 책을 읽어 내야 하는 사람이 생기기에 그런 것이다. 사서는 책의 종말이 오지 않는 이상, 그리고 인간의 지적 욕망과 지적 권력이 사라지지 않는 이상, 책과 함께 살아남을 직업군 중 하나다. 책에 기생하며 살아가야 하는 인생인 것이다.

지금까지 나는, 특근이나 연장 근무에 인상을 찌푸린 적은 없다.

오히려 정규 근무시간 이외의 근무시간을 더 좋아한다고 해야 할지도 모르겠다. 이유는 단순하다. 연장 근무로 몸을 혹사하고 나면 피곤함에 곯아떨어져 정상 수면에 다다를 수 있기 때문이었다. 그래서 종종 나는 아이가 아프다거나, 애인과 영화를 보러 가야 한다거나, 집안에 제사가 있다는 이유 등으로 연장 근무에 얼굴을 찌푸리는 상사나 동료들을 대신해 일을 떠맡곤 한다. 내가 좋아서, 혹은 내 필요에 의해서 일을 떠맡는 줄도 모르고, 그들은 늘 내게 고마워한다. 대신 졸지에 나는 마음씨 착한 워커홀릭이 돼버린다.

수서 팀에서 다시 열람 팀으로 배정돼 오면서 일거리는 더 많아졌다. 하지만 나는 책상머리 일보다 서가를 돌아다니며 하는 일을 더 좋아한다. 손과 발을 움직이고, 숙련공처럼 책을 분류하고 서가에 꽂는 일은 왠지 더 보람돼 보인다. 내가 정규 외 근무시간을 좋아하는 또 다른 이유는 이용자들이 빠져나가고 없는, 이 적요한 도서관 때문이기도 하다. 미로 같은 도서관은 참 매력적이다. 아무도 없는 서가를 배회하다 보면 온갖 상념에 빠져든 나를 발견하게 된다. 거대한 책방의 주인이 된 듯한 착각에 빠져드는 것도 나쁘지 않다. 책을 고르는 소리도, 책장 넘기는 소리도 사라진 서가의 밤이 을씨년스럽다는 동료도 있지만, 나는 아니다. 책은 아무리 많아도 무섭지 않다. 파를 싫어하던 그의 말대로 단지 위대해 보일 뿐이다.

운반 카트에 실린 장서를 빈 서가로 끌고 간다. 매주 새 책이 구입돼 들어오다 보니 서가를 조정하는 일은 다반사다. 특히 800번대 서

적은 구입 신청 건수가 많아 다른 자료실에 비해 조정 횟수가 잦은 편이다. 나는 비어 있는 서가 앞에 카트를 세운다. 방향을 틀어 서가와 서가 사이로 카트를 끌고 들어간다. 분류된 청구기호를 확인하고 책을 꽂는다. 그런데 간혹 양장본 머리 부분에 달려 있어야 할 가름끈이 보이지 않는다. 한 번에 싹둑 잘려 나간 듯, 남아 있는 가름끈의 끄트머리는 아주 깔끔하게 처리돼 있다. 대충 봐서는 원래 가름끈이 없는 책으로 여겨질 정도다. 열람과장의 말대로 가름끈 도둑놈이 정말 나타난 모양이었다.

누군가가 양장본 헤드밴드에 달린 가름끈을 잘라 가고 있는 지 꽤 돼간다. 몇몇 다른 도서관에서 일어났던 일이 이 도서관에까지 번져 온 것이었다. 졸업생과 일반인에게까지 도서관을 개방한 뒤로 일어난 일인 걸 보면, 재학생 짓은 아니었다. 사서란 직업은 겉으로는 한가해 보이고, 별로 신경 쓸 것도 없어 보이고, 스트레스도 없어 보이지만, 속내를 파고들면 꼭 그렇지만도 않다. 옆집 여자의 말대로 책은 불만을 토로하진 않지만, 책은 책을 빌려 간 사람들로부터 사서에게 불만을 토로하게 만든다. 그래서 한 번씩 이런 돌발 변수가 나타날 때면 골머리를 앓는다.

나는 카트에 정렬된 책들을 하나하나 살핀다. 모두 일곱 권의 책에서 가름끈이 잘려 나간 것이 확인된다. 조용하고 은밀한 이런 장소에서 어떻게 범인을 찾아내야 할지 문제였다. 나는 일단 서가에 책을 꽂고 빈 카트를 밀고 나간다. 그런데 이번에도 어김없이 발걸음은 멈추고 만다. 보지 말자, 보지 말자, 하고 애써 되뇌는 노력에도 불구하고 고개는 맨 가에 있는 서가 쪽으로 움직인다. 이미 죽어 버린 시간들이 허락도 없이 현재의 내 시간 속으로 틈입해 들어온 것이다. 이럴 때 보면, 과거란 놈은 세상에서 가장 버르장머리 없는 시간이란 생각이 든다. 단절된 하루하루를 살고 싶게끔 만드는, 죽어 버린 시간의 위력. 오늘도 그 과거의 힘에 굴복하고 만 나는, 하던 일을 멈추고 맨 가에 있는 서가로 걸어간다.

벽과 서가 사이의 구석진 자리에는 여전히 접이식 의자 하나가 놓여 있다. 나는 그 의자에 가만히 앉아 본다. 맨 가에 있는 이 서가에는 예전에 불문학 관련 원서들이 꽂혀 있었다. 구석지지만 창가 옆이라 햇볕이 잘 들이치는 곳이었다. 사람들 발길이 뜸한 원서 코너이다 보니, 앉아 책을 읽기에는 번잡하지 않고 좋았다. 그래서 그는 매일 이 자리에 앉아 불어로 된 원서를 읽었다.

그를 처음 만난 곳은 개관 시간이 끝난, 그래서 누군가에겐 을씨년스러운 이 도서관이었다. 장서 점검으로 매일 두세 시간씩 연장 근무를 하던 날이었다. 퇴실을 알리는 안내 방송이 나간 지 한참이 지났는데, 어디선가 책장 넘기는 소리가 들려왔다. 가보니 한 남자가 구석진 자리에 앉아 책을 읽고 있었다. 저기요, 하고 몇 번을 불러 봤지만, 책에 빠진 남자는 고개조차 들지 않았다. 그 남자가 바로 그였다. 다리를 꼬고 앉아 원서를 읽는 그의 모습은 멋있어 보였다. 방해하고 싶지 않아 뒤돌아 가려는데 내 움직임을 감지한 그가 자리에서 일어나 당황한 목소리로 물었다.

"아, 나가야 할 시간인가요?"

나는 그때 아니요, 하고 대답해 버렸다. 그 말은 순간적으로 나도 모르게 나온 말이었다. 그런데 그것으로도 부족해 나는 덧붙이고 말았다.

"괜찮아요, 계속 읽으셔도……."

"정말이에요?"

"네."

그는 정말 이래도 되나, 하는 몸짓으로 다시 의자에 앉았다. 뒤돌아 가려는 나를 붙잡고 싶었는지 그가 말했다.

"모두 빠져나가고 없는 도서관에 혼자 남아 책을 읽는다는 거, 정말 좋은 거 같아요. 그죠?"

처음 만난 사람 같지 않게 친근하기만 한 그의 말투에 나는 이렇게 화답했다.

"맞아요. 이 책이 다 내 책인 것만 같고요."

"그렇죠? 저기 근데, 정말로 이렇게 계속 앉아 있어도 돼요?"

"제가 아는 사람이라고 하면 눈감아 줄 거예요."

"아는 사람이라…… 그거 괜찮은 방법인데요."

치아를 드러내며 활짝 웃던 그. 뜻하지 않은 곳에서 출몰한 관계는 때로 상상하지 못한 방향으로 회전하곤 하는데, 그때의 그와 내가 그랬다.

우리는 종종, 아니 거의 매일 이 도서관에서 만났다. 내가 근무하는 대학교의 대학원생이었던 그는 강의가 끝나면 늘 이 도서관으로 달려왔다. 간편하게도 나는, 그가 보고 싶다 싶으면 구석진 창가 자리로 가면 되었다. 그러면 불어로 된 책을 읽고 있는 그가 보였고, 그런 그를 위해 나는 자판기 커피를 뽑아 슬그머니 창가에 내려놓고 가곤 했다. 도서관 폐관 이후까지 근무가 있는 날이면 늘 나와 같이 시간을 보내 주던 그. 그의 책장 넘기는 소리를 들으며 일하는 밤은 지루한 줄도 모르게 지나갔다. 때로 운반 카트를 밀어 주고 책을 정리해 주던 그. 그리고 책의 위대성에 대해 말하던 그.

"인간이 책을 쓰기 시작한 건, 노아의 후예들이 세우지 못한 바벨탑을 다시 쌓기 위함인지도 몰라요. 인간의 교만에 분노한 신은 인간의 언어를 뒤섞어 의사소통을 무너뜨렸지만, 영리한 인간들은 자기만의 언어로 글이란 걸 쓰기 시작했어요. 그리고 그 방대한 책으로 다시 바벨탑을 쌓아 올린 거예요."

"또다시 신의 능력을 뛰어넘으려는 시도가 책이란 벽돌을 만들어 냈다는 거예요?"

"맞아요. 보세요, 결국 인간은 오만한 과학으로 신의 영역을 침범하고 말았잖아요. 윤리적인 잣대가 걸림돌이지만, 우린 이미 복제인간을 만들어 냈어요. 책으로 쌓은 바벨탑이 하늘에 닿고 만 셈이죠."

그러면서 그는, 우리 인간을 신의 경지에까지 이르게 한 그 책을 다 읽어 보지도 못하고 죽을 수밖에 없다는 게 안타깝다고 했다.

"위대한 책이 넘쳐 나는 만큼 평균수명도 계속 늘어나면 좋을 텐데, 안 그래요, 오주 씨?"

그가 나를 빤히 쳐다보며 묻자 나는 대답했다.

"세상의 모든 책을 다 읽을 필욘 없어요. 독서라는 건 자기한테 필요한 책만 골라 읽으면 되는 거예요. 세상의 모든 천재도 자기 분야에서만 천재였지 다른 분야에선 완전 꽝이잖아요."

"그래도 전 세상의 모든 책을 다 섭렵하고 싶어요. 천년만년 살 수만 있다면요."

"진호 씨 때문에라도 책을 못 쓰게 사람들 손을 묶어 놔야겠네요."

내 말에 그가 웃으며 대답했다.

"아, 그런 방법이 있었군요."

"근데 진호 씨 말대로 책이 넘쳐 나는 만큼 평균수명이 늘어나는 것도 나쁘지 않겠어요. 그 말은 곧, 사람이 똑똑해질수록 오래 살게 되는 거니까, 사람들이 공부를 많이 하려 들지 않겠어요?"

"그렇죠? 하하."

자기 말에 동조를 해주자 그는 호탕하게 웃어 주었다. 그래서 나는 신이 나 더 덧붙였다.

"사람들이 공부를 많이 하게 되면 세상은 더 똑똑해질 테고, 그러다 보면 사는 것도 더 편해질 거잖아요."

"맞아요. 근데 우리, 말 편하게 하면 안 될까?"

순식간에 사라져 버린 그와 나 사이의 존댓말. 존댓말이 사라진 사이에는 친밀감이 파고들기 시작했고, 우리는 편해진 말만큼이나 편한 사이가 되어 갔다. 그렇게 봄날 도서관에서 처음 만난 우리는, 여름과 가을과 겨울에도 도서관에서 만났다. 그리고 두 해가 지난 요 며칠의 봄날, 내 원룸에서 헤어졌다. 참치 캔을 따다 엄지손가락을 베이고 난 다음 날이었다.

여기에 앉아 그가 처음 날 바라봤을 때의 내 모습은 어땠을까. 나는 자판기 커피가 놓여 있던 창가를 손으로 더듬는다. 엄지손가락을 감싼 살색 반창고가 책 먼지에 더러워져 있다. 물이 들어가면 베인 상처는 아직도 쓰라리고 아팠다.

"오주 씨, 어딨어? 정리 다 됐지?"

열람과장의 목소리가 들려온다. 나는 의자에서 일어나 구석진 서가에서 빠져나간다. 자판기 커피를 뽑아 든 열람과장이 책상 위에 엉덩이를 걸치고 앉아 있다. 과장이 종이컵을 들어 보이며 내게 묻는다.

"좀 쉬었다 하자고. 근데 커피 마셔도 돼?"

나는 고개를 끄덕인다. 열람과장은 내 불면증을 늘 걱정해 주는 사람이었다. 불면증으로 고생한 적이 있어서 잠을 못 자는 고통이 어떤 건지 잘 알기 때문이라고 했다. 그래서 불면증이 고통스럽지 않다는 내 말을 과장은 믿으려 하지 않았다. 오히려 불면을 즐기는 타입인걸요, 하고 말했더니 과장은 안쓰럽게 날 쳐다보며 말했다.

"애써 포장할 필요 없어. 힘들면 힘들다고 말해. 그래야 서로 방법을 찾아보지."

나는 자판기 커피를 받아 들고 열람과장 옆에 앉는다. 과장은 애가 둘이라는 게 믿어지지 않을 정도로 호리호리한 몸매를 자랑하는 여자였다. 정도에 지나치지 않는 메이크업과 블리치를 넣은 헤어스타일은 과장을 미시족처럼 보이게 했다. 과장이 커피를 홀짝이며 묻는다.

"요즘은 어때? 잠은 잘 자?"

"그냥 그래요."

"아침엔 얼굴이 별로 안 좋아 보이더니 지금은 괜찮네. 역시 워커홀릭인가?"

"그런가 봐요."

"국수는 언제 먹여 줄 거야?"

과장은 그와 나만의 한밤 도서관 데이트를 말없이 지켜봐 온 사람이었다. 일부러 자료실 전체를 혼자 정리하게 해, 나와 그만의 오붓한 시간과 공간을 만들어 주기도 했다. 여러모로 고마운 사람이었다.

"그 사람 공부 마치면요."

하지만 이미 끝나 버린걸요, 하고 나는 속으로 말한다.

"연애 기간 그거 너무 길어도 골치야. 신혼다운 신혼 만끽하려면 풋풋할 때 해야 해. 근데 손은 어쩌다 그랬어?"

종이컵을 쥐고 있는 내 엄지손가락을 과장이 쳐다본다.

"참치 캔 따다가요. 자꾸 물을 묻혀서 그런지 상처가 잘 안 낫네요. 근데 내일도 야근이에요?"

"워커홀릭께서 웬일? 내일 무슨 일 있어?"

"세탁기 사러 가야 해서요. 빨래가 많이 쌓였어요."

"고장 났어?"

"네."

며칠째 퇴근이 늦어지는 바람에 옆집 여자의 초인종을 누를 수 없었다. 아직 친한 사이도 아닌데, 밤늦게 찾아가 세탁기를 빌려 쓴다는 게 좀 그랬다. 그래서 옆집 여자에게 주려고 추려 놓은 십 원짜리 동전은 아직 신발장 위에 그대로 있었다.

"가만있자, 이 주까지는 계속 바쁠 것 같은데. 정 급하면 빨래방에라도 가봐."

"빨래방요?"

"그래. 24시간이라 아무 때나 가도 되고."

"아, 그러면 되겠네요. 왜 그 생각을 못 했죠?"

"나도 한 번 가봤는데 바로 건조도 되고 좋더라. 우리 집 세탁기 아주 구식이거든. 혼수로 해 간 세탁기를 아직까지 고쳐 쓰고 있잖아."

"급한 대로 그래야겠네요. 근데 점점 많아지는 거 같아요. 가름끈 말이에요. 방금도 일곱 개나 확인했어요."

"그러게. 어떤 놈인지 잡히기만 해봐!"

열람과장이 다 마신 종이컵을 손으로 찌그러뜨린다.

"잘라다 뭐에 쓰려는 걸까요?"

"목도리라도 짜려나 보지 뭐. 아무튼 이상한 사람도 참 많아."

도서 반납자들의 제보가 없었다면 아무도 몰랐을 일이다. 세상 그 어떤 사서도 양장본 가름끈의 안녕을 생각하며 살지는 않을 것이다.

"잡을 순 있을까요?"

"잡아야지. 잡아다 족을 치든가 손해배상을 청구하든가 해야지. 나쁜 새끼!"

가름끈도 없는 양장본의 책을 읽어 나가는 일은 꽤나 불편하다. 반양장이라면 책날개를 책갈피 삼아 사용할 수 있지만, 양장은 그럴 수 없다. 특히 도서관에 비치된 양장은 처음부터 책표지를 벗겨 버리는 터라 가름끈의 역할은 더 중요했다. 가름끈이 사라진 책은 매번 접히게 될 것이다. 그러다 보면 책은 금방 상하게 되고, 결국 책에 의한 사람들의 불만은 사서인 내게 돌아오게 돼 있다. 책의 무사안위는 내 책무인 만큼, 이번 사건은 그냥 봐 넘길 수 없다. 도대체 어떤 놈일까. 출입증을 따로 제시하지 않고도 출입이 가능한 도서관을 주요 타깃으로 잡은 걸 보면, 놈은 여러모로 치밀한 작자임이 분명했다.

"가름끈에 감응 테이프를 붙여 둘 수도 없으니 원."

열람과장이 한숨을 내쉬며, 꾹꾹 눌러 단단해진 종이컵을 멀리 떨어진 휴지통으로 던진다. 명중이다. 과장이 책상에서 내려서자 나도 따라 내려선다. 불현듯 뭐든 수집하기 좋아하는 옆집 여자가 생각난다. 나는 과장에게 묻는다.

"과장님, 혹시 태어난 날짜와 죽은 날짜가 같은 사람 본 적 있어요? 아님 들어 본 적은요?"

"글쎄, 그런 사람이 있나? 근데 왜?"

"갑자기 궁금해서요."

"별게 다 궁금하다."

"그 가름끈 용의자요, 어쩌면 생각보다 쉽게 잡힐지 몰라요."

"그래 주면 나야 고맙지."

십 원짜리 동전을 모으는 여자가 가름끈이라고 모으지 말란 법은 없었다. 등잔 밑이 어두울 수도 있는 일이었다.

4

화요일 밤이다.

잠을 잔다는 것, 그것은 결코 하찮은 기술이 아니라던 니체의 말이 명언처럼 들리는 밤이다. 별짓을 해도 잠이 오지 않는다. 옆집 여자는 긴 침묵에 있었다. 카페에서 헤어진 뒤로 여자를 본 적이 없다. 현관문 여닫는 소리나 복도를 지나는 발소리에 나가 보면 모두 다른 사람이었다. 어디 멀리 출장이라도 간 모양이라고 나는 생각했다. 그래서 여자에게 주려고 챙겨 놓은 동전은 아직 그대로였다. 물론 개수는 더 늘어나 있었다. 하지만 환산 가치가 낮아진 십 원짜리 동전은 뭉텅이로 모아 놓아도 별 쓸모가 없었다. 마치 술에 미쳐 살아온 우리 엄마 같았다.

긴 시간 묵혀 둔 빨랫감에서는 자릿내가 풍기기 시작한다. 저대로 계속 미뤄 두다간 당장 갈아입을 속옷도 없게 생겼다. 그래서 나는 열람과장이 일러 준 대로 빨래방에 가볼 생각이었다. 퇴근길에 둘러본 빨래방 하나가 눈앞에 어른거린다. 집에서 좀 걸어 나가야 한다는 불편이 있지만, 시설은 꽤 크고 좋아 보였다. 선선한 밤바람을 맞으며 거리를 걷는 것도 나쁘지 않을 것이다. 잠이 오지 않는 밤이라면 더 환영이었다. 피난민처럼 양손에 빨랫감을 들고 걸어야 한다해도 뭐 괜찮다. 다이조부, 다이조부!

나는 커다란 비닐봉지에 빨랫감을 쑤셔 넣는다. 세탁 바구니 맨 아래에 있던 그의 파란색 면 티 두 장을 끝으로 봉지 꾸러미 두 개가 만들어진다. 젖어 있던 빨래들이라 그런지 생각보다 무거웠다.

나는 지갑을 챙겨 들고 현관문을 나선다.

대학가의 밤거리는 활기차다. 겨울을 견뎌 낸 봄의 활기가 거리를 에워싸고 있다. 곧 있으면 만발할 가로수의 벚꽃들이 봄바람에 하늘거린다. 아직 개화하기 전인데도 벚나무 아래를 지나자 옅은 벚꽃향이 코를 간질인다. 그 유혹에 나는, 빨래 꾸러미를 내려놓고 벚나무 아래에 잠시 멈춰 선다. 봄이란 계절은 누구의 창작품일까. 어떻게 이런 거대한 공기를 이렇게 적당히 데워 낼 수 있는지 모르겠다. 그게 자연의 힘이든, 보이지 않는 어떤 신의 힘이든, 일 년 내내 봄이었으면 좋겠다. 봄에는 슬픔도 슬픔 같지 않고, 외로움도 외로움 같지 않다. 늘 상큼한 일이 일어날 것만 같고, 떠나간 사람들도 다시 돌아와 내게 안녕, 하고 인사를 건넬 것만 같다.

봄날 하면 역시, 아빠가 끓여 주던 라면 생각이 가장 먼저 난다. 이맘때 먹는 아빠의 라면은 세상 그 어떤 음식보다 맛있었다. 아빠가 제주도로 떠나 버리고 없는 봄날의 어느 한때를 삼시 세끼 라면으로 때운 적도 있었을 만큼, 나는 봄만 되면 아빠의 라면이 그리워졌다. 아빠는 세상에서 가장 맛있는 라면을 끓이는 사람이었다. 쌀을 어떻게 씻는지도 모르던 아빠가 술에 찌든 엄마를 대신해 할 수 있는 요리는 라면뿐이었다. 라면은 언니와 나를 위해 아빠가 가장 손쉽고 빠르게 해 먹일 수 있는 음식이기도 했다. 물론 엄마의 해장국으로도 손색없는 요리였다. 집안의 세 여자를 위해 이틀에 한 번꼴로 라면을 끓여 대던 아빠가 라면 전문 요리사로 변해 가기 시작한 건, 라면을 끓인 지 4년이 넘어가면서부터였다. 그때부터 아빠는 1인분의 라면에 필요한 최적의 물의 양과 쫄깃한 면발을 위한 불 조절법 등을 터득해 나가기 시작했다. 그러더니 마지막엔 라면과 환상의 궁합을 자랑하는 식재료를 발굴해 내기에 이르렀다. 그렇게 완결된 줄로만 알았던 아빠의 라면 연구는 엄마가 땅속에 묻힌 뒤에도 계속 이어졌다. 그리고 그것은 지금도 마찬가지였다. 지금 와서 생각해 보면 그게 아빠를 견디게 하는 힘이 아니었나 싶다. 엄마가 살아 있는 동안 아빠는, 라면 요리를 새로 개발해 내거나, 개발해 낸 그 라면 요리를 식구들에게 해 먹일 때 말고는 웃은 적이 없었으니까.

꽃보다 남자가 아닌 아내보다 라면이었던 아빠. 라면을 향한 아빠의 무한 사랑으로, 아빠가 아빠의 이름을 걸고 내놓을 수 있는 라면 요리는 무려 서른 가지나 되었다. 그 서른 가지의 행복을 다 먹어 본 사람은 아마 언니와 나, 둘뿐일 것이다. 특히 아빠의 라면은 봄날 거실에 앉아 땀을 흘리며 먹을 때가 가장 맛있었는데, 사실 봄이 되면 아빠의 라면이 생각나는 이유도 그 때문이었다. 그래서 아빠가 술을 모르는 여자와 제주도로 가버리던 날, 언니와 나는 공항에서 아빠와 약속했다. 매년 봄이 되면 라면 먹으러 꼭 내려가겠다고. 하지만 그 약속은 한 번도 지켜지지 못했다. 한국에 없는 언니 때문이기도 했고, 찰나적인 봄날 때문이기도 했다. 그리고 술을 모르는 아빠의 여자에 대한 호칭 때문이기도 했다. 이상하게도 '엄마'란 호칭은 늙고 병든 술주정뱅이 여자한테만 어울리는 것처럼 여겨졌다. 나한테는 아직까지도 그랬다. 쓸모없는 엄마였음에도 엄마가 엄마인 이유는 그냥 엄마이기 때문이었다. 엄마가 죽고 나서야 나는 가족에게 이유 같은 건 없다는 걸 알았다. 그리고 죽음은 가장 위대한 스승이라는 것도. 고등학교 윤리 선생이었던 아빠를 가르친 것도 엄마의 그 죽음이었다.

아빠는 더 이상 학교를 다닐 수 없었다. 엄마는 죽고 없었지만, 아빠는 여전히 아내에게 맞고 사는 남편이었다. '멍텅이'라는 아빠의 별명과 그 유래는 저학년과 신입생들에게 끊임없이 대물림되었다. 엄마는 죽어서도 아빠를 괴롭혔던 것이다. 아빠를 결정적으로 돌게 만든 건 키득거리며 수업을 듣던 학생들이었다. 윤리 선생답게 뼛속까지 착하기만 했던 아빠는 결국 팔을 걷어붙였다. 그리고 학생들에게 심한 매질을 가한 다음, 미련 없이 학교를 떠나고 말았다. 태어나 한 번도 누굴 때려 본 적 없던 아빠가 처음이자 마지막으로 제자들을 흠씬 두들겨 패주고 한 일은 대학교 근처에 라면 가게를 차리는 것이었다. 라면을 먹으러 오는 손님들은 아빠가 죽은 아내에게 맞고 산 사실을 알지 못했고, 설령 안다 해도 상관하지 않을 것이었다. 배 고픈 손님들은 아빠를 지질한 웃음거리가 아닌, 세상 어디에도 없는 특별한 라면을 끓여 주는 고마운 사람으로 생각했기 때문이었다. 그래서 아빠는 윤리 선생으로 살아왔던 인생보다 라면 가게 주인으로 살아갈 인생이 더 행복할 거라고 생각했다. 그리고 생각대로 아빠는 그랬던 것 같다.

아빠의 라면 가게는 아주 잘되었다. 제주도로 내려가 다시 차린 라면 가게도 아주 잘된다고 했다. 지금도 아빠는, 자신이 위선적인 윤리 선생에서 라면 전문 요리사로 변신하게 된 것을 신기하게 생각했다. 그 길은 아빠 본인조차도 생각해 본 적 없었기에 그랬다. 그래서 아빠는 엄마의 죽음이 그 길을 가르친 거라고 생각했다. 엄마가 아빠에게 남긴 유일한 유산은 그것이었다. 아빠가 가장 행복해하며 할 수 있는 일.

오늘도 제주도의 누군가에게 맛있는 라면을 끓여 줬을 그 아빠한 테서 전화가 걸려 왔다. 안부를 묻는 전화였다. 그러나 여전히 무슨 할 말이 있는 듯, 통화 끝에는 미세한 여운이 느껴졌다. 행복한 라면 전문 요리사에게 무슨 고민이라도 생긴 걸까. 다음 통화 때는 꼭 물어봐야겠다.

벚꽃 향에 취해 있는 내 옆으로 한 중년 남자가 비틀거리며 걸어온다. 술 취한 사람이었다. 해코지라도 당할까 봐 나는 얼른 빨래 꾸러미를 들고 횡단보도를 건넌다. 빨래방에서 새어 나오는 맑고 휘황한 형광등 불빛이 내 발걸음을 재촉한다. 빨래방 앞에는 흰색 주차선이 그어져 있다. 다섯 대의 차를 주차할 만한 공간이었다. 빨래방 이용객 외에는 차를 주차할 수 없다는 팻말이 빨래방 입구에 세워져 있다. 차가 없는 나는 팻말을 무시하고 출입문을 밀치고 안으로 들어간다. 들어서자마자 안에서는 향긋한 향내가 코를 반긴다. 세제나 섬유유연제에서 나는 냄새인 것 같았다. 빨래방 안에는 크기가 다른, 순백색의 드럼세탁기가 삼면을 둘러싸고 있다. 세탁기 귀퉁이에 부착된 일련번호가 20번까지 있는 걸 보니, 모두 스무 대의 세탁기가 구비된 모양이었다. 한 대 훔쳐다 집에 갖다 놓고 싶을 정도로 세탁기는 하얗고 예뻤다. 바닥과 벽까지 하얀색 타일로 마감돼 있어서, 빨래방 내부는 막 빨아 놓은 흰색 와이셔츠처럼 깨끗했다. 신발을 벗고 들어가야 하는 거 아닌가, 하고 눈치를 살필 정도였다.

빨래방 가운데에는 등받이를 맞댄 긴 의자가 놓여 있다. 의자 중간에는 여성잡지와 만화책을 비롯해 소설책과 신문이 꽂혀 있고, 천장에는 텔레비전이 매달려 있다. 그리고 바퀴 달린 세탁 바구니도 보이고 세면대와 테트리스 오락기와 소형 커피 자판기까지 보인다. 지루한 세탁 시간을 달래기 위한 세심한 장치들이었다. 무인 빨래방답게 두 대의 감시카메라가 나를 내려다보고 있다는 것만 빼면 만족스러운 시설이었다.

일련의 내부 관찰을 마친 나는 의자 위에 빨래 꾸러미를 내려놓는다. 늦은 밤이라 세탁기를 돌리는 사람은 남자 하나와 여자 하나뿐이다. 남자는 구불구불한 검정색 머리띠를 착용하고 있다. 그래서 귀밑까지 내려온 머리는 조금씩 나눠 묶은 것처럼 보인다. 남자는 돌아가는 9번 세탁기를 하염없이 바라보고 앉아 있다. 색깔이 없는 무채색 표정이었다. 아니, 색깔이 없다기보다는 세상의 모든 슬픔을 짊어진 사람의 표정 같아 보였다. 그런 남자와 달리, 반대편에 앉아 있는 여자는 한눈에 봐도 유쾌해 보인다. 남자와 등을 맞댄 채 앉아 있어서 더 그래 보였는지도 모른다. 여자는 어린이용 소시지를 베어 먹으며 텔레비전을 올려다보고 있다. 아이돌 가수의 노래에 맞춰 고개를 까닥이고 발로 박자를 맞추느라 정신없는 여자였다.

그나저나 뭘 어떻게 해야 하는지 모르겠다. 세탁기마다 동전 투입구가 있는 걸 보니, 동전을 넣어야 하는 모양이다. 누구나 처음 이용하는 기계와 시설 앞에서는 바보가 되기 마련인데, 지금의 내가 그렇다. 문명의 이기 앞에 어쩔 줄 몰라 하는 원시인이 꼭 이럴 것이다. 나는 일단 지갑을 열어 동전부터 꺼낸다. 벽면에 부착된 세탁기 사용법에 관한 문구가 보이자 그쪽으로 걸어간다. 그런데 시선을 딴

데 둔 채로 동전을 꺼내려다 동전 몇 개가 손에서 미끄러진다. 타일 바닥으로 떨어진 백 원짜리 동전 하나가 하필이면 여자의 발 아래로 굴러가 멈춘다. 텔레비전에 붙박여 있던 여자의 시선이 떨어진 동전으로 내려온다. 여자가 동전과 나를 번갈아 쳐다보더니, 동전을 주워 자리에서 일어난다. 첫인상이 별로인 여자다. 나는 여자와 마주친 눈을 피해 나머지 동전을 줍는다. 여자가 먹고 있던 소시지를 마저 한입에 밀어 넣으며 내 쪽으로 걸어온다. 슬리퍼를 끄집고 걸어오는 걸음걸이가 마치 건달 같다. 여자가 팔을 뻗어 내게 동전을 건네며 말한다.

"못 보던 얼굴이네? 안녕, 신입생! 여긴 백 원짜린 필요 없어. 오백 원짜리라야 해."

뭐야, 신입생이라니. 여자의 키는 170센티미터는 돼 보인다. 한쪽만 걸어 올린 추리닝 바지 아래로 가늘고 긴 다리가 드러난다. 추리닝 바지 주머니에는 소시지 두 개가 들어 있다. 머리는 쇼트커트이고 가슴은 절벽이다. 한마디로 젓가락처럼 삐쩍 마른 선머슴 같은 여자였다. 나는 여자가 건넨 백 원짜리 동전을 받아 챙기며 고맙습니다, 하고 기어들어 가는 목소리로 말한다. 그러자 여자가 말한다.

"난 조미치라고 해. 그쪽은?"

"네?"

날 언제 봤다고 반말이야?

"이름 없어?"

"아, 신오주······."

"이름하고 얼굴이 딱 어울리네. 우리 부모는 내 이름을 왜 이따위로 지었는지 몰라. 미치가 뭐야, 미치가. 정말 미치고 환장하겠어. 무슨 생선 이름 같지 않아?"

"네? 아, 아니요."

"나이는 한 스물여덟쯤 돼 보이는데, 어때?"

귀신이다! 나는 눈을 동그랗게 뜬다.

"표정 보니까 맞나 보네. 속으로 귀신이다, 점쟁이다, 뭐 그랬지?"

독심술이라도 하는 걸까. 나는 아니요, 하고 말하며 고개를 가로젓기까지 한다.

"내가 여섯 살 위니까 언니겠네. 그래도 그냥 미치라고 불러 줘. 난 미국식이 좋아. 그쪽이 날 언니라 부르면 듣는 옆 사람이 날 몇 살로 보겠어. 여자란 나이 먹을수록 나이를 감추고 싶어 한다는 거 이해하지?"

"네, 뭐······."

"언니라 부르면 앞으로 안 놀아 줄 거야."

"네?"

나한테 왜 이러지? 다른 빨래방으로 가버릴까.

"근데 아까부터 왜 내 가슴만 쳐다보는 거야? 초면에 이러면 실렌데."

"아니에요. 안 봤어요."

이마에 식은땀이 흐른다.

"나도 알아, 내 가슴 절벽인 거."

"그런 게……."

"됐고. 따라와, 사용법 가르쳐 줄게."

처음 만난 사람한테 이런 식으로 대하는 게 무례인지 친절인지는 모르겠다. 아무튼 오지랖이 태평양보다 넓은 여자임에는 분명해 보인다. 게다가 이런 초고속 친숙함은 태어나 처음이다. 처음엔 기분 나쁘게 들리던 반말이 이상하게 이제는 귀에 거슬리지 않는다는 게 더 이상하다. 마치 저 여자는 으레 그럴 것 같아, 하는 생각이 나를 순식간에 지배해 버린 건지도 모른다. 여자, 아니 미치 입가에 번진 익살스러운 미소가 나를 더 혼란스럽게 한다.

"안 따라오고 뭐 해?"

"네?"

"날 경계하는 거야?"

"그런 게 아니라……."

"나, 나쁜 사람 아니야. 호모도 아니니까 염려 붙들어 매. 하긴 내가 생각해도 이런 친절은 좀 우스워. 그래서 그런 거지?"

"그게……."

"여기 처음 오는 사람들은 하나같이 다 버벅대. 뭘 어떻게 해야 할지 몰라 난감해하고. 그래서 이 빨래방 터줏대감으로서 처음 보는 사람이다 싶으면 사용법을 가르쳐 주는 것뿐이야. 읽는 것보다 듣는 게 더 쉬우니까. 그니까 오핸 마. 게다가 빨래 돌아가는 시간이 좀 지

54

루해야 말이지. 푸!"

나는 그제야 미치 뒤를 따라간다. 미치와 내가 서로 말을 주고받으며 떠드는데도 머리띠 남자는 미동조차 없다. 여전히 9번 세탁기만 바라보고 있을 뿐이다. 미치의 능숙한 설명이 이어진다.

"융통성 없게도 여기 있는 세탁기들은 오백 원짜리 동전만 삼켜. 저기 동전교환기 보이지? 동전은 저 기계로 교환해 넣는 거야. 세탁기는 빨래 양에 따라 골라 쓰면 되는데, 이불 같은 건 저기 저 큰 세탁기에다 돌리면 돼. 여기 귀퉁이에 적힌 금액 보이지?"

미치가 세탁기 귀퉁이에 적힌 금액을 손가락으로 가리킨다.

"돈은 여기 적힌 대로 넣고 세탁물 종류에 따라 물 온도를 선택해준 다음 시작 버튼만 누르면 돼. 간단하지? 세제하고 섬유유연제는 안에서 자동으로 나오니까 신경 쓸 필요 없어. 세탁이 끝나면 건조기에 넣고 다시 돌려야 해. 저 구석에 있는 세탁기 보이지? 저게 건조기야. 뭐, 돈이 아까우면 집에 가져가 말려도 상관없고. 건조기 돌릴 땐…… 잠깐 이쪽으로 와봐."

미치 뒤를 따라 자리를 옮긴다.

"바운스하고 봉지는 이 자판기에서 사면 돼."

"바운스가 뭐예요?"

"건조기에 넣고 돌리는 린스 같은 거. 일종의 섬유유연제지. 티슈처럼 생긴 건데, 그걸 넣고 돌리면 옷에 좋은 냄새가 배게 돼. 뽀송뽀송한 감촉도 살려 주고. 자, 그럼 실전에 돌입해 볼까?"

미치 말대로 귀로 들으니 한 번에 이해가 된다. 나는 빨래 꾸러미를 푼다. 속옷은 보이지 않게 겉옷에 감춰 꺼낸다. 몇 번 세탁기를 쓸까 고민하다가 나는 14번 세탁기 앞으로 간다. 하염없이 9번 세탁기만 바라보고 있는 남자는 여전히 움직임조차 없다. 귀에 이어폰을 꽂고 있는 것도 아니었다. 그래서 귀가 먹어 버린 사람 같다는 생각이 들었다.

14번 세탁기는 시원스레 돌아간다. 미치는 빨래방 바로 건너편에 있는 오피스텔에 산다고 했다. 말만 하면 누구나 알 만한 광고회사에서 아트디렉터로 일하다 관두고 만화를 그리기 시작한 지 얼마 안 됐단다.

"그래서 부모 애를 좀 녹이고 있는 중이지. 엄마가 잔소리 까면 뭐라고 응수하는지 알아?"

"뭐라고 하는데요?"

"생선 같은 이름 지어 준 대가야! 그러면 아무 말도 못 해. 당신들이 보기에도 내 이름이 좀 이상한가 봐. 자긴 무슨 일 해?"

"도서관에서 일해요."

"사서구나. 별로 스트레스 안 받는 직업 아닌가?"

"그렇지도 않아요. 근데 빨래는 매번 여기서 돌리나 봐요. 집에 세탁기 없어요?"

"응. 자긴?"

"고장 났어요. 사러 가야 하는데 시간이 없어서……."

"그렇게 바빠?"

"게으른 거겠죠, 뭐."

첫인상이 별로였지만, 말을 섞으면 섞을수록 몇 년을 만나 온 것처럼 편해지는 사람이었다. 이런 경험은 처음이라 조금 당황스러웠다. 혹시 내 사교성이 몰라보게 좋아진 건 아닌지, 하는 착각이 들 정도다. 그런데 왜 또 갑자기 옆집 여자가 생각나는 걸까. 물어봐 달라던 그 질문 때문인지도 모른다.

"저기요, 혹시 태어난 날짜와 죽은 날짜가 같은 사람 본 적 있어요? 아니면 들어 본 적은요?"

"글쎄? 근데 그런 건 왜?"

"그냥……."

"너도 좀 엉뚱한 구석이 있구나."

"아니요, 어떤 사람이……."

"응?"

"아니에요."

이때 남자의 9번 세탁기에서 세탁 종료 음이 울린다. 석고상처럼 앉아만 있던 남자가 드디어 자리에서 일어난다. 귀가 들리지 않는 사람은 아니었다. 남자가 세탁기를 연다. 오래 사용해서 꾸깃꾸깃해진 비닐봉지에 남자가 빨래를 꺼내 담는다. 그러더니 횡허케 출입문 쪽으로 걸어간다. 9번 세탁기 유리문 사이로 흘려 놓고 간 양말 두

짝이 보인다. 나는 세탁기에서 양말을 꺼내 남자를 부른다.

"저기요!"

그러나 남자는 그새 출입문을 열고 나가 버린다. 색깔과 디자인이 다른, 낡은 털양말 두 짝이었다. 나는 어떡하느냐는 듯 미치를 내려다본다. 미치가 말한다.

"저번엔 티셔츠 흘리고 가더니 이번엔 양말이네. 수면양말이잖아? 그거 나도 있는데."

"수면양말이 뭐예요? 이거 신으면 정말 잠이 잘 와요?"

"꼭 그런 건 아니고. 극세사라 감촉도 부드럽고 따뜻해. 안 신은 것처럼 편하기도 하고."

컬러풀한 양말은 어린애들이 신는 양말 같았다. 몇 군데 떨어져 나가긴 했지만, 발바닥 부분에 미끄럼 방지 처리가 돼 있어서 더 그래 보인다. 왠지 남자와 어울리지 않는, 엉뚱한 양말 같아 나도 모르게 웃음이 나온다.

"왜 웃어?"

"아니에요. 근데 이거 어떡하죠?"

"뒀다 나중에 줘. 화요일엔 종종 거르긴 하지만 토요일 이 시간에는 꼭 오는 사람이니까. 얼굴이 굉장히 어두워 보이지 않아?"

"네."

"나도 말 한마디 못 섞어 봤어. 얼굴 본 지 한 4개월 돼가나? 보고 있으면 나까지 우울해지는 사람이야. 저 남자 이상한 게 한두 가지가 아니야."

"어떻게요?"

호기심에 나는 미치 옆에 바짝 붙어 앉는다.

"고집스럽게도 저 9번 세탁기만 써. 다른 사람이 선점해 쓰고 있으면 한 시간이고 두 시간이고 기다렸다 꼭 9번 세탁기에다 빨래를 하고 가. 비어 있는 세탁기가 천지인데도 말이지. 내 친절이 통하지 않은 유일한 사람이었어. 근데 이젠 그런가 보다 해."

"말을 걸면 울어 버릴 것 같은 표정이었어요."

"맞아. 내가 접근하지 못한 이유이기도 해. 하고 다니는 거 보면 아주 깔끔해. 시트를 나흘에 한 번꼴로 빨러 오는 남자라면 안 봐도 훤하지 뭐. 근데 건조기 사용하는 걸 한 번도 본 적이 없어. 짠돌인가 싶기도 하고. 저 머리띠는 트레이드마크처럼 늘 하고 다니는 것 같더라고."

"정말로 말 한마디 못 해봤어요?"

처음 나를 대하던 미치의 행동을 생각하면 상대방이 말 한마디 안 했을 리는 없어 보인다. 물론 사람에 따라 미치의 행동이 무례하게 느껴질 수는 있다. 하지만 그걸 무례로 받아들이든 친절로 받아들이든 간에, 미치의 행동에 반응하지 않을 사람은 없을 것이다.

"목소리가 어떻게 생겨 먹었는지도 모른다니까. 사용법 가르쳐 준다 했을 때 싸늘하게 짓던 그 표정은 아직도 잊히지 않아."

동그란 세탁기 유리문 사이로 돌아가는 내 빨래가 보인다. 파도처럼 일렁이는 세제 거품에는 어느새 구정물이 배어든다. 갑자기 미치가 내 쪽으로 몸을 비튼다. 재미있는 놀이가 생각났다는 듯 미치가 말한다.

"우리 심심한데 내기나 할래?"

"내기요?"

"오주가 저 남자 입을 열게 만드는 거야. 슬픈 표정의 이유도 알아 내는 거지."

"알아내서 뭘 어쩔 건데요?"

"음, 위로해 주지, 뭐. 난 자기도 실패한다는 쪽에 걸 테니까, 자긴 성공한다는 쪽에 거는 거야. 어때?"

"저는……."

"오, 재밌겠는데. 하자, 하자, 응?"

"미치가 못 한 일을 제가 어떻게요. 게다가 처음 보는 사람인 데……. 전 못 해요."

"진 사람이 한 달 치 빨래방비 내주는 거야. 한 달은 너무 적나? 그럼 두 달 치. 어때?"

"못 해요, 전."

"자기는 나보다 가슴이 빵빵하니까 어쩜 성공할지 몰라. 솔직히 내가 남자라도 나같이 비쩍 마른 여자가 막 들이대면 입 다물었을 거야."

"제가 성공하길 바라는 눈치네요? 그럼 미치가 제 빨래방비 대야

하잖아요."

"저 남자 입이 열리는 일인데 손해긴 뭐가 손해야. 나도 내심 궁금했거든. 그리고 게임은 해봐야 아는 거지. 아무튼 난 실패한다는 쪽이야."

"전 모르겠어요. 세탁기 사면 여기 올 일도 없을 테고……."

"잔말 말고 하는 거야."

"그게……."

나는 말끝을 흐린다. 그사이 세탁은 헹굼으로 넘어간다.

"아, 소시지 먹을래?"

미치가 추리닝 바지 주머니에서 소시지를 꺼내 내게 건넨다.

"어째 나는 소시지가 맛있더라. 특히 군데군데 치즈가 들어간 이 소시지가 좋아. 나중에 나한테 소시지 사주려거든 천 원짜리 이 맥스봉으로 부탁해. 요 통통한 걸로."

"네?"

미치가 키득댄다. 어디로 튈지 가늠할 수 없는 사람이었다. 나는 소시지를 베어 먹으며 남자의 털양말을 만지작댄다. 짙은 슬픔을 가진 남자를 두고 내기라니, 아무래도 불가능해 보인다.

미치도 그렇고 남자도 그렇고, 순식간에 들이닥친 바람 같은 시간이었다.

5

통증은 이제 느껴지지 않는다. 다 나았겠지 싶어 엄지손가락에 붙은 반창고를 떼어 낸다. 희멀건 하고 쭈글쭈글해진 살갗이 드러난다. 그런데 반창고를 무리하게 떼어 내려던 것이 탈을 일으킨다. 반창고의 접착력이 막 아물기 시작한 상처를 건드린 것이다. 찌릿한 통증과 함께 상처 사이가 다시 벌어지더니, 그 틈으로 피가 배어 나온다. 정말 되는 일이 하나도 없다. 베인 지 오늘로 일주일째다. 이렇게 오래가는 상처는 태어나 처음이었다.

손가락이 베이던 순간을 떠올리면 지금도 몸서리가 쳐진다. 모든 상처와 사고는 시간의 교묘한 장난질이 만들어 낸 합작품이다. 미리 알 수 없기에 기꺼이 겪게 되는, 미련하고 자학적인 몸의 불상사인 것이다. 아무도 손가락을 베일 걸 알면서 참치 캔을 따지는 않는다. 세상 어디에도 차에 치일 걸 알면서 횡단보도를 건너는 사람은 없다. 앞날에 대한 인간의 무지는 그래서 천만다행이다. 그 무지가 있기에 우리는 계획하고 움직이며 살아가는 것일 테니까. 내가 그날 참치 캔을 딴 것도 그 무지 때문이었다. 베일 줄 몰랐다는 무지. 내가 그를 만났던 것 역시 그랬다. 헤어질 줄 몰랐다는, 앞날에 대한 무지.

나는 아침에 밥맛이 없으면 밥에 참치를 얹어 깻잎에 싸 먹곤 했다. 고춧가루와 마늘과 파를 넣은 양념간장에 얇게 썬 청양고추를 넣고 싸 먹으면 금세 입맛이 돌았다. 그날도 그것을 해 먹으려다 그리된 것이었다. 그날따라 그는 일찍 학교에 가고 없었다. 처음엔 별거 아니라고 생각했는데, 피는 끝도 없이 흘러내렸다. 피의 붉은색이 그렇게 기분 나빠 보인 적은 없었다. 그렇다고 그게 어떤 불행을 암시하는 복선일 거라고는 생각하지 않았다. 살다 보면 손가락 하나 베이는 것쯤은 무수히 일어나는 일이었고, 그건 그저 실수에 지나지 않았기 때문이었다. 그럼에도 나는 생각했다. 그날 참치 캔에 손가락을 베이지 않았다면 그는 날 떠나지 않았을까, 하고. 그래, 그럴지도 모른다. 그는 내 불면증 때문이 아니라, 칠칠맞지 못하게 손가락이나 베이고 다니는 그날의 내 경솔함이 싫어 떠났을지도 모른다고. 하지만 그런 게 아니라는 걸 나는 누구보다 잘 알고 있었다. 그래서 그와의 이별을 참치 캔 탓으로 돌리려는 내 노력은 헛될 수밖에 없었다.

그날, 그의 기분은 아주 좋아 보였다. 퇴근 두 시간 전에 그에게서 걸려 온 전화 속 목소리는 평상시처럼 경쾌했다.

―오늘도 정시 퇴근이지?

―응.

―나 지금 마트야. 필요한 거 있으면 말해. 사 갈게.

―글쎄.

―뭐 먹고 싶은 건 없어? 오늘은 특별히 내가 실력 발휘 한번 해보지.

―저번처럼 냄비 다 태우려고?

―에이, 지난 과거는 잊어 주시죠. 와인도 한 병 샀어. 우리 뭐 해 먹을까?

―와인에는 스테이크가 딱이지.

―고작 스테이크? 더 근사한 거 없어?

―근사한 거? 음, 그냥 스테이크로 해. 그럼 오늘 저녁에 나 손에 물 안 묻혀도 되는 거네?

―물론입죠. 이따 봐.

전화를 끊고 이심전심이라고 생각했다. 말하지 않아도 상대방의 사정을 훤히 꿰뚫어 본다는 게 이런 거구나 싶어, 마냥 신기했다. 한편으론 소름이 돋았다. 손가락을 베이던 순간 내가 느꼈던 고통을 그도 느꼈던 건 아닐까, 하는 지나친 상상 때문이었다.

기대에 부푼 나는 퇴근하자마자 원룸으로 달려갔다. 현관문을 열고 들어갔을 때, 집 안에는 잘 익은 고기 냄새가 진동했다. 두 개의 접시와 두 개의 와인 잔이 놓여 있는 식탁은 간소했지만 낭만적이었다. 나는 옷을 갈아입고 식탁 앞에 앉았다. 그리고 아무 말도 하지 않

고 스테이크를 썰어 먹었다. 내 식성에 맞게 바싹 익힌 고기였음에
도 고기는 아주 부드러웠다. 나는 그에게 고기 부위를 묻고 싶었지
만 관뒀다. 들이켠 와인 잔 너머로 그의 눈을 바라보는데 무슨 할 말
이 있어 보였기 때문이다. 그리고 그때 그의 시선이 살색 반창고가
붙은 내 엄지손가락에 머물렀다. 다쳤느냐고 물어봐 줄 줄 알았던
그는 다시 고기를 썰었다. 그답지 않다고 생각했고, 그래서 미적거리
는 그의 행동에 나는 이렇게 생각했다. 혹시 자기 아내가 돼달라고
말하려는 걸까. 그렇게 넘겨짚은 나는, 그가 먼저 입을 열어 주길 기
다렸다. 그런데 접시와 와인이 비워질 때까지 그는 아무 말도 없었
다. 침묵의 식사가 끝나고 그가 먼저 식탁에서 일어났다. 그가 입을
열었다.

"설거진 내가 할게."

"그래, 고마워."

그가 식탁을 치우고 수세미에 세제를 묻혀 설거지를 했다. 나는 그
대로 식탁에 앉아 설거지를 하는 그의 뒷모습을 말없이 지켜봤다. 달
그락, 하고 접시와 접시가 부딪쳤다. 쏴, 하는 물줄기 소리가 그날따라
시끄럽게 들려왔다. 설거지 소리 사이로 난데없이 그의 목소리가 끼어
들었다. 잘못 듣지 않았다면 그건 무척이나 난데없는 말이었다.

"나 다음 주에 프랑스 가."

"여행?"

"……."

"나 휴가 때 같이 가기로 했잖아."

"여행 말고 공부하러. 박사는 거기서 할까 해."

일상적인 얘기를 꺼내듯, 그의 말에서는 감정 동요 같은 건 전혀 느껴지지 않았다. 어디 가까운 마트에라도 다녀오겠다는 사람의 말처럼 들렸다. 달그락 소리와 물줄기 소리가 동시에 멈췄다. 젖은 손을 마른 행주에 닦으며 그가 뒤돌아섰다. 싱크대에 허리를 기대고 선 그의 모습은 낯설어 보였다. 웃음기 없는 그의 굳은 표정 때문이었다. 나는 그에게 왜, 하고 물어야 했다. 그건 너무나 당연하고 순차적인 질문이었다.

"왜라니? 공부하러 간다잖아. 너 만나기 전부터 계획했던 일이야. 집에서도 그렇게 알고 있는 일이었고."

"내 귀엔 그만 끝내자는 말로 들리는데, 그런 거야?"

"······."

"이유가 뭐야?"

"너 아닌 다른 여자였어도 이 결정은 달라지지 않았어."

"파 좀 먹어 보라고 귀찮게 해서 그래?"

"아니야."

"다시는 라면에 파 안 넣을게. 장난으로라도 안 할게."

"아니라잖아."

"그럼 뭔데? 내 불면증?"

그는 대답 대신 침묵했다. 그의 침묵은 긍정의 뜻이라는 걸 나는 잘 알고 있었다.

"앞으론 일찍 불 끄고 자면 되잖아. 밤늦게까지 놀아 달라고도 안 할게."

"그럴 필요 없어. 내가 이 집에서 나가면 되니까."

"그래서 저녁 만들어 주겠다고 한 거야?"

"난 끝이 좋았으면 했을 뿐이야. 끝이란 건 오래 기억되는 거니까."

"나도 나름 노력했어."

"알아. 아니까 그래. 책 읽어 줄 때마다 잠자는 척했다는 것도 알고, 나 때문에 억지로 침대에 누운 적도 많았다는 것도 알아. 그때 알았어. 내가 떠나 주는 게 좋겠다고."

"날 위해 그러는 거라면 그러지 않아도 돼. 난 괜찮아."

"나 때문이야. 내가 못 견디겠어. 매일매일 잠자는 문제로 다툴 순 없잖아. 안 그래?"

그때 그의 시선이 살색 반창고가 붙은 내 엄지손가락에 다시 머물렀다. 다쳤느냐고 물어봐 줄 줄 알았던 그는 엉뚱하게도 커피 한잔할래, 하고 덤덤히 묻는 것이었다. 사랑의 외피를 벗겨 내고 나면 무심과 냉정만 남는다는 걸 나는 그때 알았다. 하긴, 헤어지자는 마당에 동정과 염려가 웬 말이겠는가. 내가 그였더라도 커피 한잔하자는 말밖에는 생각나지 않았을 것이다. 그때의 분위기와 상황은 그랬다. 그런데 나는, 커피 한잔하자는 그의 말이 그가 나에게 건넨 마지막 말이 될 줄은 몰랐다. 그는 나에게 말이 아닌, 한 줄의 문장으로 끝인사를 대신하고 이 원룸을 떠나 버렸기 때문이다.

　잠 잘 자고, 행복해라.

　그가 나에게 남긴 그 마지막 문장은 2년이란 시간을 정리하기엔 너무 짤막했고, 간단명료했다. 그래서 그 문장을 생각하면 내가 느끼는 쓸쓸함마저 짤막하고 간단명료해지는 것 같았다.

　새 반창고를 꺼내 피가 배어 나온 자리에 붙인다. 방바닥에 그대로 누워 천장을 응시한다. 나는 그가 눈치챘을 거라고는 생각하지 못했다. 그가 불어로 된 책을 소리 내어 읽어 줄 때마다 잠자는 척했던 건 사실이었다. 하지만 그를 위해서였다. 그를 위한 거짓 행동이 이런 결과를 가져올 줄은 몰랐다. 좋은 의도가 꼭 좋은 결과를 낳는 건 아니었다. 먼저 책을 읽어 주겠다고 한 쪽은 그였다. 처음에 그는 내게 약간의 불면증이 있다고만 생각했다. 어르고 달래면 금방 잠들 수 있는 정도의 불면증 말이다. 그래서 그는 먼저 내게 이렇게 말했던 것이다.
　"그럼 내가 책 읽어 줄까? 그때 그랬잖아. 불어는 어감이 둥글둥글해서 듣고 있으면 잠이 잘 올 것 같다고."
　"내가 그랬었나?"
　"자, 읽어 줄게."

그가 가방에서 불어로 된 책을 꺼내 읽어 주기 시작했다. 무슨 뜻인지 알아먹을 수 없어 지루하고 답답했다. 점점 갈라져 가는 그의 목소리가 감지되었다. 찌푸려지는 그의 미간이 보이자, 그의 노력에 보답해야겠다는 생각이 들었다. 안 되는 걸 되게 하고, 하기 싫은 걸 억지로 해야만 누군가와 함께할 자격이 있었다. 나는 졸린 듯 눈을 감았다 떴다. 하품을 하고 나서는 서서히 고개를 떨어뜨리며 그에게 말했다.

"불면증에 좋은 언어라 줄여서 '불어'라 그랬나 봐."

"졸려?"

"응."

"진짜로?"

"그렇다니까. 나 잘래."

그렇게 시작된 행위는 서로를 위해 밤마다 반복돼 갔다. 나는 그가 읽어 주는 책 내용은 물론 제목조차도 그에게 물어본 적 없었다. 그도 한국말로 번역해 굳이 나에게 설명하려 들지 않았다. 그래서 나는 그가 나에게 어떤 책을 읽어 줬는지 알 수 없었다. 어느 날 밤엔 발자크를 읽어 줬는지 모른다. 어느 날 밤엔 스탕달이었을지 모르고, 또 어느 날 밤엔 한국말로도 이해하기 곤란한 지라르나 부르디외였는지도 모른다. 나는 그가 뱉어 내는 불어 중에 '봉쥬르'와 '메르씨'와 '쥬뗌므'를 제외하고는 어떤 말도 알아먹을 수 없었다. 하지만 그가 점점 지쳐 가고 있다는 것만은 알 수 있었다. 책을 읽어 주던 그의 양미간에는 점점 깊은 골이 파여 갔고, 목소리의 기교는 나날이 시들해져 갔기 때문이었다. 그렇게 우리는 관계가 정점에서 꺾이는 순간을 서로 목도했다. 그럼에도 우린 애써 외면하려 들었다. 그보다도 내가 더 그랬다. 그러는 동안 삐걱거리는 균형의 틈으로 파열음이 생기기 시작했다. 관계의 파열음은 한쪽은 아직인데, 다른 한쪽은 이미 끝났다고 간주해 버릴 때 생기는 소음이었다. 소음의 끝에는 갈등이 발생하기 마련이다. 갈등은 국가적으로는 전쟁과 분열을, 개인적으로는 다툼과 이별을 낳는다.

결국 앞날에 대한 무지는 시간 낭비를 초래한다. 예언자와 신이 아닌 이상 누구도 시간 낭비의 삶에서 자유로울 순 없다. 그게 인간과 인간의 삶이 지닌 한계인지도 모른다.

벌어진 상처 틈으로 쓰라림이 올라온다. 뒤바뀐 가구들의 위치는 아직 낯설다. 침대 옆이라는 위치의 낯섦으로 더 낯설어 보이는 옷걸이에는 그의 파란색 면 티 두 장이 걸려 있다. 그리고 그 옆에는 남자의 짝짝이 양말 두 개가 바지걸이 집게에 물려 있다. 남자의 양말은 내 빨래와 함께 건조기에 들어갔다. 건조돼 나온 남자의 수면양말에서는 은은한 아로마 향이 났다. 그의 면 티 두 장에서도 그랬다.

빨래방 사용 만족도는 '대단히 만족'이었다. 최신형 세탁기라 그런지 세척력은 아주 좋았다. 건조돼 나온 빨래는 생각보다 뽀송뽀송했고, 빨랫줄에서 막 걷어 온 것과 느낌이 별반 다르지 않아 신기했다. 처음 만난 미치와의 대화도 재미있었다. 멋진 직업을 팽개치고 만화를 그리기 시작한 사람답게 미치의 입담은 지루할 틈이 없었다. 게다가 빨래방에는 끊임없이 낯선 사람들이 드나들었다. 자정이 넘어가든 새벽이 깊어 가든 상관없었다. 그래서 빨래방에 있다 보면 미치처럼 낯선 누군가에게 말을 걸게 될 것 같다는 생각이 들었다. 같은 목적으로 같은 공간에 모이게 된 사람들과 아무 말도 하지 않고 한 시간 넘게 버틴다는 건 정말 계면쩍은 일이었다. 세탁기가 없을 거라는 당연한 추측과 어쩌면 혼자 사는 사람일지도 모른다는 공통적인 연대감은 낯선 사람을 낯설지 않게 만들었다. 하지만 저 짝짝이 양말의 주인만은 예외인 것 같았다. 나는 남자의 표정을 떠올려 본다. 그런 사람에게 어떻게 말을 걸라는 건지, 눈앞이 암담하다.

"내기라……."

깊은 한숨을 내쉬는 사이에 초인종이 울린다. 이 늦은 시간에 누굴까. 고장 난 인터폰은 밖의 화면을 찍어 보내 주지 않는다. 나는 자리에서 일어나 현관문을 연다. 옆집 여자다. 카페에서 헤어진 이후로 처음이니, 꽤 오랜만에 보는 얼굴이었다. 여자는 여전히 안경알 없는 뿔테 안경을 쓰고 있다. 물론 잘 닦인(?) 안경일 것이다.

"밤늦게 실례한 건 아니죠?"

"아니요."

"아까 들어올 때 보니까 방에 불이 켜져 있기에요."

"근데 무슨……."

"제가 그때 냄비 보여 주겠다고 했잖아요."

"아, 끓어 넘치지 않는 냄비요?"

"지금 그 냄비에 뭘 끓이고 있거든요. 바쁘지 않으면 와서 한번 보시라고요."

콧등에서 흘러내리는 안경을 여자가 손으로 밀어 올린다. 볼수록 웃기는 안경이었고, 마주칠수록 재밌는 여자였다.

물어보지 않았는데도, 여자는 그동안 얼굴이 뜸했던 이유를 내게 설명한다.

"가끔 그렇게 예고도 없이 홀쩍 여행을 떠나곤 해요. 봄기운이 느껴지면 몸이 근질근질해 미치거든요. 이 버릇은 죽을 때까지 안 고쳐질 거예요."

"그래서 얼굴이 안 보였군요."

"그때 제가 세탁기 빌려 주기로 했던 거 같은데, 미안해서 어쩌죠. 빨래는 어떻게 했어요?"

"샀어요, 세탁기."

여러 말 하기가 귀찮아 나는 그렇게 말해 버린다. 여자의 가스레인지 위에는 모양과 크기가 같은 두 개의 냄비가 팔팔 끓고 있다. 유리 뚜껑을 들여다보니 하나에는 미역국이 끓고 있고 다른 하나에는 소면이 삶아지고 있다. 아주 센 불에 끓여지고 있음에도 국물은 물론 거품도 넘치지 않는다. 그래서 냄비 가장자리는 깨끗했고, 가스레인지 주변도 깔끔했다.

"신기하게 진짜로 안 넘치네요."

"그렇죠? 필요는 발명의 어머니란 말이 괜히 있는 게 아니에요."

여자의 일장연설이 또 이어질 모양이다.

"세상 사람들은 늘 새로운 것을 필요로 해요. 아니, 새로운 건 자기 혼자만 갖기를 원하죠. 다른 사람들과 구별되고 차별화되기 위해서요. 소수를 위한 명품은 그래서 만들어지는 거고요. 뒤따라오는 누군가를 따돌리길 좋아하는 게 우리 소비하는 사람들의 속성이니, 어쩌면 당연한 건지도 모르죠. 근데 문제는 그게 우리의 비애인데, 우리는 그게 비애인 줄도 모르고 살아간다는 거예요. 소비란 건 말이죠, 밑 빠진 독인 줄 알면서도 계속 물을 붓는 행위와 같거든요."

"네, 네."

"이제 알겠어요? 저 같은 사람이 왜 필요한지요."

"네?"

"사람들의 끝없는 소비욕을 충족시키려면 끝없이 뭔가를 만들어내야 하는 사람도 있어야 하잖아요. 이런 상품이 나오기까지 얼마나 많은 아이디어가 수집됐는지 모를걸요. 그러니까 발명과 개발의 원천은 수집이라고요. 필요하면 말해요. 하나 사다 줄 테니까요."

얘기가 어떻게 그쪽으로 튀는지 모를 일이다. 결국엔 물건 팔아보겠다는 속셈? 언술인지 마술인지 모를 여자의 술수에 걸려든 것 같아 왠지 씁쓸했다. 괜찮은 여자일지 모른다는 내 유보적인 생각이 한 발짝 뒤로 물러나는 순간이었다.

"비애라면서요."

"어쩔 수 없는 비애이긴 하지만, 편리함이라는 것도 무시할 순 없잖아요. 하나 사다 줘요?"

"생각해 보고요."

"생각하고 말고가 어딨어요. 제가 대신 주문해 놓을게요. 돈은 나중에 줘도 상관없어요."

나는 침묵으로 긍정의 뜻을 대신한다. 그에게서 배운 대꾸법이었다. 내가 자기를 장사꾼으로 여길까 봐 그랬는지, 눈치 빠른 여자가 서둘러 말한다.

"저 장사꾼 아니니까 오핸 말아요. 써보니까 좋아서 그래요. 제 맘 알죠?"

나는 억지웃음으로 대답을 대신한다. 하지만 알게 뭔가. 냄비에서 멀어진 내 시선은 저번에 말로만 들었던 예의 그 동전 박스로 향한다. 여자 말대로 골 박스 세 개에 십 원짜리 동전이 가득 들어 있다. 태어나 저렇게 많은 십 원짜리 동전은 처음이다. 나는 자연스레 내둘러진 혀를 얼른 입안으로 감춘다. 이상한 건 침대 쪽 천장에서도 발견된다. 시계가 천장에 걸려 있다. 아니 '걸려 있다'라는 표현보다는 '붙어 있다'라는 표현이 더 적당할 듯싶다. 시계를 올려다보며 여자에게 묻는다.

"시계를 왜 천장에다……."

"아, 저거요? 아침에 눈뜨자마자 바로 시계가 보이면 편하고 좋잖아."

"자다 떨어지기라도 하면 다칠 텐데……."

"걱정도 팔자셔. 떨어지면 까짓것 다치죠, 뭐. 호호호."

알면 알수록 이상한 여자였다.

"왜, 텔레비전도 저 천장에 붙여 버리지요?"

"어머, 그것도 좋은 생각이네요. 침대에 누워 드라마와 영화를 본다? 액자형 티브이라면 가능하기도 하겠어요."

여자가 곧장 책상으로 가더니 방금 내가 한 말을 종이에 긁적인다. 대단한 열정이었다. 뭐든 수집하는 여자답게 여자의 책상 위에는 서류뭉치가 수북이 쌓여 있다. 책상 옆과 책장 안에도 마찬가지다. 여자의 집을 둘러보는데, 문득 가름끈 생각이 난다. 여자일 거라고 단정하는 건 아니었다. 하지만 뭐든 수집한다면 의심해 볼 수도 있는 일이었다. 나는 여자가 눈치채지 못하도록 몰래 여자의 집 안을 구석구석 훑는다. 색색의 끈 묶음이 어디선가 튀어나올 것만 같다.

"남의 집을 뭘 그렇게 열심히 훑어요? 뭐 찾아요?"

"네?"

여자가 다 삶아진 소면을 채에 걸러 찬물에 씻는다. 이왕 이렇게 된 거 한번 물어보자 싶어 여자에게 슬쩍 말을 꺼낸다.

"혹시 도서관에 자주 가세요?"

"뜬금없이 그건 왜요?"

"안 가세요? 책을 읽으러 가든 빌리러 가든요."

"전 책 읽는 거 별로예요. 도서관도 무지무지 싫어해요. 공부는 다 싫어요. 근데 왜요?"

꾸물거리자 여자가 대답을 재촉해 온다.

"뭔데요? 빨리 말해 봐요."

나는 여자에게 가름끈과 관련해 도서관에서 벌어지고 있는 일들을 설명해 나간다.

"호호호. 그래서 절 의심했어요?"

"의심이라기보다는 뭐든 수집하신다니까……."

"전 돈이 안 되는 수집 따윈 안 해요."

"미안해요, 의심해서."

"미안하면 이 비빔국수나 먹고 갈래요? 다이어트 중이 아니라면 이 시간에 뭐 먹는 거 상관없죠?"

여자의 2인용 식탁에는 비빔국수와 막 끓인 미역국이 올라온다. 자잘하게 썬 열무김치에 양파와 당근과 오이와 보라색 양배추를 곁들인 국수는 먹음직스러워 보인다. 의심이라는, 미안한 짓을 저지른 대가치고는 말도 안 되는 대접이었다. 입안에 고인 침을 주체하지 못한 나는, 여자보다 먼저 나무젓가락을 집어 든다. 열심히 국수를 비비는데, 맞은편에 앉은 여자가 쓰고 있던 안경을 식탁 위에 벗어 놓는다.

"뜨거운 국물 먹을 때는 벗어 놔야 해요. 안경에 김 서리면 먹는데 불편하니까요."

"네?"

집에서는 그 가짜 안경 벗어도 되지 않느냐고 말하려고 했는데, 웬걸, 여자의 안경 개그에 나는 두 손 두 발 들고 만다. 없는 걸 철저하게 있는 척하는 여자의 천연덕스러운 행동에 웃음이 터진다. 여자는 자신의 그런 행동으로 몇 사람을 웃게 만들었을까. 여자를 마냥 이상하게 볼 것만은 아니었다.

나는 다 비빈 국수를 한 입 밀어 넣는다. 매콤하고 새콤달콤한 게 행복감이 밀려드는 맛이었다. 뭘 넣어서 이런 맛이 나는 걸까. 바지락과 홍합을 넣고 끓인 미역국도 시원해서 좋았다. 비빔국수에는 계란국이 딱이라는 내 속말이 무색해질 정도의 맛과 궁합이었다. 끓어 넘치지 않는 냄비에 푹 끓여서일까. 미역은 전혀 질기지 않았고, 그래서 부드럽게 목구멍으로 넘어갔다.

"정말 맛있네요. 양념장 만들 때 보니까 꿀하고 식초를 넣던데, 그래서 이런 맛이 나온 건가요? 혹시 이 요리법도 수집된 건가요?"

"빙고!"

"근데 저한테는 그때 요리 비법 같은 거 안 물어봤잖아요."

"오주 씬 나이도 어리고, 요리를 그다지 잘할 것 같지 않아서요. 자기만의 레시피는 어느 정도 나이가 있어야 나오는 거거든요. 왜 서운해요?"

"뭐 꼭 그런 건 아니지만. 그래도 그렇게 형편없진 않아요. 그리고 저도 제일 잘 만드는 요리 하나는 있다고요. 콩나물순두부라면이라는 술국인데, 맛보면 아마 감탄할걸요."

"그럼 나중에 한번 보여줘 봐요."

"술국 필요하면 말만 하세요. 제대로 대접할 테니까요. 근데 비빔국수에 미역국은 별로라 생각했는데, 전혀 그렇지 않네요."

"그렇다니 다행이네요. 비빔국수를 헤 먹고 싶은데, 생각해 보니 하필 오늘이 제 생일이지 뭐예요."

"어머!"

"귀찮게 왜 생일이라는 걸 만들었는지 모르겠어요. 태어난 날이 그렇게 중요한가요?"

"그럼요. 자기가 자기가 되는 날인데 중요하죠. 근데 얻어먹기만 해서 어쩌죠. 당장 줄 것도 없고……."

"같이 먹어 주는 것만으로도 고마워요."

"아, 잠깐만요."

나는 식탁에서 일어나 집으로 달려간다. 신발장과 지갑에 있는 십원짜리 동전을 모아 여자에게 가져간다. 모두 마흔 개다. 동전을 내밀자 여자는 의외로 좋아한다. 손이 부끄러워질까 봐 걱정했는데 다행이었다.

"이런 선물이라면 얼마든지 받을 수 있어요. 생일 선물로 이렇게 동전 몇 개만 주고받으면 얼마나 좋을까요. 서로 부담도 안 되고. 그죠?"

"그 아이디어도 기록해 둬요. 생일 선물로 동전만 주고받기."

"그럴까요? 호호호. 오주 씨랑 있으면 아이디어가 샘솟는 것 같아요. 어서 들어요."

단숨에 나는 국수를 먹어 치운다. 국수 그릇에는 야채 하나 남지 않는다. 미역국을 그릇째 후루룩 들이마시자 입안이 깔끔해진다. 오늘이 생일이라는 옆집 여자의 이름은 조미정이었다. 나이는 나보다 세 살 많은 서른 하나였다. 조미치와 조미정. 무슨 자매 이름 같았다. 혹시 진짜 자매?

6

반납된 책이 카트에 실려 들어온다. 토요일이라 오늘은 오전 근무만 하면 된다. 나는 발을 바삐 움직여 서가 사이로 카트를 밀고 들어간다. 요즘은 서가 앞에 서성이는 모든 사람이 가름끈 용의자로 보인다. 누군가의 눈치를 살피는 것 같다거나, 유난히 양장본 헤드밴드 부분을 만지작댄다 싶으면 서가 뒤로 숨어 들어가 행동을 살폈다. 하지만 오해의 연속은 실패의 연속으로 이어졌다. 그래도 나는 놈을 꼭 잡고 싶었다. 잘라다 뭐에 쓰려는 건지, 그 이유와 동기가 궁금했다.

퇴실을 알리는 안내 방송이 나온다. 이렇게 해서 일주일간의 근무가 끝난다. 마저 책을 꽂고 서가를 빠져나오려는데 바지 주머니에서 휴대폰 진동음이 울린다. 휴스턴에 사는 언니였다. 미국으로 날아가 버린 뒤로 언니는 일주일에 한 번 꼭 전화를 걸어왔다. 그냥 안부 전화였다. 비싼 전화비 때문에 통화 시간은 그다지 길지 않았다.

— 저녁은 먹었니?

— 여긴 지금 점심때거든?

언니는 늘 우리가 동 시간대에 살고 있다고 착각한다.

— 아, 그렇지. 별일 없지?

— 응. 세탁기가 고장 난 거 말고는.

— 또? 이번엔 어디가 고장이래?

— 새로 사는 게 낫겠다기에, 그냥 버려 버렸어.

— 하긴, 버릴 때도 됐지. 우리 집 첫 세탁긴데. 몇 번은 고쳐 썼지, 아마?

언니는 파를 싫어하던 그에 대해 알지 못했다. 그러니 고장 나버려 버렸다는 세탁기가 그가 원룸으로 들고 들어온, 그가 쓰던 세탁기라는 사실도 알 리 없었다. 아빠도 그랬다. 누구나 사랑에 빠지다 보면 자기들만의 사랑 외에는 아무것도 보이지 않게 된다. 그래서 남의 연애나 사랑 따위는 안중에도 없게 되는 것이다. 불면증이 생긴 것도 원룸으로 이사한 뒤의 일이니, 내 불면증에 대해서도 언니는 알지 못했다. 아빠 역시 마찬가지였다. 떨어져 살다 보면, 어떤 부분에서는 가족도 남과 다를 바 없이 돼버린다.

— 거긴 밤이겠네? 언닌 별일 없고?

— 응. 근데 너 그 집에 혼자 사는 거 무섭지 않니?

— 빨리도 물어보신다. 이제 내 걱정 되는 거야? 갈 땐 뒤도 안 돌

아보더니.

— 내가 그랬나?

— 언니 나가고 얼마 안 돼서 그 집 팔았어. 학교 근처 원룸으로 옮긴 지 꽤 됐고.

— 잘했다.

— 집 팔겠다는 데도 아빠 아무 말 않더라. 위임장에다 필요한 서류는 다 챙겨 줘서 수월하게 끝났어. 나한테 어지간히 미안했는지 집 판 돈에 손도 안 대더라고.

— 사귀는 사람은 생겼고?

— 아니. 언니는? 잘해 주지?

형부란 말은 나오지 않는다. 가족이란 테두리 안으로 들어온, 외부의 사람들. 가족이 되었음에도 그들을 향한 호칭은 내게 아직 어색하고 어렵기만 하다. 낯익은 '엄마'란 호칭도 낯선 '형부'란 호칭도 모두 다 그렇다.

— 잘해 줘. 실은 나…… 아기 가졌어. 4주째래. 그 사람이 많이 좋아해.

— 그래. 그럼 됐지, 뭐. 그래도 너무 행복해하면 안 된다는 거 알지?

— 알아.

— 아빠한테는 연락했어?

— 아니. 조만간 다 얘기해야지. 전화보다 편지가 낫겠지?

— 긴 얘기니까, 아무래도.

— 그래, 그럼 다음에 또 통화하자. 잘 자.

축하한다는 말은 해줄 수 없었다. 결혼 같은 건 꿈에도 생각해 본 적 없던 언니가, 유부남과 미국으로 도피한 사건은 언니 일생일대의 큰 반전이었다. 언니는 동시통역사가 되기 위해 앞만 바라보고 살아온 당찬 여자였다. 외국어 대학에 들어가 학사와 석사를 마치고 박사과정에 입학할 때까지, 언니가 갖고 있던 결혼관은 변함없었다. 가령 이런 식이었다. 남자 새끼들 아침밥이나 해주려고 결혼할 순 없어! 육아 때문에 자기 일을 포기해야 한다는 게 말이 되니? 고아하고 결혼했으면 했지 시댁 스트레스는 사양이야! 평등하지 못한 부부 관계라면 그 결혼은 애초부터 틀려먹은 거야! 그뿐만이 아니었다. 아내와 처자식이 있는 남자와 사랑에 빠지는 것처럼 바보 같은 짓은 없다며, 불륜 소재를 다룬 드라마를 볼 때마다 언니는 저질, 저질, 하고 외쳐 댔다. 그런 연놈들은 조리돌림을 시키고 돌로 쳐 죽여야 한다고까지 했다. 그랬던 언니가 젊은 지도 교수와 사랑에 빠지고 만 것이었다. 우스웠다. 장담하다, 그 장담에 코가 꿰인 언니의 모습이. 재채기와 사랑은 감출 수 없다더니, 결국 언니의 못된 사랑은 캠퍼스에 파다하게 퍼져 나갔다. 부재중이라고 알린 지도 교수의 연구실에서 발가벗고 배꼽을 맞췄다는, 확인되지도 않은 소문이 나돌기 시작하자, 젊은 교수가 언니에게 먼저 미국행을 제안했다. 처자식과 직장을 버려도 상관없을 만큼 젊은 교수는 언니를 사랑했던 걸까. 나는 그런 그들을 보면서, 사랑이란 정말 이기적인 거라고, 아니 이기적이어야만 진짜 사랑인 거라고 생각하게 되었다. 둘만 좋으면 그만인 게 사랑이기 때문이었다.

사랑의 묘약을 삼킨 연인들은 세상이 자기중심으로 돌아간다고 착각들을 한다. 그래서 뭐든 자기 식대로 해석하고 재단하려 한다. 그들에게 세상은 별천지가 되고 요지경이 된다. 두려움은 남의 것이 되고, 타인의 시선 또한 거추장스럽기만 하다. 연인을 제외한 모든 사람은 쓸모없음을 넘어 적과 훼방꾼이 돼버리는 이상한 나라. 그게 바로 충만한 사랑이 기거하는 나라 속인 것이다. 남의 행복을 조각내는 것쯤이야, 남겨진 가족 따위야, 하고 말하게 되면 그건 사랑을 넘어 오만이 되는 것인데, 언니가 그랬다.

바타유란 사람은 어떤 책에서 이런 말을 했다. 사랑은 일상적 소통이며, 사랑이라는 명사는 사람을 다른 사람과의 삶과 연결시켜 버린다고. 하지만 지나친 사랑은 오히려 그 반대라는 걸 그 학자는 간과했다. 배제와 단절과 무관심과 거리 두기가 생겨날 수도 있는 게, 그 미친놈의 사랑이 가진 오류였다.

아빠는 언니의 도피 행각을 유학이라고 착각하고 있었다. 미국에 가겠노라 했을 때, 제주도의 아빠는 당연히 공부하러 간다는 말로 앞서 생각해 버렸다. 공부를 좋아하는 언니가 사랑 놀음에 미쳐 먼 타국으로 갈 거라는 걸 어찌 상상이나 했겠는가. 그래서 아빠에게 언니는 아직까지 미국 유학 중인 딸이었고, 곧 유능한 동시통역사가 되어 한국으로 돌아올 장녀였다.

언니는 조만간 아빠에게 그동안의 사정을 긴 편지를 빌려 얘기하겠다고 한다. 아빠의 반응? 당연히 이해 쪽으로 돌아설 것이다. 유한할 게 뻔한 그 미친놈의 사랑에 아빠 역시 빠져 있기 때문이다.

조카가 생긴다는데도 별로 기쁘지가 않다. 같은 땅에 살고 있지 않기 때문인지, 언니와 젊은 교수의 이기적인 사랑 때문인지는 모르겠다. 그러나 나는 애써 4주밖에 안 됐기 때문이라고 생각해 버리고는, 비어 있는 운반 카트를 구석에 몰아넣는다. 읽고 싶었던 책이 반납돼 들어왔는지 검색해 본다. 나는 일주일의 근무가 끝나는 토요일에는 꼭 그날 밤에 읽을 책을 대출해 간다. 마침 들어와 있다. 예약 중이지도 않다. 청구기호를 확인하고 서가로 움직인다. 아직 배가 전인지 책은 보이지 않는다. 배가 전이라면 운반 카트에 있다는 얘기다. 나는 카트에 실린 책들을 일일이 확인한다. 중간쯤에 내가 찾던 『뒤꿈치』라는 책이 보인다. 드디어 손에 넣게 된 것이다. 고요다*란 작가의 『뒤꿈치』는 쉼 없이 대기자를 만들어 낸 책이었다. 대출 희망자가 많아 책을 두 권이나 더 구입해 둘 정도라서, 어떤 소설인지 꼭 한 번 읽어 보고 싶었다. 항간에 들리는 소문에 의하면, 신인 작가인데 언론에 모습을 드러내지 않는 것으로 유명하단다. 어쩌면 거기에

---

* 이 작가의 사연은 김희진의 첫 장편소설 『고양이 호텔』에서 만나 볼 수 있다.

더 끌렸는지도 모른다. 감추려 들면 들수록 더 발가벗기고 싶은 게 인간의 심리 아닌가. 표지를 펼쳐 프로필 사진을 본다. 고개를 숙인 채 무언가를 내려다보고 있어서, 작가의 얼굴은 3분의 1밖에 보이지 않는다. 은둔형 작가다운 포즈였다.

나는 책을 들고 대출대로 간다. 다른 이용객들과 똑같은 절차를 걸쳐 책을 빌린다. 직원이라고 해서 다를 건 없다. 대출 업무를 보는 태성 씨가 말한다.

"드디어 낚았네?"

"네."

사랑만큼이나 행복이라는 것도 이기적이었다.

7

엄지손가락에 지긋지긋하게 붙어 있던 반창고를 떼어 낸다. 상처는 완벽하게 아물었다. 나는 한결 자유로워진 손으로 침대 시트를 벗기고, 베개와 소파 커버를 벗긴다. 소파 쿠션에 묻은 커피 얼룩이 보인다. 쿠션을 끌어안고 커피를 마시던 그의 버릇이 남기고 간 얼룩이었다. 모두 다 가져갔다고 생각했는데, 둘러보니 그는 꽤 많은 걸 남겨 놓고 간 것 같다. 면 티 두 장과 고장 날 거라고는 꿈에도 몰랐을 세탁기와 커피 얼룩까지. 다음엔 또 뭐가 나올까.

이불 커버까지 벗기고 나자 빨랫감은 그새 한 보따리가 된다. 세탁 바구니에 있는 것까지 가져가기엔 무리였다. 옷가지는 다음에 가져가기로 하고, 나는 바지걸이에 걸어 둔 남자의 짝짝이 양말을 걸어 빨래 봉지에 넣는다. 그리고 오늘 도서관에서 빌려 온 책을 챙겨 들고 현관문을 나선다.

미치 말대로라면, 오늘 밤은 슬픈 표정의 그 남자가 빨래방에 오는 날이다. 내기를 하겠다고 확실히 미치에게 말을 한 건 아니었다. 내게는 아직 가능성의 여지가 필요했다. 나는 승산 없는 게임은 안 하는 편이었고, 미치가 못 한 일을 내가 해낼 수 있을 것 같지도 않았다. 그래서 일단 남자에게 양말을 건넨 다음, 그 반응을 살펴볼 계획이었다. 그런데 벌써부터 긴장되는 이 기분은 뭐지?

만개한 도로가의 벚꽃이 인공 불빛에 환하게 빛난다. 벚꽃 거리마다 축제가 한창인 요즘이다. 예전 같으면 택시를 잡아타고 나가, 매일 한 시간이고 두 시간이고 벚꽃 축제의 거리를 거닐며 밤의 벚꽃들을 구경하고 돌아왔을 것이다. 피자마자 지게 될 벚꽃의 찰나성에 아쉬움을 남기지 않기 위해, 그리고 찰나적인 봄에 대한 예의를 차리기 위해 말이다. 하지만 올해는 이것으로 만족하련다. 어수선한 상가 거리에 핀 벚꽃이라 낭만과 운치는 덜하다 해도, 같은 벚꽃에 같은 봄이지 않은가.

오늘도 빨래방 앞에는 주차된 차가 보이지 않는다. 빨래방 출입문을 열고 들어가자마자 안을 훑는다. 낯선 중년 남자와 늙은 남자가 들어선 나를 빤히 쳐다본다. 미치는 보이지 않는다. 남자도 마찬가지다. 당연히 9번 세탁기를 사용하고 있는 사람 또한 없다. 남자가 오기 전에 차지하는 게 좋을까, 아니면 남자에게 양보하는 게 좋을까.

나는 우선 동전교환기로 가 동전을 교환한다. 그리고 빨랫감을 들고 9번과 8번 세탁기 중간에 선다. 갈등하는 내 속마음을 읽기라도 한 듯, 콧수염을 기른 늙은 남자가 묻는다.

"여긴 처음이신가?"

"아니요, 처음은."

"9번은 가급적 피하시게. 쓰는 사람이 따로 있다네. 곧 들이닥칠 때가 됐다오. 그렇지 박 씨?"

늙은 남자가 중년 남자를 쳐다보며 동조를 구한다. 행색이 남루한 중년 남자가 벽시계를 쳐다보며 고개를 끄덕인다. 하는 수 없이 나는 8번 세탁기에 빨래를 넣고 동전을 투입한다. 시작 버튼을 누름과 동시에 누군가가 출입문을 열고 들어온다. 남자인가 싶어 고개를 돌린다. 다행히 미치다. 그런데 다행이라니. 나는 남자와의 만남을 부담스러워하고 있었다. 정말로 긴장하고 있다는 뜻이다. 미치가 팔을 들어 올리며 예의 그 쾌활한 목소리로 인사를 건넨다. 역시나 추리닝 바지 주머니에는 통통한 치즈 맛 소시지 다섯 개가 꽂혀 있다.

"안녕들! 오주도 안녕?"

행색이 남루한 중년 남자가 미치의 등장을 유난히 반긴다.

"오랜만이야 미치 처녀. 나 눈 빠지게 기다렸어."

"오늘은 안 돼, 아저씨. 나 속옷 있어. 오늘은 저 콧수염한테 빌붙어."

"콧수염은 진작에 끝내 버렸는걸."

콧수염을 기른 늙은 남자가 얼마 안 되는 빨래를 건조기에서 꺼내 미치에게 내보인다. 늙은 남자는 낡은 배낭에 빨래를 개켜 넣으며 너털웃음을 짓는다. 그래도 미치는 딱 잘라 말한다.

"그래도 안 돼!"

"에이, 한 번만 봐줘."

미치의 반말지거리는 자기보다 나이가 많든 적든 상관없는 모양이었다. 그런데 서로 주고받는 말들을 도통 알아먹을 수 없다. 뭐가 안 된다는 건지 말이다. 멍하게 서 있는 내 곁으로 빨래 봉지를 든 미치가 걸어온다. 미치가 사는 오피스텔에서는 빨래방이 훤히 내려다보인다고 했다. 2층이라 드나드는 사람이 한눈에 파악된다고도 했다. 그래서 미치는 내가 온 사실을 알아채고는 이렇게 금방 달려온 것이었다. 내기에 기대를 걸고 있다는 의미였다. 혹시라도 내가 내기를 안 하겠다고 하면 실망이 클 미치였다. 미치가 귓속말로 내게 묻는다.

"9번은 아직 안 온 모양?"

"네."

"자자, 주목! 소개할게요. 여긴 신입생 신오주 씨."

미치가 중년 남자와 늙은 남자에게 나를 소개한다. 이럴 필요까지 있나 싶어, 순간 얼굴이 확 달아오른다.

"저기 구질구질해 보이는 아저씬 박구도라고 해. 그냥 구도 아저씨라고 부르면 돼. 저기 수염 난 아저씬 콧수염 아저씨라고 부르면 되고. 콧수염은 자기 이름을 절대로 안 가르쳐 줘. 그래서 다들 그렇게 불러. 자기가 무슨 유명인인 줄 아나 봐. 그래도 나쁜 사람들은 아니니까 염려 마."

나는 구도 아저씨와 콧수염 아저씨를 향해 엉거주춤 인사를 건넨다. 콧수염 아저씨는 내 인사에 화답하는 대신 이렇게 묻는다.

"자네는 어쩌다 미치 처녀한테 걸려들었는가?"

나에게 던진 물음을 구도 아저씨가 대신 받아 대답한다.

"콧수염 형님도 참, 미치 처녀 등쌀을 누가 피해 간다고요. 딱 봐도 한 번에 휘둘리게 생겼네요, 뭐."

구도 아저씨와 콧수염 아저씨가 서로를 쳐다보며 키득댄다. 미치가 다소 과장되게 군은 표정을 지어 보이며 그들 사이에 끼어든다.

"지금 날 놀리는 거야, 오주를 놀리는 거야? 구도 아저씨, 그렇게 나오면 오늘 국물도 없어!"

미치가 보란 듯, 12번 세탁기에 빨래를 넣고 돌리려 한다. 그러자 구도 아저씨가 미치에게 다가와 말한다.

"에이, 우리 사이에 서로 농담 한 번 한 거 갖고 뭘 그래."

미치 옆에 바짝 붙어 선 구도 아저씨가 땟국물이 흐르는 자신의 빨래를 12번 세탁기에 잽싸게 밀어 넣는다. 시멘트 색깔의 속옷과 낡은 겉옷이 미치의 빨래와 섞인다. 한두 번이 아닌 듯, 미치는 모른 척 그냥 봐 넘긴다. 그래도 미치답게 한마디 던진다.

"추접스럽게 진짜! 나 오늘 속옷 있댔잖아. 아저씨 속옷 들어오면 빨아도 빤 것 같지 않다고! 찝찝하게 진짜!"

구도 아저씨는 미치의 말에 개의치 않고 미치를 대신해 세탁기 문을 닫아 주고 시작 버튼을 눌러 주기까지 한다. 미치의 12번 세탁기가 돌아감으로써 빨래방 내의 모든 소요와 소음은 사라진다.

미치와 나는 빨래방 의자에 나란히 앉아 있다. 빨래를 끝낸 콧수염 아저씨는 자판기에서 커피 한 잔을 뽑아 들고 나간 지 오래였다. 구도 아저씨는 우리가 앉아 있는 반대쪽 의자에 누워 자고 있다. 아저씨의 코 고는 소리가 등 뒤에서 요란하게 들려온다. 미치와 내 빨래는 헹굼 중이었고, 기다리는 남자는 아직이다.

"오늘은 좀 늦네요. 안 오는 거 아니에요?"

"늦긴 해도 빠진 적은 없었어. 곧 올 거야. 아, 소시지 먹을래?"

고개를 끄덕이자 미치가 추리닝 바지 주머니에서 소시지를 꺼낸다. 나는 건네받은 소시지의 포장을 벗긴다. 미치는 등을 돌려 자고 있는 구도 아저씨를 깨운다.

"일어나 봐, 구도 아저씨!"

소시지를 막대기 삼아 아저씨의 어깨를 몇 번 건드려 보지만, 아저씨는 좀체 눈을 뜨지 않는다. 많이 피곤했던 모양이다. 집도 절도 없는 고된 육체노동자라도 되는 걸까. 물어보고 싶어도 혹시 등 뒤에서 들을까 봐 물어볼 수도 없다.

"하여튼, 먹을 복은 지지리도 없다니까."

미치는 구도 아저씨에게 주려던 소시지를 벗겨 두 번에 나눠 먹는다. 그때였다. 빨래방 출입문이 열린다. 미치와 내 눈이 동시에 출입문 쪽으로 돌아간다. 기다리던 남자였다! 찢어진 청바지에 체크무늬 남방 차림의 남자는 꾸불꾸불한 검정색 머리띠를 하고 있었고, 여전히 우울 모드 상태였다. 남자라는 사실이 확인되는 순간 내 심장은 제멋대로 뛰기 시작한다. 중대한 실기 시험을 앞둔 사람처럼 손바닥에 긴장감이 휘몰아친다. 미치가 내 귀에다 대고 호들갑스레 말한다.

"왔다! 왔어, 왔어!"

남자는 들어오자마자 아무도 사용하지 않는 9번 세탁기로 직행한다. 동전을 교환하기도 전에 남자는 가져온 빨랫감을 9번 세탁기에 밀어 넣는다. 누가 먼저 쓰기라도 할까 봐 서두르는 듯한 모양새였다. 맨 먼저 하얀 바탕에 노란 꽃무늬가 프린트된 시트가 세탁기 안으로 들어간다. 뒤이어 들어간 이불과 베개 커버도 같은 색깔에 같은 무늬였다. 남자는 9번 세탁기를 차지하고 나서야 동전교환기로 가 동전을 교환해 온다. 남자가 동전 투입구에 동전을 넣는 동안, 미치는 남자의 짝짝이 양말을 내 손에 쥐여 주며 빨리 가보라고 눈짓으로 말한다. 마지못해 나는 자리에서 일어난다. 남자 쪽으로 무거운 발걸음을 뗀다. 그런데 남자가 세탁기 시작 버튼을 누르기가 바쁘게 밖으로 휑허케 나가 버리는 게 아닌가. 당황한 나는 미치를 쳐다보며 묻는다.

"어떡해요?"

"어떡하긴. 따라가야지."

"네?"

미치가 내 지갑을 집어 들어 내게 던진다.

"빨리 따라가. 멀리 가는 건 아닐 거야. 빨래는 내가 봐줄게."

미치에 의해 등이 떠밀린다. 이게 무슨 난리람. 나는 내 의지와 상관없이 미치와의 내기에 완전히 빠져들고 있었다.

남자를 쫓는다. 남자의 입을 열게 만들고, 슬픈 표정의 이유를 알아내기 위해 남자의 양말을 들고 뒤를 쫓는다. 그런 내 모습이 너무 우스워 보인다. 쫓아가 뭘 어쩔 셈인지 나조차도 모르겠다. 정말 양말이라도 건넬 셈이야? 빨래방이 아닌 곳에서 양말을 건넨다면, 남자에게 나는 정말 이상한 여자가 되고 말 것이다. 지하철을 탄 남자가 환승역에서 내린다. 나도 따라 내린다. 환승로를 걸어가는 남자의 뒷모습에서도 슬픔이 느껴진다. 굽은 등과 축 처진 남자의 어깨는 달려가 꽉 끌어안아 주고 싶을 정도다. 남자가 갈아탄 지하철에 나도 몸을 싣는다. 대체 어디를 가려는 걸까. 지금 이 시간이면 돌아갈 때는 버스도 지하철도 모두 끊기고 없을 시간이었다. 미치한테 너무 휘둘리고 있는 거 아닌가, 하는 생각이 뒤늦게야 든다.

정차할 역과 내릴 문이 안내되자 남자가 자리에서 일어나 문 쪽으로 걸어간다. 지하철이 멈추고 문이 열린다. 나는 남자와 다른 문으로 내려선다. 남자는 빨래방에서와 마찬가지로 주변에는 일체 시선을 두지 않는다. 옆을 쳐다본다거나 뒤를 돌아보지도 않고 오로지 바닥만 내려다보며 걷는다. 그래서 남자를 미행하는 일은 별로 어렵지 않다.

지하철역을 빠져나간 남자가 도로변을 걷는다. 목표 지점에 다다른 듯, 남자의 발걸음이 빨라진다. 그런데 남자가 들어선 곳은 벚꽃 축제가 한창인 거리다. 그 거리는 잠이 안 오는 밤이면, 택시를 잡아타고 내가 자주 찾던 곳이었다. 그를 만나기 전부터, 한 시간이고 두 시간이고 거리를 거닐며 밤의 벚꽃들을 구경하던 곳. 그곳으로 남자가 터벅터벅 걸어간다. 늦은 시간인데도 거리는 벚꽃의 절정을 만끽하려는 사람들로 넘쳐난다. 정신을 딴 데 뒀다가는 인파에 가려 남자를 놓치게 될지도 모른다. 나는 남자 뒤에 바짝 다가선다.

이 거리는, 도서관에서의 만남이 지겨워질 때쯤 그와 나에게 가장 먼저 선택된 바깥 장소였다. 그때도 지금과 같은 밤이었고, 사람들로 북적댔다. 밤바람에 벚꽃 꽃잎이 하나둘씩 떨어지던 밤은 아름답기 그지없었다. 그때 그는 이곳에서 처음으로 내 손에 깍지를 끼었다. 부드럽고 따뜻한 그의 피부가 내 손가락 마디마디마다 전해졌다. 덥석 내 손을 잡아 쥔 자신의 행동이 쑥스러웠는지, 그는 난데없이 '우리 내기할래?' 하고 물어 왔다.

"내기?"

"응, 앞으로 이 거리를 걸을 때는 지금처럼 이렇게 깍지를 끼는 거야."

"무조건?"

"응, 어떤 일이 있어도 깍지를 풀면 안 되는 거지. 먼저 푸는 쪽이 밥 사기. 어때?"

기분 좋은 내기였다. 나는 말없이 고개를 끄덕였고, 우리는 이 거리를 걸을 때마다 습관처럼 깍지를 끼었다. 내기에 지는 쪽은 그도 아니었고 나도 아니었다. 그래서 그 내기로 서로에게 밥을 얻어먹은 적은 없었다.

내 손에 처음으로 깍지를 끼던 그날은, 그가 처음으로 내 원룸에 들어와 자고 간 날이기도 했다. 우리는 늦어진 밤 때문이라고 서로에게 암묵적인 핑계를 댔지만, 그건 분명 처음으로 낀 깍지 때문이었다. 그렇게 드나들기 시작한 내 원룸으로 그는 가장 먼저 칫솔을 들고 들어왔다. 과일 한 조각을 먹고 나도 그는 이를 닦았다. 그래서 그의 입에서는 늘 치약 냄새가 났다. 그다음에 그는 자판이 불어로 된 노트북을 들고 들어왔다. 부드러운 자판 소리를 뿜내며 틈틈이 그는 논문 준비를 했다. 이를 닦고 불어로 무언가를 쓰다 보면, 그는 종종 자기 집으로 돌아갈 때를 놓치곤 했다. 귀차니즘이 발동해 집에 가는 날이 뜸해지면서 간편하게 갈아입을 수 있는 옷 몇 벌이 원룸으로 들어왔다. 그러더니 그는 내 침대 한쪽을 차지하기 시작했다. 학교에서 가깝다는 이유로 그는 내 원룸에서 밥을 챙겨 먹었고 내 세탁기로 빨래를 했다. 더 넓어지고 과감해진 그의 행동반경은 샤워를 하고 텔레비전을 보고 손톱을 깎는 데에까지 이르렀다. 내 세탁기가 고장 난 건 그즈음이었다. 그때는 그가 내 생활에 완전히 편입된 뒤였기 때문에, 그가 쓰던 세탁기가 내 원룸으로 들어오는 건 하나도 이상할 게 없었다. 아니, 모든 움직임은 자연스러웠고, 그래서 당연하게 여겨졌다. 그렇게 순차적으로 내 안에 파고들던 움직임이었건만, 나갈 때는 왜 그리 순간적이었는지. 복잡 미묘하게 시작되더라도 끝날 때는 간단명료하게 끝나 버리는 게 사랑이란 감정이 섞인 관계였고, 그게 그 관계의 특징이자 단점이라는 걸, 나는 떠난 그를 통해 알게 되었다.

내 불면증에 지쳐 프랑스로 가겠다던 그날 밤, 그는 나에게 커피 한 잔하자고 말하고는 입을 닫아 버렸다. 그는 말없이 커피 잔을 비웠고 말없이 텔레비전을 보다 말없이 침대에 들어가 잠을 잤다. 그의 침묵은 다음 날 아침까지 이어졌다. 그리고 그게 끝이었다. 토요일 오전 근무를 마치고 집에 돌아왔을 때 그는 보이지 않았다. 그의 물건들도 모두 사라지고 없었다. 다만 무거워서 가져갈 수 없는 세탁기만이 덩그러니 남아 있을 뿐이었다. 아무 말도 없이 떠나기가 미안했는지, 그가 현관문에 붙여 놓고 간 노란색 포스트잇에는 잠 잘 자고, 행복하라는 짧막한 문장이 적혀 있었다. 나는 그때 알았다. 커피 한잔하자는 그의 말이 그가 나에게 건넨 마지막 말이었다는 것을.

하루 만에 모든 게 정리되리라고는 생각조차 못 했다. 나는 약간의 미적거림이 있어야 한다고 생각했다. 주저하는 모습과 망설이는 시간들이 조금은 주어져야 하는 것이었다. 그래서 나는, 들어올 때처럼 나갈 때도 차츰차츰 나가 주면 안 되는 거였냐고, 떠나고 없는 그

에게 소리쳤다. 그리고 생각했다. 다음엔 불면증 있는 남자와 사랑을
해야지. 그러면 잠이 오지 않는 밤을 사랑으로 채울 수 있을 것이었
다. 잠으로 탕진되는 인생의 3분의 1을 누군가를 사랑하는 데만 쏟
을 수 있다면, 그 얼마나 값진 인생이고 알찬 시간이겠는가. 설령 끝
나 버릴 관계라 해도, 사랑했던 시간에 대한 아쉬움은 없을 테니 최
소한 뒤는 돌아보지 않을 것이다. 완벽하게 소비된 사랑에는 미련
따위 잔존하지 않을 테니까.

　남자는 계속 걷기만 한다. 지나가는 사람과 어깨를 부딪쳐도 상
관하지 않는다. 앞서 걸어가는 남자를 따라잡아 양말을 내밀면 어떨
까. 저기요, 저번에 9번 세탁기에 빠뜨리고 간 양말인데요……. 그러
면 남자는 어떤 표정을 지을까. 설마 잃어버린 양말을 아예 찾을 생
각이 없는 건 아니겠지. 어쩌면 남자는 자신이 양말을 잃어버렸다는
사실조차 모르고 있는지도 모른다. 만약 그런 거라면, 그런 사람에게
양말을 들이미는 건 여러모로 안 될 말이었다. 그럼 어떻게 접근한
다……. 달려가는 척하다 남자와 몸을 부딪치면 어떨까. 어머, 죄송
해요, 하고 사과의 말을 건네면 무슨 반응을 보이지 않을까. 여러 가
지 상황극을 머릿속에 그려 보고 있는데, 갑자기 남자가 가던 걸음
을 멈춰 세운다. 나는 잠시 인파 속으로 몸을 숨긴다. 남자가 청바지
주머니에서 휴대폰을 꺼낸다. 내 몸을 감춰 주던 한 무더기의 인파
가 저만치 달아나자, 나는 보도블록으로 뛰어간다. 남자에게 들키지

않기 위해 나는 벚나무 뒤로 숨어 고개를 내민다.

남자는 자신의 휴대폰을 연방 만지작댄다. 전화를 걸거나 받으려는 건 아닌 듯했다. 남자의 휴대폰이 벚꽃으로 향한다. 남자의 어깨 높이로 올라간 휴대폰이 천천히 사방으로 움직인다. 밤의 벚꽃들을 휴대폰 동영상에 담고 있는 남자였다. 휴대폰을 따라 움직이는 남자의 시선이 내 쪽을 경유한다. 그새 밝아진 남자의 표정. 입가에 드리워진 얕은 미소도 보인다. 웃을 줄 아는 사람이었구나. 그런데 뭐라는 걸까. 들리지 않지만 남자는 뭐라 중얼거리기도 한다. 그 벌어진 입술 사이로 살짝 덧니가 드러난다. 미치는 알았을까. 남자에게 덧니가 있다는 걸. 이때 난데없는 생각 하나가 스친다. 저 남자에게도 불면증이란 게 있을까. 있어 본 적은 있었을까. 아니면 앞으로 생길 가능성은 없는 걸까. 웃음을 삼키게 한 원인이 우울증이라면, 우울증은 불면증을 동반하기 쉬우니까 어쩌면 남자에게도 그 불면의 밤들이 있을지도 모른다. 그리고 내가 들고 있는 이 양말이 진짜 수면을 부르는 양말이든 아니든, 이런 기능성 양말을 신는 걸 보면 가능성은 충분했다.

남자가 자리를 옮긴다. 뒤따라가려는데 바지 주머니에서 휴대폰 진동음이 울린다. 남자에게 시선을 고정한 채 수신자를 확인한다. 얼마 전에 결혼으로 호화 혼수를 해 간 친구였다. 이 늦은 시간에 무슨 일일까. 통화 버튼을 누른다.

—이 시간에 웬일? 신혼한테 한창 바쁠 시간 아니야?

—시끄럽네? 밖이야?

—응.

—처녀가 위험하게. 이 오밤중에 밖에서 뭐 하는데?

—빨래…… 아니 봄이잖아. 벚꽃 축제가 한창이야.

—혼자?

나는 잠시 내가 지금 혼자인지 혼자가 아닌지 생각한다. 혼자라고도 할 수 없고 혼자가 아니라고도 할 수 없는, 모호한 상황이다. 대답을 우물거리자 친구가 재차 물어 온다.

—혼자 아닌가 보구나?

—여기 지천에 깔린 게 사람이야.

—궁상맞게. 어지간히 재고, 아무나 한 놈 물어.

이 친구 역시 그가 내 곁에 있었다는 걸 알지 못했다. 뭐 그리 대단한 사람이라고 꽁꽁 숨겨 뒀는지 모를 일이다. 몇몇에게 존재하지 않았던 그는, 정말로 아예 존재하지 않았던 사람이 돼버린 것이다.

—그게 말처럼 쉽니? 근데 무슨 일이야?

—아, 너 그때 세탁기 산다고 하지 않았어? 혹시 샀니?

—아니, 아직.

—야, 잘됐다. 우리 오빠 회사에서 경품 행사가 있었거든. 이런 거 잘 안 되는 사람인데 이번에 2등 먹었잖아. 드럼세탁기래. 그것도 최신형.

—그래?

—너한테 주려고. 우리 오빠도 그러래. 그런 거 욕심낼 시댁도 아니고. 엄마한테 말했더니, 우리 엄만 드럼세탁기는 싫대. 드럼용 세제를 따로 써야 해서 불편하다나 뭐라나. 부가세만 내면 된다니까 거저지 뭐.

—음.

—근데 반응이 왜 그래? 방방 뛰면서 친구야 고맙다, 뭐 그래야 하는 거 아니야?

—아, 그런가? 그래, 고맙다 친구야.

—어째 엎드려 절 받는 기분이다?

—그런 거 아니야. 벚꽃 향에 취해서 그런가 봐.

—결혼 선물이 과해서 내내 맘에 걸렸는데, 너한테 이거 주고 나면 나도 좀 홀가분해질 거 같아.

—언제 신랑이랑 얼굴 한번 보자. 밥 한 끼 사야지.

—나야 언제든. 그럼 나중에 내가 다시 전화 줄게. 너무 늦지 않게 들어가고.

—응.

곧 드럼세탁기가 거저 생긴단다. 그것도 최신형으로. 좋아해야 할 상황임이 분명한데도 내 반응은 내가 생각하기에도 너무 시큰둥하다. 나는 휴대폰을 바지 주머니에 찔러 넣고 고개를 쳐든다. 남자를 찾는다. 그런데 보이지 않는다. 전화 통화에 정신이 팔린 사이, 인파에 남자를 빼앗겨 버린 것이다. 보도블록을 따라 달린다. 그러나 남자를 찾을 수 없다.

택시를 잡아타고 빨래방 앞에 내린다. 빨래방에는 미치 혼자 남아 목이 떨어져라 텔레비전을 올려다보고 있다. 자고 있던 구도 아저씨는 보이지 않고, 9번 세탁기는 말끔히 비워져 있다. 미치와 내 빨래도 다 끝난 상태였다. 출입문을 열고 들어가자 텔레비전으로 향해 있던 미치의 눈이 내게로 쏠린다. 나를 향한 미치의 눈빛은 궁금증으로 반짝거린다. 미치가 묻는다.

"좀 전에 빨래 챙겨 갖고 나갔어. 따라가긴 간 거야?"

나는 고개를 끄덕인다. 건조까지 마친 내 빨래는 비닐봉지에 얌전히 들어가 있었다.

"건조비 드려야죠?"

"됐고, 어떻게 됐는지나 얘기해 봐."

나는 미치 옆에 앉아 일련의 일들을 얘기해 나간다. 미치가 믿어지지 않는다는 투로 되묻는다.

"웃었단 말이지?"

"네. 덧니도 봤는걸요."

"덧니가 있었구나. 근데 동영상은 왜 찍은 거지?"

"글쎄요."

미치와의 수다는 새벽 세 시까지 이어진다. 읽으려고 가져온 책은 펼쳐 보지도 못한다. 그런데 난데없이 새 세탁기라니……

8

오늘도 스무 개의 가름끈이 잘려 나간 게 확인되었다. 그러나 가름끈 용의자를 색출하는 데에는 오늘도 실패였다. 녹화된 화면까지 샅샅이 뒤져 봤지만 소용없었다. 그렇다고 감시카메라를 탓할 수는 없었다. 도서관이란 데는 워낙 사각지대가 많다 보니, 서가마다 카메라를 설치하지 않는 이상 카메라의 역할을 기대하는 건 무리였다. 그 말은 곧 현장범을 노려야 한다는 뜻이었다. 문제의 인물을 현장에서 잡아내야 한다는 의무감 때문인지, 신경은 점점 곤두서고 있었다.

나는 세숫대야에 뜨거운 물을 받아 발을 담근다. 하루 종일 서서 일하는 내게 족욕은 필수 피로 회복제다. 발은 금세 빨간 양말을 신은 것처럼 붉게 달아오른다. 또각또각. 복도를 지나는 하이힐 소리가 들린다. 내 현관문을 지나 멈춘 걸 보니, 옆집 여자의 발소리임에 분명하다. 이제 삐리리릭, 하고 번호 키 열리는 소리와 문이 여닫히는 소리가 들릴 것이다. 집 안에 틀어박혀 있어도 집집마다 드나드는 소리는 예민하게 다 감지된다. 그런데 자기 집으로 들어갈 줄 알았던 여자가 내 원룸의 초인종을 누른다. 또 무슨 볼일로 저러는 걸까. 나는 세숫대야에서 건져 올린 발을 마른 수건으로 닦고 현관문을 연다. 여자의 얼굴은 무척 피곤해 보인다. 그러나 목소리는 쾌활했다.

"안녕, 오주 씨? 냄비 왔어요."

여자가 냄비 상자를 들어 보인다.

"경비 아저씨가 보관하고 있더라고요. 들어가도 되죠?"

나는 현관문을 활짝 열어 준다. 여자는 검정색 하이힐에 검정색 치마 정장을 입고 있다. 정신없이 뛰어다녔는지 스타킹 올이 나간 것도 모르고 있었다. 여자가 식탁 위에 냄비 상자를 내려놓고는 흘러내린 안경을 살짝 밀어 올린다. 족욕 중이었다는 걸 알고는 여자가 물 식기 전에 계속하라고 종용한다. 나는 소파에 앉아 세숫대야에 다시 발을 담근다. 수집가답게 여자는 물어보지 않았는데도 족욕할 때 넣어 주면 좋은 것들에 대해 알려 준다.

"허브를 우려서요?"

"네. 페퍼민트나 라벤더 같은 거 있잖아요. 천연 소금도 좋고요. 부기를 빼준대요."

"그렇구나. 아, 냄비값 드려야죠. 미안하지만 가방에서 제 지갑 좀 꺼내 줄래요?"

여자는 지갑을 꺼내 준다. 냄비값을 에누리 없이 내미는데 여자가 만 원 단위 밑에 있는 돈은 받지 않겠다고 한다. 대신 사진 몇 컷 찍어 가도 되겠느냐고 묻는다.

"어딜요?"

"냉장고부터 시작해서 주방이나 욕실 등등…… 뭐 보이는 대로요."

여자야말로 워커홀릭이었다. 내 허락이 떨어지자마자 여자가 냉장고를 열어 카메라 셔터를 누른다. 꼼꼼히 구석구석 찍는 품이 마치 경찰청에서 나온 현장감식반 같다. 사진을 찍는 내내 여자는 물어보지도 않은 말을 지껄여 댄다.

"오늘은 십 원짜리 동전을 121개나 모았어요. 정말 대단하죠? 근데 개봉한 참치 캔에 참치를 그대로 두고 드세요? 이거 굉장히 안 좋은데. 우리 몸에 유해한 성분이 개봉과 동시에 캔 안에 생기거든요. 캔은 따는 즉시 다른 용기에 내용물을 담아 먹어야 해요. 알겠죠?"

"네. 근데 말 편하게 해달라니까요. 제가 불편해요."

"이상하게도 전 그게 잘 안 돼요. 차차 되겠죠, 뭐."

저번에 비빔국수 먹을 때 했던 말이었다. 내가 더 어리니까 말 편하게 해달랬더니 그러겠다고 한 여자였다. 그런데 또다시 내게 존댓말이었다. 앞으로 언니라고 부르고 싶은데 그래도 되겠느냐고 물었을 때도 여자는 대답을 미적거렸다. 자기는 누구 씨라고 불러 주는 게 더 편하다는 말이었다. 무슨 회사도 아니고 옆집에 사는 여자에게 매번 누구 씨라고 부르는 건 좀 그랬다. 그래서 나는 여자에 대한 호칭을 아예 생략하기로 해버렸다. 아무래도 여자는 계속 나한테 말을 높일 생각인 게 분명했다. 조미치와 조미정. 자매 같은 이름을 가졌지만, 이름을 제외하고는 전혀 자매 같지 않은 여자들이었다. 미치와 옆집 여자를 붙여 놓으면 어떻게 될까. 나이와 상관없이 남에게 반말만 쓰려 하고 자기를 '미치'라고 불러 주길 원하는 여자와 나이와 상관없이 남에게 존댓말만 쓰려 하고 자기를 '누구 씨'라고 불러 주길 원하는 정반대의 여자가 만난다면 말이다. 대충 그림이 그려진다. 여자의 말은 계속 이어진다.

"어느 집 냉장고든 보편적으로 들어 있는 게 뭔지 알아요? 케첩하고 마요네즈예요. 근데 몇몇 사람들은 그걸 거꾸로 세워서 보관하죠. 오주 씨처럼요. 바닥에 몰린 내용물을 거꾸로 털어 짜내기 불편하니까요. 이럴 때 필요한 게 뭐겠어요? 그것들을 거꾸로 세워 둘 수 있는 홀더 같은 게 필요하지 않겠어요? 조만간 케첩과 마요네즈를 거꾸로 세워 둘 수 있는 홀더 딸린 냉장고가 출시될지 몰라요."

여자가 냉장실에 이어 냉동실을 찍는다. 그리고 남이야 듣든 말든 계속해서 말을 쏟아 낸다. 여자의 말은 점점 중얼거리는 수준으로 변해 가고 카메라는 주방과 욕실로까지 이어진다.

세숫대야의 물이 식어 간다. 여자의 중얼거림을 중지시켜야겠다는 생각에 기회를 잡아 끼어든다. 정신이 혼란스러울 지경이다.

"잠깐만요!"

여자가 말을 중단한다.

"오늘 무슨 일 있었어요?"

들켜 버렸다는 여자의 표정이다.

"옷차림도 그렇고……."

"표 났어요?"

"혼자서 그렇게 열심히 떠들어 대는데 누가 이상하게 보지 않겠어요. 무슨 일인데요?"

"그러게요. 제가 왜 또 이러는지 모르겠네요. 생일 지나고 나면 늘 이래요. 수다를 떨거나 거침없이 말을 쏟아 내고 나면 좀 나아지거든요. 미안해요, 오주 씨."

"아니에요. 근데 무슨……."

"죽었어요. 2년 전 오늘에요. 저하고 생일이 같은 남자였어요. 자기와 같은 날에 태어난 사람과 사랑에 빠지는 일은 굉장히 어려운 일일 거예요. 그죠? 그래서 인연이고 운명이라고 생각했어요. 서로 생일을 축하해 주고, 같이 미역국을 끓여 먹고, 같이 선물을 고르고……. 정말 좋았는데……."

"근데 어쩌다……."

"암벽 등반을 좋아했어요. 제가 죽기보다 싫어했던 일인데, 끝내 관두지 못하더라고요. 결국은 그것 때문에……. 같이 생일을 보내고 며칠이 지난 오늘이었어요. 이젠 매년 돌아오는 생일이 죽기보다 싫어요. 오늘은 더 그렇고요."

이럴 땐 무슨 말을 해줘야 하는지, 나는 아직 모른다. 내가 겪어 본 죽음은, 지겹게도 가족을 못살게 굴었던 엄마의 죽음뿐이다. 아무 쓸모없던 엄마가 죽어 버린 것과 사랑했던 사람이 죽어 버린 것은 많이 다를까. 죽음의 경중을 저울에 재고 있는 내 자신이 부끄럽게 여겨지지만, 어쩌면 조금은 다를 거란 생각이 든다. 여자에게서 그게 느껴진다.

"사실 십 원짜리 동전은 그 사람하고 같이 모으던 거였어요. 어느 날 갑자기 밥 먹다 말고 저한테 묻더라고요. 십 원짜리 동전이 몽땅 우리 손에 들어오면 어떻게 될까, 하고요. 그 사람, 퍽이나 쓸데없고 무모한 일에 도전하는 걸 좋아했거든요. 그 사람하고 같이해 오던 일이라 멈출 수가 없었던 것 같아요. 사랑했던 사람이 떠나도 그 사람과 같이했던 일들은 습관처럼 남게 되더라고요. 잔상처럼요."

"잔상……."

"죽기 위해 태어나듯, 우리 모두는 헤어지기 위해 누군가를 만나는 거라고 생각해 보려 해도, 그게 잘 안 돼요. 그냥 서로 시들해져서 헤어지게 된 경우하고는 다르잖아요. 그래서 더 안타깝고 그래요."

"헤어지기 위해 누군가를 만난다는 말, 그거 진짜 맥 빠지는 말 같아요."

"어머, 제가 말이 너무 많았네요. 그 사람 보고 돌아오면 늘 이래요. 오주 씨가 이해해 줘요."

"괜찮아요."

아무런 예고도 없이 죽음으로 정리되는 관계란 얼마나 끔찍하고 기가 막힐까. 여자에게 어떤 식으로 위로를 해줘야 할지 모르겠다. 남에게 위로를 받는 것은 물론, 남을 위로하는 것에서도 서툴기만 한 나는 미지근해진 물에서 발을 빼낸다. 마른 수건으로 물기를 닦고 세숫대야를 들고 욕실로 들어가 버린다. 잠시 자리를 피해 주는 것만이 내가 할 수 있는 유일한 위로 방식인지도 모른다는 생각에서였다. 발에서 떨어져 나온 각질로 뿌옇게 흐려진 세숫대야의 물을 수챗구멍에 버린다. 나는 손과 발을 비누로 씻고 욕실에서 나가 다시 소파에 앉는다. 여자는 그사이 담배 하나를 꺼내 물고 있다. 다행히 표정은 그새 밝아져 있다. 여자가 말한다.

"호호호. 저 알았어요. 오주 씨가 가장 자신 없어 하는 게 뭔지."

"네?"

"다른 사람을 어떻게 위로해야 하는지 잘 모르죠. 그죠?"

나는 뭐든 남들에게 들켜 버린다.

"창피해할 필요 없어요. 누구한테나 서투른 부분은 있으니까요."

걷어 올렸던 추리닝 바지를 내리려는데 여자가 말한다.

"족욕 끝낸 발에는 보습제를 발라 주고 바로 양말을 신어 줘야 해요. 그래야 발이 갈라지지 않아요. 발도 따뜻해지고요. 여자는 손발이 따뜻해야 하는 거 알죠?"

여자의 목소리는 조금 쾌활해진다. 어찌해야 할지 몰라 불편했던 내 마음도 조금은 편안해진다.

"저거 신으면 되겠네요. 이거 수면양말 맞죠?"

여자가 바지걸이에 걸린 남자의 짝짝이 양말을 걷어 와 내게 건넨다. 그때 돌려주지 못한 남자의 짝짝이 양말이었다. 그래서 이제는 아로마 향 같은 건 나지 않는다.

"근데 양말이 왜 짝짝이예요?"

여러 말 하기가 복잡하고 귀찮아서 나는 그냥 잃어버렸다고 밀해 버린다. 여자가 발 식기 전에 신으라고 재촉을 한다. 남의 양말을 신는다는 게 좀 께름칙하긴 하지만, 나는 남자의 양말을 신는다. 양말은 나한테 딱 맞다. 미치 말대로 보통 양말보다 부드럽고 안 신은 것처럼 편하고 따뜻하다. 여자는 화제를 돌리고 싶었는지 더 쾌활해진 목소리로 묻는다.

"새로 산 세탁기 구경이나 해볼까요?"

"네?"

세탁기를 샀다고 여자에게 한 거짓말이 생각난다. 말릴 새도 없이 여자가 베란다로 나간다. 친구가 주기로 한 경품 세탁기는 이번 주 금요일에 배달될 예정이었다. 자기한테 거짓말했다고 서운해하면 어쩌지. 여자가 베란다를 두리번거리며 묻는다.

"왜 제 눈엔 세탁기가 안 보이죠?"

"저기, 실은 그게…… 아직 못 샀어요, 세탁기."

"네?"

"미안해요. 거짓말은 나쁜 건데, 제가 그때 귀찮아서 거짓말을……."

순식간에 진땀이 흐른다.

"오주 씨, 진짜 소심한 거 알아요?"

"제가요?"

"그런 건 나쁜 거짓말도 아니에요. 세탁기 빌려 주기로 약속해 놓고 어긴 제가 더 나쁜 거짓말쟁이죠. 빨래방이라…… 거긴 어때요?"

여자가 양 볼이 쏙 들어가도록 있는 힘껏 담배를 빤다.

"그냥 빨래하는 곳이죠, 뭐. 저기 근데, 뭐 하나 물어봐도 돼요?"

"잠깐만요."

여자가 짧아진 담배를 욕실로 들고 들어간다. 수도꼭지를 비틀어 쏟아져 나온 물로 담뱃불을 끈다. 욕실 쓰레기통에 꽁초를 버리고 나온 여자가, 피곤해서 그러는데 바닥에 좀 누워도 되겠느냐고 묻는다. 고개를 끄덕이자 여자는 침대에 두 다리를 걸치고 눕는다. 스타킹 올이 나간 사실을 그제야 확인한 것 같았지만 여자는 별로 개의치 않는다. 여자가 내 쪽으로 고개를 틀며 말한다.

"말해 봐요. 뭔데요?"

"다른 사람 위로하는 거, 그거 어떻게 하는 거죠?"

"정말 어려운 질문인데요. 사실은 저도 잘 몰라요. 그래서 아까 오주 씨 보면서 웃었던 거예요. 저를 보는 것 같아서요. 그럴 땐 정말 난감해요. 그죠?"

"그런 건 수집 안 해봤나 봐요?"

"그러게요. 앞으로 그것도 해봐야겠는데요. 근데 위로라는 건 대상과 상황에 따라 달라지는 거잖아요. 슬픔의 종류와 깊이와 농도에 따라서도 달라질 테고요. 가장 좋은 방법은 그거 아니겠어요? 즉흥에 맡기는 거요."

"즉흥이라고요?"

"네. 그게 진심일 거란 생각이 들어요."

"그럼, 이런 건요? 정말 슬픈 표정을 짓고 있는 사람이 있어요. 우울해 보이기도 하고요. 그런 사람에게 다가가 말을 걸려면 어떻게 해야 하죠?"

"음, 우선 웃게 만들어야겠죠. 슬픔과 우울에 대적할 수 있는 건 웃음뿐이니까요. 내가 그 사람을 웃게 만들었다는 사실을 그 사람에게 일깨워 준다면 절반은 성공한 거 아닐까요?"

"근데 어떻게요?"

"음, 글쎄요."

여자가 천장으로 눈을 돌리고는 뭔가를 골똘히 생각한다. 그러더니 쓰고 있던 뿔테 안경을 벗어 내게 건넨다.

"자, 받아요."

"네?"

"누군지 모르지만, 이 방법 한번 써봐요. 안경닦이도 빌려 줄게요. 실전에 돌입하기 전에 연습 삼아 다른 사람한테 한번 해보는 거 잊지 말고요."

나는 여자가 건넨, 안경알 없는 검정색 뿔테 안경을 써본다. 태어나 한 번도 안경을 써본 적 없는 내게 안경은 이물스럽다. 눈가에 따라다니는 검정색 테두리가 불편하게 느껴진다. 여자는 안경알 없는 안경으로 펼칠 수 있는 재미난 에피소드에 대해 얘기해 준다. 과연 그 남자는 내 안경 개그에 덧니를 드러내며 환하게 웃어 주게 될까. 나는 내 발을 따뜻하게 감싸 주고 있는 남자의 양말을 안경 너머로 내려다본다. 그리고 머뭇대다 여자에게 위로의 말을 던진다.

　"다이조부, 다이조부."

　"네?"

　"일본 말로 괜찮다는 뜻이래요."

　"아, 그래요. 그럼 저도 다이조부!"

　여자가 웃으며 내게 묻는다.

　"근데 그 사람은 잡았어요? 가름끈만 훔쳐 간다는 사람요."

　"아직요. 그것 때문에 골치예요."

　여자와의 대화는 그 뒤로 더 이어졌다. 확인 결과 여자에게는 오빠와 남동생뿐이었다. 달라도 너무 다른 조미치와 조미정이 자매일지 모른다는 내 엉뚱한 상상이 완전히 빗나간 밤이었다.

9

오늘은 퇴근해 돌아오자마자 끓어 넘치지 않는 냄비에 국수를 삶아 먹었다. 뚜껑을 한 번도 열지 않고 국수를 삶아 본 건 태어나 처음이었다. 나는 옆집 여자가 가르쳐 준 대로 비빔국수를 해 먹었다. 여자가 해준 것과 맛이 똑같아 신기했다. 그러나 여자로부터 맛있는 비빔국수 레시피를 얻어 낸 대신, 여자의 천장에 달린 시계가 밤마다 나를 괴롭히고 있었다. 모처럼 잠이 들었다 싶으면 꿈에서 옆집 여자의 시계가 나왔다. 천장에 달린 시계가 잠을 자고 있는 여자의 얼굴 위로 떨어져 다치는 꿈이었다. 참다못한 나는 어젯밤 여자 집으로 달려가 여자를 불러냈다. 복도에 서서 여자에게 꿈 얘기를 한 다음 이렇게 사정했다.

"그래서 말인데요, 천장에 달린 시계 좀 제 눈앞에서 떼어 내면 안 될까요?"

"호호호. 무슨 말인지 알겠어요. 그리고 충분히 이해도 해요. 근데 어쩌죠. 저번에 오주 씨가 말한 대로 천장에 텔레비전도 달아 버렸는걸요."

"네?"

여자 집으로 들어가 보니 정말로 시계 옆에는 소형 평면 티브이가 부착돼 있었다. 그냥 해본 말을 정말로 실천에 옮길 줄은 몰랐다.

"달아 달라니까 두말없이 달아 주던가요?"

"고객이 원하는데 안 되는 게 어딨어요. 그리고 실천해 보는 것도 수집가의 자세예요. 오주 씨도 한번 누워 볼래요?"

"아니……."

여자의 힘에 못 이긴 나는 여자의 침대에 누워 텔레비전을 봤다. 편하고 좋았다. 누워서 보다 지치면 다시 일어나 바닥에 놓인 텔레비전을 켜면 된다고 여자는 말했다. 텔레비전까지 천장에 달아 버렸으니, 앞으로 내 꿈에 어떤 상황들이 펼쳐질지 안 봐도 훤했다. 말이라고 해서 모두 여자에게 뱉어 낼 건 아니라는 생각이 들었다.

시간은 벌써 자정이 돼가고 있었다. 역시나 불면의 밤이 될 게 뻔해 보이는 밤이었다. 잠이 오지 않는 밤은 비빔국수를 소화시킨 지 오래다. 슬슬 배가 고파지기 시작한다. 나는 지겨운 스도쿠 게임을 중단하고 싱크대와 냉장고를 연다. 라면은 다 떨어지고 없다. 한 개 남아 있는 줄 알았던 캔 맥주도 보이지 않는다. 찬밥이라도 있으면

김치볶음밥이라도 해 먹을 텐데, 그마저도 없다. 빈곤한 밤이었다. 그렇다고 위장마저 빈곤하게 놔둘 순 없었다.

군것질거리가 필요한 밤을 위해 지갑을 열어 현금을 확인한다. 현금은 편의점으로 향하기에 무색하지 않을 만큼 충분하다. 나는 남방을 걸쳐 입는다. 현관을 나서려는데, 옆집 여자가 빌려 준 뿔테 안경이 눈에 들어온다. 실전에 돌입하기 전에 연습 삼아 나른 사람한테 해보라던 옆집 여자의 말이 생각나자, 나는 안경을 들고 거울 앞에 선다. 안경 낀 거울 속의 나는 생각보다 괜찮다. 아니, 꽤 스마트해 보인다. 나는 얼굴을 이리저리 비춰 보고 표정을 다양하게 지어 보기도 한다. 어쩔지 몰라 안경닦이도 챙겨 들고 편의점으로 향한다.

자정에 가까운 편의점의 불빛은 대낮보다 환하다. 편의점 통유리를 따라 길게 설치된 테이블에는 한 커플이 나란히 앉아 컵라면을 먹고 있다. 무슨 재미난 얘기를 하고 있는지, 내 쪽으로 향해 있는 두 남녀의 등과 어깨가 시종일관 들썩인다. 그런 그들의 모습을 보자 나도 컵라면이 먹고 싶어진다. 나는 컵라면과 꼬마김치를 산다. 라면 하나로는 부족할 것 같아 삼각김밥을 추가한다. 그리고 캔 맥주 다섯 개와 봉지라면 다섯 개를 계산대에 올려놓는다.

나는 코에서 흘러내리는 안경을 손가락으로 가볍게 밀어 올린다. 안경을 밀어 올리는 옆집 여자의 행동을 보면서, 멋을 부리기 위해 그런다고 생각했는데, 써보니 그게 아니라는 걸 알게 된다. 땀과 개

116

기름 때문인지 정말로 안경이 자꾸 흘러내린다. 이때 바코드를 다 찍은 계산원이 내 얼굴을 슬쩍 쳐다본다. 그러더니 어, 하는 표정을 짓는다. 안경에 안경알이 없다는 사실을 확인한 뒤의 표정임이 분명했다. 나는 이때다 싶어, 안경알이 없다는 사실을 계산원에게 확인차 보여 주기 위해 둥그런 안경테 안으로 손가락을 가져간다. 그러고는 눈곱을 떼는 척한다. 애써 웃음을 참는 듯한 계산원의 모습이 보인다. 성공이었다. 나 또한 애써 웃음을 참아 내며 계산대에 이만 원을 내려놓는다. 계산대 액정화면에 2890원이라고 거스름돈이 뜬다. 계산원이 내게 묻는다.

"혹시 십 원짜리 있으세요?"

십 원을 건네면 내게 2900원을 거슬러 주려는 속셈이다. 나는 십 원짜리가 지갑에 있음에도 없다고 거짓말을 한다. 아니 외려, 90원은 십 원짜리로 내주면 안 되겠느냐고 부탁하기까지 한다. 그러자 계산원이 저희도 지금 십 원짜리가 부족해서…… 하고 말끝을 흐린다. 필요해서 그런다니까 계산원은 마지못해 십 원짜리 아홉 개를 거스름돈으로 내준다. 그런데 십 원짜리가 부족하다고? 나는 비닐봉지에 캔 맥주와 라면을 담아 주는 계산원에게 슬쩍 물어본다.

"혹시 요즘에 십 원짜리가 많이 부족한가요?"

"네?"

"그러니까 다른 동전에 비해 십 원짜리 수급이 달린다든가, 뭐 그런 게 느껴지지 않느냐고요."

계산원은 이 일을 하는 동안 그런 질문을 받아 본 건 처음이라는 듯, 나를 이상하게 쳐다본다. 나는 아니에요, 하고 소심하게 말하고는 뒤돌아선다. 밖이 훤히 내다보이는 통유리 앞 테이블에 캔 맥주와 라면을 내려놓고 컵라면 비닐을 벗긴다. 뚜껑을 개봉하고 뜨거운 물을 받아 테이블에 앉는다. 턱을 괸 채 라면이 익어 가길 기다리던 나는 통유리 밖으로 시선을 돌린다. 차들은 한산해진 도로를 맘 놓고 질주한다. 인도에는 방황하는 청춘들이 활보한다. 나는 흘러내리는 안경을 멋있게 밀어 올리며, 옆에 앉아 있는 커플 쪽으로 고개를 돌린다. 그러나 그들은 내게 관심조차 보이지 않는다. 니들도 곧 헤어지게 될 거야! 나는 콧잔등을 찡그리며 속으로 그렇게 말한다.

3분이 겨우 지났다. 3분은 절대적으로 짧은 시간이지만, 이상하게 컵라면과 함께하면 세상에서 가장 길고 지루한 시간이 돼버린다. 컵라면 뚜껑을 열어 나무젓가락으로 라면을 휘젓는다. 이때 지나가는 누군가가 편의점 통유리를 두드린다. 손을 흔들며 내게 인사까지 건넨다. 누구지, 하고는 고개를 쳐드는데, 빨래방에서 만난 콧수염 아저씨다. 나는 테이블에서 몸을 반쯤 일으켜 세워 엉거주춤 인사를 건넨다. 편의점으로 들어선 아저씨가 내가 먹고 있는 것과 똑같은 컵라면을 두 개 산다. 그리고 하나를 개봉해 뜨거운 물을 받아 내 옆에 와 앉는다.

미치 말에 의하면 콧수염 아저씨는 전직 교수라고 했다. 그림을 그리는 화가 아내가 있고 번듯한 직업을 가진 아들딸들은 물론 사위와 며느리와 손주까지 있는 사람이었다. 정년을 맞아 학교를 그만둔 뒤로 아저씨는 대학가 주변을 전전하며 살고 있었다. 이유는 일평생 연구실에 처박혀 살아온 당신 인생이 불쌍해서란다. 아저씨는 퇴임을 하루 앞둔 날, 가족들을 불러 놓고 이렇게 말했다.

"학문 연구에만 바쳐 온 이 정신과 몸뚱어리를 퇴직과 함께 해방시켜 보련다. 앞으로 나 하고 싶은 대로 하고 살 테니까 간섭들은 말아라. 교수 체면 따위 이제 지겹다."

아저씨는 그 선언과 동시에 콧수염을 길렀다. 그리고 가출 청소년이 되고픈 심정으로 집을 훌쩍 뛰쳐나와 거리를 헤매기 시작했다. 벌써 2년째라고 했다. 콧수염 아저씨의 하루 일과는 찜질방에서 잠을 자고 샤워를 하는 것으로 시작된다. 멀티플렉스와 디브이디방에서 최신 영화와 오래된 영화를 보고 나면 피시방에 들러 세상 돌아가는 소식을 접한다. 수준급의 스타크래프트도 잊지 않는다. 피시방에서서 젊은 애들 어깨너머로 배우기 시작한 스타크래프트는 아저씨 일생일대의 최고 오락거리였다. 가끔은 전화방에 들러 음탕한 외설을 즐기기도 하고, 울적하다 싶으면 노래방에 들어가 맘껏 음주가무를 즐기기도 한다. 그리고 종종 인디밴드의 공연이 있는 클럽을 찾아가기도 한다. 끼니는 대학 구내식당이나 편의점에서 해결하고, 거리의 먼지로 오염된 옷들은 빨래방으로 가져와 빤다. 아저씨는 살아 있는 한국의 밤을 체험하고 젊은이들의 문화를 배워 가는 것만으로도 하루하루가 젊어지는 것 같아 행복하다고 했다. 그래서 그런지, 같은 거리의 사람이지만 콧수염 아저씨의 인상은 구도 아저씨의 인상과는 조금 달라 보였다. 아저씨가 전직 무슨 학과 교수였는지는 미치도 모른다고 했다. 은퇴한 교수직에 학과를 말한들 무슨 소용이냐며 아저씨는 자신의 이름도 말해 주지 않았다고 한다. 그래서 아저씨는 '콧수염' 혹은 '콧수염 아저씨'로 불리게 된 것이었다.

"이름이 오주라고 했던가?"

"네."

"이 늦은 시간에 여긴 웬일이신가?"

"배도 고프고 잠도 안 와서요."

"쯧쯧쯧, 젊은 사람이 불면증이 있구먼그래."

"아니, 그냥……."

"불면증이란 건 생각이 많아서 생기는 병이라네. 머릿속을 좀 비워 보게. 바보와 애들이 잠을 잘 자는 이유도 그래서라네."

"네. 근데 아저씬 이 시간에 웬일이세요?"

"나야 떠돌이 거리 인생인데 시간이 뭔 상관이겠나. 미치 처녀가 나에 대해 얘기했을 텐데?"

"아니……."

"입이 바쁜 미치가 내 신상에 대해 얘기 안 했을 리 없지."

"행복한 하루하루를 보내신다고 들었어요."

"그래. 행복하다네. 자유가 생겼으니 행복해야지. 한국이란 나라는 말일세, 약간의 돈만 있으면 집이 없어도 살아지게 돼 있지. 그게 한국 문화 속 '방 문화'의 특징이자 편리라네. 24시간 오픈된 온갖 종류의 방들은 거리를 떠도는 자들을 무한 수용하거든. 물론 구도 같은 친구한테는 좀 미안한 말이지만 말일세."

이때 아저씨가 내 코에 걸린 안경을 슬쩍 쳐다본다. 컵라면으로 옮겨 가는가 싶던 아저씨의 시선이 아니나 다를까 다시 내 쪽으로 돌아온다. 아저씨의 어, 하는 표정에 용기를 얻은 나는 주머니에서 안경닦이를 꺼내 안경을 닦는다. 그리고 아무렇지 않게 다시 안경을 쓴 다음 안경닦이를 네모반듯하게 접어 바지 주머니에 찔러 넣는다. 아저씨가 편의점이 떠나가도록 웃기 시작한다. 옆에 앉아 있는 커플과 편의점 계산원이 우리를 쳐다본다.

"자네……."

아저씨는 웃느라 말을 제대로 잊지 못한다. 대성공인 것 같았다.

"하하, 자네 정말 웃기는군. 미치보다 더 웃기는 아가씨야."

나는 거기서 멈추지 않고 컵라면 가까이 얼굴을 갖다 댄다. 젓가락으로 휘저은 면발 사이로 김이 올라오자 안경을 벗어 테이블에 내려놓는다. 그리고 아저씨 귀에 들리게끔 큰 소리로 말한다.

"뜨거운 거 먹을 땐 벗어 놔야 해요. 안경에 김 서리면 먹는 데 불편하니까요."

이 말에 아저씨의 웃음이 더 크게 퍼진다. 콧수염 아저씨의 호탕한 웃음소리에 덩달아 나도 즐거워진다.

"하하하하, 정말 재밌군. 내 생전 이렇게 웃어 보긴 처음이야."

나는 아저씨에게 정말로 웃기느냐고 묻는다. 아저씨는 웃느라 대답을 못한다.

"진짜로 웃겨요, 이거?"

"그래. 웃기네, 웃겨."

웃음이 좀 진정되자 아저씨가 나무젓가락을 가른다.

"라면 불겠네. 일단 먹으세, 하하."

아저씨의 시원시원한 반응이 고마워 나는 아저씨와 꼬마김치를 나눠 먹는다. 삼각김밥도 반으로 쪼개 아저씨의 컵라면 종이 뚜껑 위에 올려 준다.

컵라면 국물이 미지근하게 식어 간다. 콧수염 아저씨와 이런저런 얘기를 주고받다 보니, 어느새 얘기의 주제는 '그'가 돼버린다.

"제가 싫대요. 잠이 너무 없어서요."

"저런."

표정을 감추고 싶은 생각에 벗어 둔 안경을 다시 쓴다. 나는 콧수염 아저씨와 라면 국물을 안주 삼아 캔 맥주를 나눠 마시는 중이었다. 아저씨가 단숨에 캔 맥주를 비운다. 나는 봉지에서 맥주 하나를 더 꺼내 아저씨에게 건넨다. 아저씨는 사양하지 않고 내 술친구가 돼준다. 아저씨가 새로 딴 캔 맥주를 한 모금 들이켜며 말한다.

"그거 아나? 이 세상에 영구적이고 불변하는 건 하나도 없다는 거 말일세. 삼라만상 모두 변해 가지. 온 우주를 통틀어 낡고 변하지 않는 건 하나도 없다네. 그러다 결국엔 모두 사라지고 말아. 근데 절대로 변하지 않는 게 딱 하나 있다네. 혹시 그게 뭔지 아나?"

"글쎄요. 진리 같은 거요?"

"진리라는 것도 가치와 기준이 달라지면 변하게 돼 있지."

"음, 모르겠는데요."

"과거라네."

"과거요?"

"그래. 그건 절대 변하지 않아. 그리고 변화시킬 수도 없지. 그러니까 과거에 얽매인 채 살아가는 건 아주 어리석은 짓이야. 과거의 인연이라는 것도 마찬가지지."

"그렇지만……."

"사람과 사람이 맺어 가는 관계라는 건 우리가 입고 있는 이 옷과 같다네. 옷은 결국 우리 곁을 떠나게 돼 있지. 작아지고 커져서, 혹은 낡아지고 닳아져서 떠나게 돼. 취향과 유행에 맞지 않아서도 떠나게 되고 말이지. 태어나 죽을 때까지 입을 수 있는 옷이란 없다네. 관계라는 것도 그와 마찬가지야."

"그 말은 곧, 뻔한 결과를 두고 끊임없이 누군가와 관계를 맺고 살아가야 한다는 거잖아요. 그건 정말 바보 같은 짓 아닌가요?"

"우리네 인생 자체가 바보짓이니 당연하잖은가? 태어날 때부터 우리 모두는 시시포스의 삶을 부여받았다네. 하루와 한 달의 삶이 그렇고 일 년과 평생의 삶이 그렇지. 고파질 걸 알면서도 밥을 먹고,

잠이 올 걸 알면서도 잠을 자고, 죽을 걸 알면서도 하루하루를 살아가잖나. 우린 굴러떨어질 줄 알면서도 계속 바위를 밀어 올려야 하는 운명들을 타고난 거라네. 삶이란 건 결국 지겨운 반복이지. 그러니까 우리가 할 수 있는 건 그 순간을 살아가는 것밖에 없다네. 최선을 다해서 말이지."

"이젠 누굴 알아 가는 것도, 그 누구와 관계와 인연을 맺고 살아가는 것도 점점 자신 없어져요."

"저런, 젊은 사람이 그러면 쓰나. 실패가 두려워 아무것도 하지 않는다면 그게 무슨 의미겠나. 아주 오래전에 죽은 어느 유식한 철학자는 이런 말을 했다네. 인간은 신이 아니기에 극복돼야 한다고 말일세. 우린 신이 아니기 때문에 불완전할 수밖에 없다네. 그래서 슬픔과 고독을 갖고 태어나고, 고통과 실패를 갖고 태어나는 거라네. 극복이란 건 우리들의 숙명이야. 죽을 때까지 따라다니는 숙명."

"아저씨 정도의 나이가 되면 다른 사람을 떠나보내는 것에도 익숙해지나요?"

"나이를 먹어 간다는 건 얼마나 많은 사람을 떠나 보내느냐와 같은 것이긴 하지. 하지만 그런 건 익숙해지지 않는다네. 다만 쌓일 뿐이지. 그리고 누가 됐든 그 누군가와의 만남은 만남이 지속되는 게 아니라 헤어지는 게 잠시 유예되는 것뿐이라네. 가장 긴 그 유예의 끝은 결국 죽음이야. 아까도 말했지만 영원한 건 없네. 그러니까 순간을 즐기게나."

"순간……."

"그래, 순간."

아저씨가 손목시계를 들여다본다. 그만 자리에서 일어날 모양인지, 아저씨는 남아 있는 캔 맥주를 단숨에 들이켠다. 그러고는 마지막으로 한마디 덧붙인다.

"모든 해결사는 시간이라네. 그리고 떠나간 사람은 아주 양심이 없지 않은 한 다른 누군가를 불러내고 간다네. 내 말 무슨 뜻인지 알겠는가?"

"네? 아, 네."

"그리고 사람이라는 건 말일세, 사람과 사람을 이어 주는 인연의 징검다리라네."

"그럼 아저씨도 제 징검다리가 될 수 있다는 말이네요?"

"그야 모르지. 그럴 수도 있을 테고, 아니면 그냥 스쳐 가는 인연일 수도 있을 테고. 허허. 그럼 그만 일어나세. 밤이 너무 깊었네."

자리에서 일어서려던 아저씨가 컵라면 용기와 맥주 깡통을 정리한다. 어김없이 내 머릿속에는 옆집 여자가 뛰어들어 온다.

"잠깐만요, 아저씨. 혹시 태어난 날짜와 죽은 날짜가 같은 사람 본 적 있어요? 아니면 들어 본 적은요?"

"글쎄, 자네보다 오래 살긴 했네만, 그런 사람은 못 본 거 같네. 왜 그러나?"

"아니에요. 그럼 혹시 십 원짜리 동전 가진 거 있으세요?"

아저씨가 배낭에서 자신의 낡은 지갑을 꺼낸다. 지퍼를 열어 테이블 위에 동전을 털어놓는다. 모두 열한 개의 십 원짜리가 분리된다. 아저씨는 이유도 묻지 않고 십 원짜리를 내 손에 몽땅 쥐어 준다.

"자네 덕에 오늘 재미나게 웃었으니 그냥 줌세. 술이랑 김밥도 공짜로 얻어먹었잖나."

"고맙습니다."

"고마운 건 나라니까. 허허."

오늘은 꽤 많은 동전을 모았다. 여자와 언제까지 이웃으로 살게 될지 모르지만, 나는 틈나는 대로 동전을 모아 여자에게 갖다 줄 생각이었다. 둘이 해오던 일을 혼자 하게 됐을 때의 고독이 어떤 건지 조금은 알기 때문이었다. 테이블을 정리하고 난 콧수염 아저씨가 하나 남겨 둔 컵라면을 개봉해 뜨거운 물을 붓는다. 다 먹을 것도 아니면서 컵라면을 왜 두 개씩이나 사나 의아했었는데, 가져가 또 먹으려는 것이었다. 나는 아저씨에게 묻는다.

"가져가 또 드시게요?"

"구도 그 친구 어디서 굶고 있을 거네. 눈에 안 보이면 이젠 걱정부터 돼."

아차, 하는 생각이 들었다. 구도 아저씨에 대해서는 미치도 아는 바가 없었다. 진짜 노숙자라는 것과 '박구도'라는 이름 말고는 아무것도. 나는 콧수염 아저씨한테 잠시 기다려 달라 하고는 삼각김밥과 핫바와 바나나 우유를 산다. 그리고 남아 있는 캔 맥주 두 개를 비닐

봉지에 담아 콧수염 아저씨한테 건넨다. 저번에 빨래방에서 만났을 때 보니까 구도 아저씨가 입고 있던 티셔츠도 많이 낡아 보였다. 나는 콧수염 아저씨한테 잠시만 더 기다려 달라 하고는 횡단보도를 건너 원룸으로 달려간다. 옷걸이에 걸린, 그가 남겨 두고 간 파란색 면티 두 장을 걷어 와 다시 편의점으로 달려간다. 나는 가쁜 숨을 뱉어 내며 콧수염 아저씨에게 면 티 두 장을 내민다.

"곧 여름이잖아요. 구도 아저씨 드리세요. 몇 번 안 입은 거니까 새 거나 마찬가지예요. 기분 나빠하진 않으시겠죠?"

"아이쿠야, 혹시 오늘 생일 아니냐고 그 친구한테 물어봐야겠네. 아주 좋아할 거야."

"라면 불겠어요. 어서 가보세요."

"그래, 그럼 언제 빨래방에서 또 봄세. 밤길 조심하게나."

콧수염 아저씨와 나는 편의점 앞에서 헤어진다. 나는 봉지라면 다섯 개를 들고 집으로 돌아간다. 이제 그를 기억할 만한 물건은 원룸에 하나도 없다. 그래도 뭐 괜찮다. 다이조부, 다이조부!

10

저번 주 금요일에 도착한 경품 세탁기는 친구 말대로 최신식이었다. 건조 기능까지 갖춘, 그래서 빨래방 건조 기능이 하나도 부럽지 않은 세탁기였다. 인터넷에서 가격을 확인해 보니 가격은 생각보다 비쌌다. 가격 못지않게 소비자 사용 후기도 좋았고 만족도도 꽤 높은 것 같았다. 나는 친구 부부에게 전화를 걸어 고마움을 표해야 했다. 친구와 친구의 남편은 제품이 좋은 거라니 다행이라며 흡족해했고, 나는 잘 쓰겠다는 말을 과장되게 두 번이나 하고는 전화를 끊었다. 하지만 지금 나는 빨래방에 와 있다. 저번 주 토요일에는 빨래방에 오지 못했다. 빨래를 새 세탁기에 돌려서가 아니었다. 아빠한테 걸려 온 전화 때문이었다. 미국에서 언니가 보내온 편지를 받고 난 아빠는 흥분해 있었다. 어떻게 그렇게 감쪽같이 속일 수 있느냐며,

아빠는 나를 나무랐다.

　—영주는 그렇다 쳐도, 너라도 이 아빠한테 솔직하게 털어놨어야
지!

　아빠가 나한테 그렇게 화를 낸 건 태어나 처음 있는 일이었다.

　—다른 여자하고 결혼해 산다고 날 아빠로도 생각 안 한 거냐!

　—그런 거 아니야. 아빠가 먼저 유학 가는 걸로 넘겨짚었잖아. 그
래서 얘기할 타이밍을 놓쳤을 뿐이야.

　—그렇게 똑똑하고 야무지던 애가 어떻게 가정 있는 남자랑……
거기다 애까지…….

　아빠는 말을 제대로 잇지 못했다. 이해해 줄 줄 알았던 아빠가 그
렇게 나오자 나도 모르게 화가 치밀었다. 그래서 나는 아빠에게 해
서는 안 될 말을 하고 말았다.

　—아빠는 처녀한테 장가갔잖아. 근데 언니는 왜 안 되는데? 서로
들 좋아 죽겠다는데 유부남이면 어떻고 나이가 많으면 어때서? 아
빤 그 여자랑 결혼할 때 우리 생각 조금이라도 했었어? 우리 의견 같
은 건 묻지도 않았잖아. 언니도 그랬을 뿐이야.

　—그거랑 이거랑 어떻게 같으냐!

　—다를 건 또 뭔데?

　—그래도 우린 다른 사람한테 상처는 주지 않았다.

　아빠의 '우리'라는 말이 신경에 거슬렸다. 마치 아빠한테서 언니
와 내가 배제된 느낌이었다.

—언니하고 내가 상처받았다면?

수화기 저편의 아빠는 한동안 말이 없었다. 상처까지는 아니었지만, 나는 언니에 대한 아빠의 예기치 않은 반응이 맘에 안 들어 그렇게 말해 버렸다. 나는 물론 아빠의 행복을 원했다. 아빠가 학교를 그만두고 라면 가게를 차릴 때도 그랬고, 라면 가게를 찾는 단골손님 중에 술을 모르는 여자가 아빠를 좋아한다는 소식에도 방긋 웃어 주었다. 지나가는 말로, 그 여자를 따라 제주도로 내려가 귤 농사도 짓고 라면도 끓이면서 살면 어떨까, 했을 때도 방긋은 아니지만 웃어 주었다. 술주정뱅이 엄마가 아닌 술을 모르는 여자와 죽기 전에 한번 살아 보는 것도 나쁘지 않은 아빠의 행복이라고 생각했기 때문이었다. 그런데 막상 아빠 입에서 '결혼'이라는 말이 나왔을 땐 그저 옅은 미소밖에 지어지지 않았다. 살아 있을 때도 미웠고 죽는 순간에도 미웠던 엄마였지만, 아빠의 결혼 소식에는 엄마가 한없이 불쌍하게 여겨졌다. 골칫덩어리 엄마라도 엄마의 빈자리는 언제나 엄마여야만 한다고, 은연중에 나는 생각해 왔던 것 같았다.

아빠가 술을 모르는 여자와 결혼하겠다고 했을 때, 나는 아빠에게 옅은 미소를 지어 보이며 물었다.

"설마 그 여자가 물려받을 귤 농장이 탐났던 건 아니지?"

왜 그때 축하한다는 말 대신 그런 말이 튀어나왔는지는 나도 알 수 없었다. 아빠가 속물이 아니란 걸 알면서도 그랬다. 돌이켜 보면 아빠의 결혼으로 상처를 받은 건 언니와 내가 아니라 아빠 자신이었는지도 몰랐다. 자식한테 속물 취급이나 당하고, 어쩌다 그렇게 됐을 뿐인데 아내의 죽음과 동시에 처녀장가를 계획했던 사람으로 오해까지 받게 됐으니 말이다. 왜 그때 언니와 나는 아빠의 온전한 편이 돼주지 못했던 걸까. 분명한 건, 아빠의 행복을 바라는 내면에는 그것과 공존해서는 안 되는 다른 이면들이 숨어 있었다는 것이다. 그걸 생각하면 지금도 부끄러웠다. 그럼에도 나는 또 아빠에게 상처를 주고 있었다. 한동안 말이 없던 수화기 저편의 아빠가 마지못해 말을 이었다. 이어진 아빠 말에는 서운함이 배어 있었다.

—니들이 그렇게 생각했을 줄은 몰랐다. 그렇게 상처가 컸냐?

—그만 끊어. 다 지난 일이야. 언니도 마냥 좋지만은 않을 거야. 그니까 아무 말 마. 편지도 전화도 하지 마.

전화를 끊으려는데 아빠가 내 수화기를 붙들었다. 아빠가 미적거리며 말했다.

—저기 말이다…… 올여름에 니들…… 남동생 보게 될 거 같다.

—뭐라고? 여, 여보세요?

아빠는 그렇게 말하고는 서둘러 전화를 끊어 버렸다. 할 말이 있는 듯, 그러나 결국엔 아무 말도 하지 않고 전화를 끊어 버리던 요즘의 아빠가 내게 하고 싶었던 말은 바로 그 말이었던 것이다. 언니의 편지에 아빠가 왜 그렇게 흥분을 감추지 못했는지 알 것 같았다. 조카보다 남동생이 먼저 태어나게 돼서 다행인지 어쩐지는 모르겠다. 하지만 아들뻘에 가까운 남동생이 생길 거라는 사실은 나를 당황스럽게 만들었다.

그날의 우울한 기분은 좀체 가라앉지 않았다. 그런 기분으로 빨래방에 가 내기를 할 순 없었다. 아니나 다를까, 빨래방에서 나를 기다리고 있던 미치한테서 전화가 걸려 왔다. 하지만 받지 않았다. 무슨일 있느냐는 미치의 문자에도 답장을 하지 않았다. 나는 잠이 오지않는 밤을 침내에 뉘며 생각했다. 왜 그동안 나는 동생이 생길 거라는 생각을 한 번도 못 했던 걸까. 늙은 아빠를 남자로도 생각 안 했던걸까. 정말 미련한 어른이라고, 그날 나는 밤새도록 생각하고 또 생각했다.

나는 8번 세탁기에 빨래를 돌리고 앉아 도서관에서 빌려 온 책을펼쳐 읽는 중이다. 안경알 없는 안경 너머로 글자를 읽어 나가는 일은 낯설고 불편하다. 이런 나를 보면 미치는 뭐라고 할까. 빨래방이떠나가도록 박장대소를 할까, 아니면 내기에 임하는 내 노력에 백기를 들까. 그런데 오늘따라 빨래방은 한산하다. 지금쯤이면 저 문을열고 들어와 안녕, 하고 외칠 미치도 나타나지 않는다. 기다리다 지친 나는 미치에게 왜 안 오느냐고 문자를 보낸다. 저번에 보내온 문자에 답장을 하지 않아 삐치기라도 한 건지, 미치의 답장은 한참을기다려도 오지 않는다. 참다못한 나는 통화 버튼을 눌러 미치에게전화를 건다. 막 잠에서 깬 듯한 목소리로 미치가 전화를 받는다.

—문자 보냈는데 답장이 없어서요. 왜 안 오세요?

나는 빨래방 출입문에 서서 건너편 오피스텔에서 나를 내려다보고 있을 미치를 향해 손을 흔든다.

—나 지금 기차 안. 부산 집에 내려가는 중이야.

나는 휘젓던 팔을 내리고 자리에 가 앉는다.

—집에는 왜요?

—내일 우리 엄마 생일. 맏딸이라 모른 체할 수도 없고. 이럴 때 안 챙겨 주면 우리 김 여사 삐치거든. 미운털 제대로 박힌 몸이니 이럴 때 점수 좀 따놔야지. 그래야 덜 볶일 테고.

—전 화난 줄 알았잖아요.

—내가 왜?

—저번 토요일에 제가 전화도 안 받고 문자에 답장도 안 해서요.

—내가 언제 오주한테 문자를 했던가? 근데 9번은 아직?

미치는 지나간 일에는 전혀 신경 쓰지 않는 사람이었다.

—네.

—그나저나 성공할 수 있으려나?

—게임은 아직 시작도 안 했는걸요.

이때 빨래방 출입문이 열린다. 남자였다! 구불구불한 검정색 머리띠를 한 남자가 들어온다. 갑작스러운 남자의 등장에 심장이 밖으로 튀어나올 것처럼 두근대기 시작한다.

—왔어요, 왔어. 끊어요.

—그래, 잘해 보라고.

전화를 끊은 나는 무릎 위에 책을 올린다. 책을 읽는 척하며 안경 너머로 남자의 행동을 살핀다. 양말을 건넬 타이밍을 잘 잡아야 한다. 동전을 교환한 남자가 역시나 9번 세탁기 앞으로 간다. 동그란 유리 뚜껑을 열고 빨래를 넣는다. 오늘 남자의 빨랫감은 남자의 창문에 걸렸을 커튼과 욕실 앞에 깔렸을 발닦개와 남자의 머리와 얼굴과 몸을 닦았을 수건들이다. 시작 버튼을 누르고 뒤돌아선 남자가 내 옆자리에 앉는다. 8번 세탁기를 쓰길 잘했다는 생각이 든다. 그런데 나와 너무 가깝게 앉았다고 생각했는지 남자가 엉덩이를 살짝 옆으로 옮긴다. 그래도 먼 거리는 아니다. 남자가 상의 주머니에서 엠피스리 플레이어를 꺼낸다. 남자의 귀가 음악으로 닫히면 곤란하다. 이어폰을 귀에 꽂기 전에 남자에게 양말을 건네야 한다. 나는 비닐봉지에서 털양말을 꺼낸다. 고개를 돌려 남자를 쳐다본다. 저기요, 하고 말하려는데 남자의 귀에는 그새 이어폰이 꽂힌다. 팔짱을 끼고 고개를 숙인 남자는 눈까지 감아 버린다. 모르겠다. 말 좀 걸었다고 죽이기야 하겠어! 나는 용기를 내 남자의 어깨에 손을 갖다 댄다. 그리고 말한다.

"저기요……."

흠칫 놀란 남자가 귀에서 이어폰을 뺀다. 고개를 틀어 나를 쳐다본다. 긴장한 탓에 입술이 파르르 떨린다. 나는 한쪽 입술을 이빨로 살짝 깨문 다음, 남자 앞으로 짝짝이 양말 두 개를 내민다. 한 번 신고 빨았던 양말이다.

"저번에 세탁기에 빠뜨리고 가셨더라고요."

다행히 남자는 한눈에 자기 양말임을 알아본다. 아니, 알아보는 정도를 넘어 이게 여기에 있었구나, 하는 표정을 짓는다. 몹시 아끼는 양말이었던 모양이다. 나는 이때 둥그런 안경테 안으로 손가락을 찔러 넣어 가려운 척 눈을 긁는다. 안경을 쓴 채로 눈을 만지작대는 내 행동에 남자의 입가가 미세하게 떨린다. 찰나적이었지만 남자의 웃음이 포착되는 순간이었다. 나한테서 양말을 건네받은 남자가 서툴게 고개를 숙여 고마움을 표한다. 무슨 말을 건네려는 듯했지만, 때를 놓쳤다고 생각한 남자는 이내 입을 닫아 버린다. 나는 책으로 눈을 돌린다. 기회는 이때다 싶어 바지 주머니에서 안경닦이를 꺼낸다. 안경을 벗어 호호, 하고 안경에 입김을 불어 넣은 다음 태연히 안경을 닦는다. 이를 지켜보는 남자의 시선이 느껴진다. 나는 다 닦은 안경을 귀에 걸고 안경닦이를 네모반듯하게 접어 바지 주머니에 넣는다. 그러고는 안경 낀 눈으로 책을 다시 들여다본다. 아니나 다를까 옆에서 푸웁, 하는 소리가 들려온다. 그건 분명 참고 참았다 뱉어 낼 때 나오는 웃음소리였다. 역시 성공이었다. 나는 고개를 돌려 안경 너머로 남자를 쳐다본다. 남자가 웃고 있다. 그때처럼 덧니를 드러내며 환하게. 남자는 그 순간만큼은 전혀 슬퍼 보이지 않는다.

크큼, 하고 남자가 목을 가다듬으며 웃음을 정리한다. 그제야 남자는, 잊지 않고 양말을 챙겨 돌려준 내게 정식으로 고마움을 표한다.

"잃어버린 줄 알았는데…… 고맙습니다."

웃음소리와 달리 남자의 목소리는 중저음이었다.

"그 안경…… 정말 재밌네요."

"이 안경이 왜요?"

나는 시치미를 떼본다. 나도 내가 남자의 말을 이런 식으로 받아칠 줄은 몰랐다. 남자가 당황스러운 낯빛으로 묻는다.

"안경알이요…… 없는 거 아닌가요?"

"없긴요. 자세히 봐보세요."

나는 남자의 얼굴을 똑바로 쳐다본다. 남자가 내 쪽으로 얼굴을 가까이 가져와 안경을 관찰한다. 남자의 진지한 표정에 나는 그만 웃음보가 터진다. 바보같이 또 속아 넘어갔다는 사실을 내 웃음으로 알아차린 남자가 허망하게 웃는다. 그렇게 웃고 나니 분위기가 어색해진다. 잘 알지도 못하는 사람 앞에서 서로 입을 벌리고 웃었다는 사실을 서로가 깨달았기 때문이다. 나는 책장을 넘기는 것으로 어색한 분위기를 모면해 본다. 남자도 나와 같은 기분이었는지 엠피스리 플레이어를 연방 만지작댄다. 저러다 귀에 이어폰이라도 꽂아 버리면 큰일이다. 남자에게 무슨 말이든 건네야 한다. 그런데 딱히 할 말이 떠오르지 않는다. 뭐가 좋을까. 일단 입에서 나오는 대로 뱉어 내고 본다.

"머리띠가 참 잘 어울리세요."

머리띠라니. 다행히 세탁기 돌아가는 소리에 내 말을 놓친 남자가 네, 하고 되묻는다. 나는 얼른 다른 말로 대체한다.

"세탁기 없으신가 봐요?"

이런 바보 멍충이. 그건 당연한 거잖아! 나는 속으로 내 바보스러움을 나무란다. 남자가 네, 하고 대답한다.

"저도요."

거짓말은 술술 잘도 나온다. 내친김에 정말 궁금했던 것을 남자에게 물어보기로 한다.

"근데 매번 9번 세탁기만 쓰시는 것 같던데……"

"아……"

"무슨 특별한 이유라도……"

남자의 얼굴색이 약간 어두워진다. 순간 물어보지 말아야 할 말을 물었다는 생각이 든다. 그런데 남자가 왜 그런 것 같으냐며, 외려 내게 질문을 던진다.

"글쎄요……"

뭐라고 말해야 되지? 융통성이 없다거나 고집이 세서 그런 거냐고 하면 실례일 것이다.

"9번이 제일 잘 빨리나요? 아니면 처음부터 9번을 써서요? 아, 모르겠어요."

"별다른 이유 없어요. 그냥 숫자 9를 좋아해요. 누가……"

"네?"

말끝을 흐려 잘 들리진 않았지만 남자는 분명 '누가'라고 했다. 그렇다고 초면에 누가가 누구냐고 캐물을 수는 없었다. 얘기를 계속

이어 가려는데 일단의 남자 무리가 빨래방으로 우르르 몰려들어 온다. 화기애애해질 뻔한 남자와 나 사이의 불씨는 대학생으로 보이는 다섯 남자에 의해 꺼진다. 대학생들은 여기가 자기들 안방이라도 되는 양 시끄럽게 떠들어 댄다. 왁자지껄한 그들의 목소리가 듣기 싫었는지 남자는 만지작대던 엠피스리 플레이어를 귀에 꽂아 버린다. 어쩔 수 없이 나도 책으로 눈을 돌린다. 그러나 책이 눈에 들어올 리는 없다.

대학생 무리는 아직도 잡담 중이었고, 내 빨래는 건조 중이었다. 건조 과정을 거치지 않은 남자의 빨래는 나보다 늦게 시작했음에도 먼저 끝난다. 세탁 종료 음과 함께 세탁 잔여 시간이 '0'으로 카운트되자 남자가 자리에서 일어나 빨래를 꺼낸다. 나는 비닐봉지에 빨래를 담는 남자의 손길을 곁눈으로 지켜본다. 남자가 내게 인사를 하고 갈지 아니면 그냥 갈지, 그게 궁금했다. 나는 읽어 내지 못한 책장을 아무 의미 없이 넘기며 긴장의 순간을 기다린다. 남자가 빨래 꾸러미를 든다. 이때 남자의 손길이 내 어깨에 와 닿는 게 느껴진다. 그럼 그렇지. 자기를 웃게 해준 사람인데, 인사도 안 하고 가는 건 예의가 아니지. 나는 고개를 쳐든다. 남자가 귀에서 이어폰을 빼고 내게 말한다.

"저희 작은아버지가 생일날 아침에 돌아가셨어요. 심장마비로요."

"네?"

남자는 그렇게 말하고는 휭허케 빨래방을 나가 버린다. 무슨 말인지 몰라 어리둥절해 있는데 내 입에서 절로 아, 하는 말이 튀어나온다. 남자는 그때의 대화를 엿들었던 것이다. 빨래방에서 미치를 처음 만나던 날 내가 미치와 나눴던 대화를. 뒤늦게 나는 자리에서 일어난다. 빨래방 출입문을 열고 멀어져 가는 남자의 뒷모습을 바라본다. 그리고 남자에게 진짜로 묻고 싶었던 물음을 던진다.

"혹시 불면증 있으세요?"

모퉁이로 사라진 남자의 대답이 궁금해진다.

빨래방에서 돌아오자마자 나는 부산 집에 있을 미치에게 전화를 건다. 승전보를 알려야 할 것 같았다. 피곤한 목소리로 미치가 전화를 받는다.

—제가 이길 것 같은데요.

—다짜고짜 뭔 소리야?

—두 달간 제 빨래방비 내줘야 할 것 같다고요.

—말문을 텄다는 뜻이야?

—조금요.

—럴수, 럴수, 이럴 수가! 정말? 어떻게 한 거야? 왜 너한테 말문을 튼 건데?

—어떻게 하다 보니 그렇게 됐어요.

—역시 내 절벽 가슴이 문제였나? 하여튼 남자 새끼들이란!

—그런 거 아니에요.

—그래도 아직 끝난 거 아니란 거 알지? 슬픈 표정의 이유도 알아내야 한다고 했을 텐데?

—그거야 뭐, 시간문제 아니겠어요.

미치가 남자와 나눴던 대화에 대해 궁금해하자 나는 빠짐없이 얘기해 준다.

—중저음의 목소리라, 매력적이겠는걸. 누군가가 숫자 9를 좋아해서 그랬단 말이지. 앞으로 그럼 난 4번 세탁기를 써야겠군.

—숫자 4를 좋아하세요? 왜요?

—다른 사람들이 모두 차지해 버려서 4밖에 좋아할 숫자가 없잖아. 내 현관 번호도 그래서 4444야. 근데 그 누구란 게 누굴까?

—뻔한 거 아닐까요.

—여자?

—아마도요.

—그럼 실연 쪽으로 이유가 좁혀지는 건가? 그런 뻔한 스토리는 재미없는데.

—그래서 관두자고요?

—아니 뭐…….

—뚜껑은 열어 봐야 알죠.

—그래, 뚜껑. 생돈 나갈 거 생각하니까 벌써부터 배가 뒤틀리는

데. 아무튼 자세한 얘긴 나중에 만나서 하자고.

전화를 끊고 보니 기분이 좀 그랬다. 남의 개인적인 감정을 가지고 내기를 한다는 게 맘에 걸렸다. 미치는 위로해 주면 되는 거라고 말했지만 나는 누굴 위로하는 데 서툰 사람이었다. 그래도 어떻게든 위로해 주면 되지 뭐, 하고 시큰둥하게 말하고는 빨래를 개켜 서랍에 정리한다. 그러고는 침대에 눕는다.

잠이 오지 않는 몸이 이리 뒤척, 저리 뒤척, 난리를 피워 댄다. 뒤척임 사이로 여지없이 밀려드는 생각들. 프랑스는 지금 몇 시일까. 아빠는 술을 모르는 여자의 배 속 아이 때문에 행복하겠지. 언니는 우리에게 남동생이 생길 거라는 사실을 알고 있을까. 엄마는 무덤 속에서도 여전히 병나발을 불고 있는 건 아니겠지. 옆집 여자의 천장에는 시계가 재깍재깍 움직이고 있을 테고, 콧수염 아저씨는 오늘도 편의점에서 컵라면을 먹고 있을 거야. 구도 아저씨는 내가 준 면 티를 입었을까. 가름끈을 잘라 간 사람은 그것으로 무엇을 하고 있을까. 누군가는 이 밤에 섹스를 하고 있을 테지. 누군가는 싸움을, 누군가는 냉장고 문을 열었을 거야. 또 누군가는 화투 패를 돌리고 있을 테고, 누군가는 눈물을 흘리고, 또 누군가는 죽어 가고 있겠지. 그리고 지구 반대편에는 낮의 행위들이 행해지고 있을 것이다. 남자는…… 남자는……? 아는 게 없다.

나는 이불을 뒤집어쓴다. 옆집 여자를 만나게 되면, 태어난 날짜와 죽은 날짜가 같은 사람을 찾아냈다고 말해 줘야겠다.

11

　점심 무렵, 언니에게 전화를 걸었다. 내 쪽에서 전화를 한 건 처음이었다. 편지도 전화도 하지 말랬더니, 정말로 아빠는 언니한테 아무 연락도 안 한 모양이었다. 언니가 저지른 사고(?)에 대한 배신감과 질책을 내세우기에 앞서, 차마 당신 입으로 전하지 못할 말이 있었기에 그랬을 것이다. 나는 언니에게, 아빠가 좀 서운해하는 정도였다고만 전했다. 그리고 올여름에 태어날 아빠의 아들에 대해 얘기해 줬다. 언니는 '오 마이 갓'과 '크레이지'를 연발하며 재차 정말이냐고 물어 왔다. 언니도 환갑의 아빠가 애까지 만들 줄은 상상조차 못 했던 것 같았다. 나는 위로한답시고 언니에게, '그래도 아빠 애가 먼저 태어나게 돼서 다행이지 않아?' 하고 말했다. 그랬더니 언니는, '지금 그걸 말이라고 하니? 삼촌, 조카 사이가 고작 한 살 차이야. 당장 네

일 아니라고 그렇게 말하는 거 아니야!' 하고 역정을 냈다. 그러자 나도 화가 났다. '왜 다들 자기들만 생각하는데? 정 그러면 다들 남남처럼 살면 되겠네! 안 그래?' 나는 언니에게 그렇게 쏘아붙이고는 전화를 끊어 버렸다. 언니한테 바로 전화가 걸려 왔지만 받지 않았다. 미안하다는 말 대신 잘 자라는 문자메시지를 보내온 언니에게 나는 또 한 번 문자로 쏘아붙였다.

재차 말하는데, 여긴 점심때야! 제발 언니 기준으로 생각하지 좀 마!

그렇게 문자를 보내 놓고 나니, 나 또한 언니를 나무랄 처지는 아니라는 생각이 들었다. 아빠 일에는 나 또한 언니처럼 내 기준으로 생각했던 게 사실이니까. 그래서 나는 바로 아빠한테 문자를 보냈다.

다들 행복하면 그걸로 된 거 아닌가?

그러나 아직 아빠한테서 답장은 없었다.
또 어디 긴 여행이라도 떠났는지, 요즘은 옆집 여자도 보이지 않았다. 그래서 태어난 날짜와 죽은 날짜가 같은 사람을 찾아냈다고 알려줄 수 없었다. 주지 못한 십 원짜리 동전도 점점 쌓여 가고 있었다.

점심을 좀 많이 먹었더니 식곤증이 몰려온다. 춘곤증까지 합세한

잠은 서가 사이로 카트를 밀고 다녀도 달아나지 않는다. 잘 자라는
언니의 문자메시지 때문인지, 눈꺼풀은 자꾸 내려앉고 하품은 연이
어 터져 나온다. 낮에 쏟아지는 잠은 저장해 뒀다가 밤에 써먹을 수
있으면 좋으련만. 필요와 불필요는 가끔 이렇게 엇갈려 자리한다. 지
나가던 열람과장이 풀린 내 눈을 보고는 반가워 묻는다.

"지금 졸린 거야?"

"조금요."

"불면증 완쾌?"

"점심때 밥을 좀 많이 먹어서 그래요. 봄이잖아요."

"올 때 자둬야 하는 거 아니야?"

"지금 자버리면 밤에 진짜 못 자요."

"그런가? 아참 오주 씨, 내일 우리 특근 있는 거 알지?"

"내일 토요일이잖아요."

"워커홀릭께서 요즘 왜 저러실까. 새 책도 새 책인데 기증받은 책
이 몽땅 들어왔어. 내일까지 라벨링 끝내려면 너 나 할 거 없이 다 달
려들어야 할 판이야."

"네, 네."

그때였다. 열람과장 뒤로 낯익은 사람 하나가 스쳐 지나간다. 머리
띠를 하고 힘없이 처진 어깨와 굽은 등을 가진 사람! 내가 잘못 본 게
아니라면 남자가 분명했다. 순간, 바닥으로 떨어진 잠이 쨍그랑 소리
를 내며 깨진다. 나는 하던 작업을 멈추고 서가와 카트 사이를 비집

고 나가 고개를 두리번거린다. 열람과장이 왜 그러느냐고 묻는다.

"아는 사람을 본 거 같아서요."

"지금 오주 씨 얼굴 어떤지 알아? 집 나간 애인이라도 발견한 표정이야."

"그런 게 아니라……."

남자는 사라지고 없다. 내가 잘못 봤나? 어쩌면 2층으로 올라갔는지도 모른다. 앞뒤로 들썩이는 열람실 유리문이 보인다. 방금 누군가가 드나들었다는 표시다. 나는 유리문을 밀치고 나간다. 계단을 두 개씩 밟아 2층으로 올라간다. 한꺼번에 계단을 오르는 통에 숨이 목구멍까지 차오른다. 나는 발소리를 죽여 가며 미로 같은 서가를 헤맨다. 술래잡기라도 하려는 건지, 남자는 보이지 않는다. 혹시 3층으로 올라갔나? 내친김에 나는 3층으로 올라가 보기로 한다. 이마에는 어느새 땀이 맺힌다.

3층 서가를 훑는다. 서가 하나를 지나칠 때마다 남자면 어쩌지, 하는 생각과 남자면 어때서, 하는 생각이 번갈아 찾아든다. 그리고 다섯 번째 서가를 지나칠 무렵이었다. 저건 뭐지? 발걸음이 멈춤과 동시에, 주변을 살피는 듯한 한 젊은 사내*가 내 눈에 포착된다. 단번에 수상쩍은 몸짓이라는 게 느껴진다. 나는 조용히 뒷걸음질 쳐 젊은 사내가 등지고 서 있는 서가 쪽으로 숨어든다. 숨소리가 거칠어지고

---

* 이 인물을 주목해 주세요. 김희진의 세 번째 장편소설의 주인공으로 캐스팅될 예정이니까요.

마른침이 목구멍으로 넘어간다. 저놈인가, 하는 미심쩍은 의심이 채 들어차기도 전에 사내는 확고한 행동으로 내 미심쩍음에 뺨을 갈긴다. 고개를 연방 좌우로 움직이던 사내가 자신의 오른쪽 바지 주머니에 손을 찔러 넣는 게 아닌가. 그러더니 주머니에서 뭔가를 꺼낸다. 반짝이는 무엇이었는데 책과 손에 가려 잘 보이지는 않는다. 짐작대로 사내는 가름끈이 달린 책 한 권을 서가에서 빼낸다. 저놈이다! 드디어 놈을 찾아낸 것이다! 사내보다 내가 더 긴장되는 순간이었다. 나는 사내의 손놀림을 관찰하기 위해 옆으로 살짝 비켜선다. 사내가 책장 사이에 끼워진 가름끈을 책머리 위로 살짝 끄집어 올린다. 가름끈이 고리 모양으로 올라오자 사내는 손에 쥔 도구를 헤드밴드 부분에 갖다 댄다. 가름끈은 소리 하나 없이, 그리고 아주 능숙하게 잘려 나간다. 자른 끄트머리를 잡아당기자 가름끈은 쏙, 하고 책 사이에서 빠져나온다. 잘라 낸 가름끈은 사내의 왼쪽 바지 주머니로 들어간다.

사내의 손은 그 옆에 꽂힌 책으로 옮겨 간다. 사내의 손에 들린 도구는 작은 손톱깎이였다. 자를 때 소리 하나 나지 않았던 걸 보면 낡은 손톱깎이가 분명했다. 나는 책을 고르는 척하며 계속해서 사내의 뒤를 밟는다. 하루에 몇 개를 해먹는지 알아낼 참이다. 사내를 뒤쫓는 동안 남자를 찾고 있었다는 생각은 뒤로 밀려나고 없었다.

사내의 왼쪽 바지 주머니는 가름끈 뭉치로 두툼해져 있다. 세다가

잊어버리는 바람에 몇 개를 잘라 냈는지 모르지만, 꽤 많은 개수였다. 오늘 훔쳐 낼 양을 다 훔쳐 낸 듯, 사내가 손톱깎이를 접어 바지 주머니에 찔러 넣는다. 사내가 1층으로 내려간다. 나도 거리를 두고 따라 내려간다. 뻔뻔하게도 사내는 1층 열람실로 들어간다. 800번대 서가를 서성이더니 프랑스 소설 한 권과 독일 소설 한 권을 빼 든다. 그러고는 유리문을 밀치고 조용하면서도 태연하게 열람실을 빠져나간다. 이 도서관에서 책을 빌려 보는 사람이 저런 짓을 했다는 게 더 화가 난다. 사내는 저 책을 반납하러 오는 날 가름끈을 또 잘라 갈 게 뻔하다. 바짝 사내 뒤를 쫓아간 나는 유리문을 밀치고 나가자마자 큰 소리로 외친다.

"찾았어요!"

사내가 뒤돌아 나를 쳐다본다. 나는 사내에게로 달려가 놈의 멱살을 덥석 잡아챈다. 당황한 놈이 눈을 부라리며 외려 뭐야, 하고 큰소리친다. 바지 주머니에 손을 대려 하자 놈이 내 손목을 꺾어 쥔다. 나는 더 크게 소리친다.

"이놈이에요!"

사내가 들고 있던 책이 바닥으로 떨어진다. 그사이 나는 놈의 멱살을 잡았던 손을 놈의 바지 주머니로 가져간다. 손가락에 걸려든 몇 가닥의 가름끈이 사내 주머니에서 빠져나온다. 바닥으로 떨어진 가름끈을 보고 당황한 놈이 있는 힘껏 내 몸을 밀쳐 낸다. 나는 뒤로 나가떨어진다. 엉덩이에 가해진 충격이 한쪽 갈비뼈를 거쳐 목으로

까지 전달돼 올라온다. 대출·반납 대에 있던 직원과 아르바이트생이 우르르 몰려나오고, 열람실에 있던 열람과장도 뛰쳐나온다. 구석에 몰린 사내는 떨어진 책을 그대로 버려 두고 출구 앞에 설치된 도난 방지 검색대를 향해 내달린다. 나는 주위 사람들에게 소리친다.

"저놈 잡아요!"

난데없는 소란에 어리둥절해진 열람과장이 눈을 동그랗게 뜨고는 내게 왜 그러느냐고 묻는다.

"가름끈요!"

"뭐?"

그때 날쌔 보이는 아르바이트생 하나가 사내를 뒤쫓는다. 그러나 사내는 간발의 차이로 도난 방지 검색대를 뛰어넘어 출입문을 통과해 나가 버린다. 뒤늦게 따라 나간 열람과장이 사내를 향해 소리친다.

"거기 안 서! 이 도둑놈아!"

따라잡기엔 역부족이라고 판단한 열람과장은 출입문 앞 창가로 달려가 창문을 열어젖힌다. 그리고 캠퍼스를 질주해 나가는 사내를 향해 악담을 퍼붓는다.

"야, 이 새끼야! 거기 안 서! 콱 팔다리나 부러져 버려라!"

열람과장의 악다구니는 계속 이어진다. 고고한 미시족의 풍모를 자랑하던 열람과장이 억척스러운 아줌마가 돼버리는 순간이었다.

내 손에는 사내가 떨어뜨리고 간 색색의 가름끈 몇 개가 있다. 색은 빨갛고 까맣다. 연한 노란색과 연한 풀색도 있고 형광색과 오렌지색도 있다. 열람과장이 걱정스레 괜찮으냐고 묻는다. 나는 과장 앞에 가름끈을 내보이며 말한다.

"색깔들이 예쁘지 않아요? 왠지 저도 모아 보고 싶어지는데요."

"왜 이래? 넘어지더니 머리가 좀 이상해진 거 아니야?"

"이런 걸 뭉텅이로 모아 놓으면 어떨까요? 은근 궁금해요. 색깔은 몇 가지나 될까요?"

"정말 이상해졌어."

"이젠 안 오겠죠?"

"안 오는 게 아니라 못 오지. 근데 말투가 왜 그래. 서운하기라도 해?"

"그런 게 아니라…… 그냥 궁금하잖아요. 왜 이런 짓을 하게 됐는지, 잘라다 뭐에 쓰려고 그랬는지, 지금까지 얼마나 모았는지 물어보고 싶었는데……."

"그런 건 알아서 뭐하게? 그냥 이상한 놈일 뿐인걸. 얼굴을 제대로 좀 봤어야 했는데. 근데 어떻게 찾아낸 거야?"

"우연히요. 손톱깎이로 자르던데요."

"그것까지 다 지켜봤단 말이야?"

"궁금하잖아요."

"이렇게나마 해결돼서 다행이야. 오주 씨 공이 커."

열람과장이 내 어깨를 톡톡 두드려 준다. 나는 출입구로 뛰쳐나간 사내의 마지막 모습을 떠올려본다. 문득, 그 사내도 욕구불만에 차

있거나 외로운 사람일지 모른다는 생각이 든다. 그런데 아까 내가
본 사람이 남자가 맞긴 맞았던 걸까. 엉치뼈가 살살 아파 온다.

12

특근은 생각보다 길어졌다. '기증'이라는 것은 가슴 한쪽을 따뜻하게 해주는 행위임에 분명하다. 하지만 사서 입장에서 책이 기증돼 들어오는 건 그다지 반갑지만은 않다. 책 기증은 사서들에게 특근과 야근을 양산해 낼 뿐이기 때문이다. 책이 많아진다는 건 관리할 책이 많아진다는 뜻이고, 그건 곧 내 노동의 농도가 짙어질 거라는 예고이기도 하다.

늦었다. 나는 빨래 봉지를 들고 빨래방으로 달린다. 오늘까지 쌓인 빨래는 얼마 되지 않았다. 헐렁한 빨래 봉지는 보기에 좀 그랬다. 잿밥에만 관심 있는 사람처럼 보일까 봐 나는, 헐렁한 빨래 봉지에 빨지 않아도 되는 것까지 챙겨 넣었다. 빤 뒤에 한 번도 입지 않은 청바지를 넣었고, 아직은 더 깔아 둬도 되는 욕실 앞 발닦개를 넣었다.

억지스레 빨랫감을 찾아내고 있는데, 호화 혼수를 해 간 친구한테서 전화가 걸려 왔다. 세탁기는 잘 쓰고 있느냐는, 내 안부를 묻는 전화였는지 세탁기의 안부를 묻는 전화였는지 헷갈리는 전화였다. 아무래도 후자 쪽인 것 같아 나는, 세탁기는 소음 없이 잘 돌아갈 뿐만 아니라, 손으로 빤 것처럼 아주 잘 빨린다고 거짓말을 했다. 한 번도 써 보지 않은 새 세탁기는 친구 앞에서 실크 블라우스를 빨아 냈고, 목화솜으로 된 이불과 요까지 빨아 낸 장한 세탁기가 돼갔다. 그렇게 장한 세탁기를 내팽개쳐 두고 빨래방으로 향하는 내 모습은 내가 생각해도 좀 우스워 보였다. 그런 내 행동에 의미 부여를 하고 싶었는지, 나는 현관에 있는 거울을 쳐다보며 말했다.

"빨래를 어디에서 하든 그건 내 맘이야!"

그 말 한마디에 정당성을 부여받았다고 생각했는지, 빨래방으로 향하는 내 발걸음은 한결 가벼워졌다.

횡단보도를 건넌다. 오늘은 왠지 남자가 먼저 나에게 말을 걸어 줄 것만 같은 예감이 든다. 빨래방 출입문을 열고 안으로 들어간다. 토요일이라 그런지 빨래방은 낯선 사람들로 북적인다. 그 틈으로 미치도 보이고, 구도 아저씨와 콧수염 아저씨도 보인다. 나를 발견한 미치가 왜 이렇게 늦었느냐고 나무라듯 묻는다.

"특근 때문에요."

빨래방을 둘러본다. 그러나 남자는 보이지 않는다. 아직 안 온 걸

152

까. 나는 남자 앞에서만 쓰려고 챙겨 온 안경을 뒤춤으로 감춘다. 바지허리에 안경다리를 걸쳐 걸어 두고는 미치 눈에 띄지 않게 안경을 상의로 덮는다. 내가 준 파란색 면 티를 입고 있는 구도 아저씨가 내게로 다가와 반갑게 인사를 건넨다.

"덕분에 잘 입고 있어. 나한테 딱 맞는 거 있지. 그날 나 배 터지는 줄 알았잖아. 여러모로 고마웠어."

쑥스러워진 나는 수줍게 웃는다. 이때 미치가 끼어든다.

"무슨 말이야? 뭐가 딱 맞고, 배는 왜 터지는데?"

"미치 처녀는 몰라도 돼. 오주 처녀하고 나만 아는 비밀이니까."

"뭐야 지금, 나 따 시키는 거야?"

"그렇게 되나?"

구도 아저씨가 웃자 옆에 서 있는 콧수염 아저씨도 따라 웃는다. 뒤늦게 나는 콧수염 아저씨에게 인사를 건넨다. 콧수염 아저씨는 내 인사에 눈빛과 미소로 화답한다. 구도 아저씨는 오늘도 미치 세탁기를 빌려 쓴 모양이었다. 아니, 오늘은 콧수염 아저씨도 합세한 듯했다. 건조기에서 세탁 바구니로 옮겨진 미치의 빨래를 두 아저씨가 동시에 뒤적인다. 그 속에서 자신의 옷을 추려 낸 두 아저씨의 입가엔 만족의 미소가 번져 든다. 콧수염 아저씨가 옷을 챙겨 배낭에 넣으며 말한다.

"구도 자네가 왜 미치 처녀 세탁기를 빌려 쓰는지 이제야 좀 알겠네. 돈도 굳고 아주 좋네그려. 미치 처녀, 앞으로 나도 좀 끼워 주게."

"점잖은 콧수염까지 왜 그래!"

"이런 걸 두고 실용이라 그러나 보네. 안 그런가, 구도?"

"맞습니다, 형님."

두 아저씨가 서로를 쳐다보며 키득대는 사이, 미치는 세탁 바구니에 남아 있는 자신의 옷을 개켜 비닐봉지에 담는다. 빨래 봉지를 풀지도 않고 멍하니 서 있는 나를 미치가 슬쩍 쳐다본다. 눈치가 백단인 미치는 내가 남자를 기다리고 있음을 단번에 알아채고는 나에게 말한다.

"9번은 일찍 끝내고 갔어. 발로 세탁기 막 걷어차고……. 아무튼 오늘 난리도 아니었어."

"난리요?"

"그래. 다른 사람들이 간신히 말려 잠잠해졌다니까. 무슨 일 있었나 봐."

남자가 오지 않을 거라는 사실에 빨래할 마음은 싹 달아난다. 세탁을 마친 두 아저씨와 미치는 그만 자리를 뜬다. 미치가 미안해하는 얼굴로 말한다.

"자기하고 좀 놀아 주고 싶은데, 작업이 밀려서 말이야. 잘하고 가. 밤길 조심하고."

"저기……."

남자가 뭘 어쨌다는 건지, 더 자세한 얘길 듣고 싶었다. 하지만 바쁘다는 미치를 붙잡고 있을 순 없었다. 두 아저씨도 내게 손 인사를 건네고는 빨래방을 나간다. 나는 빨랫감을 들고 비어 있는 9번 세탁기 앞에 선다. 그러나 의욕을 잃은 손은 빨래를 넣으려다 관둔다. 빨지 않아도 되는 것들이 섞여 있는 빨래는 빨 필요가 없다. 굳이 여기가 아니어도 나는 집에서 얼마든지 빨래를 할 수 있다. 집에 최신형새 세탁기가 있는데 미련하게 여기서 뭘 하고 있는 건지 모르겠다. 갑자기 내 자신이 우스워진다. 그런데 난리라니……. 도대체 무슨 일이 있었기에 남자가 세탁기를 걷어찼다는 걸까. 책 기증자가 괜히더 미워진다.

헐레벌떡 달려왔던 길을 천천히 되돌아간다. 안경 때문에 허리가거치적거린다. 나는 뒤춤에 감춰 둔 안경을 꺼내 쓰고는 밤하늘을올려다본다. 반사된 인공 불빛에 별은 몇 개밖에 보이지 않는다. 도로가의 벚나무는 완벽하게 푸른색으로 옷을 바꿔 입었다. 거리에는반팔을 꺼내 입은 사람들이 간간이 보인다. 벌써 봄이 가버린 걸까. 아빠의 라면을 가장 생각나게 해주던 계절을 이번에도 이렇게 보내버리다니. 아빠가 끓여 준 라면은 먹어 보지도 못한 채 말이다. 많이삐쳤는지 아직까지 아빠한테서는 그때 보낸 문자에 대한 답장이 없었다. 각자 멀리 떨어져 살아도 서로 맘 상하고 싸우게 되는 건 매일반인 것 같았다. 이럴 때 보면 가족에게 물리적인 거리란 소용없는거라는 생각도 든다. 아무리 떨어져 산다 해도 결코 남남이 될 수 없다는 반증이기도 할 테다.

네모진 보도블록을 하나씩 밟아 걷는다. 발이 네모 선 밖으로 삐져 나오지 않게 걸어 보려 하지만, 보폭과 맞지 않아 번번이 실패한다. 어릴 때는 발도 작고 보폭도 작아 선을 밟지 않고 걸을 수 있었을 것이다. 성장이란 그래서 어쩔 수 없이 어느 한쪽을 포기해야 하는 과정과도 같다. 나는 키가 자라고 나이를 먹어 가는 동안 어떤 것들을 포기해 왔을까. 반찬 투정, 흙장난, 핑크 빛 원피스, 어리광, 왕 리본이 달린 머리핀, 어린이날, 유치한 만화, 그리고 엄마……. 반면, 뭔가를 포기하는 만큼 어쩔 수 없이 어느 한쪽을 선택해야 하는 것도 성장이란 과정이기도 하다. 어른이 되면 학교와 직장을 선택하고, 수많은 책임과 의무를 선택해야 한다. 연애 상대와 결혼 상대를 선택하고, 살 집과 자녀 수를 선택하며, 소비의 기준과 쾌락의 정도를 선택한다. 죽음을 제외한 모든 걸 자기 스스로 선택하며 살아가야 하는 게 어른의 세계다. 결국 한 사람의 인생은 '선택'에서 비롯되고 '선택'에서 결정되는 것이다. 지금까지 내가 해온 선택은 모두 옳았을까. 앞으로 내가 해야만 할 선택은 꼭 옳기만 할까. 그런데 바로 눈앞에 또 하나의 선택이 날 기다리고 있다.

네모진 보도블록에 맞춰 걸어온 걸음을 멈춰 세운다. 발걸음이 세 발짝 뒤로 물러난다. 내가 서 있는 그 위치에 낯익은 외양의 사람 하나가 엎드려 있다. 소주방 창가 테이블에 고개를 처박은 채 엎드려 있는 사람은 분명 머리띠를 한 남자였다. 남자의 발밑에는 예의 그 빨래 봉지가 놓여 있고, 테이블 위에는 소주병이 나뒹굴고 있다. 세어 보니 빈 소주병은 일곱 개나 된다. 내가 남자를 발견했을 때는, 소주방 주인으로 짐작되는 사람과 남자 종업원이 남자를 흔들어 깨우는 중이었다. 그러나 미동조차 없는 남자 때문에 그들의 표정은 난처해 보인다. 나는 소주방 창가로 다가간다. 주인과 남자 종업원이 남자의 몸을 더듬는다. 그들은 남자의 옷에서 휴대폰과 지갑을 찾아 꺼낸다. 휴대폰을 만지작대는 주인의 양미간이 일순간 일그러진다. 그때 주인의 눈과 내 눈이 정면으로 마주친다. 상관없는 행인의 구경이라고 하기엔 내가 보인 관심이 조금 지나치다고 생각했는지, 주인이 손가락으로 남자를 가리키며 아는 사람이냐는 듯 눈짓으로 묻는다. 선택을 해야 하는 순간이었다. 나는 코에서 흘러내린 안경을 밀어 올리며 소주방으로 들어간다. 들어서자마자 주인이 다급하게 묻는다.

"아는 사람 맞습니까?"

마지못해 네, 하고 대답하자 주인의 얼굴빛이 환해진다. 안도하는 모습이었다.

"다행이네요. 연락할 데가 없어 아주 난감했거든요. 전화기를 잠가 놓으셨더라고요."

나는 엎드려 있는 남자를 흔들어 깨운다.

"저기요, 일어나 봐요."

남자는 아주 깊은 취기에 빠져든 듯 보인다. 주인이 말끝을 흐리며 내게 말한다.

"저기 근데 계산은……."

남자의 지갑으로 계산을 할까 하다가 내 지갑에 있는 신용카드를 꺼내 건넨다. 그나저나 남자를 어쩐다. 고주망태가 된 사람을 무작정 모텔 같은 데에 데려가 눕힐 순 없었다. 남자의 집이 어딘지도 모르니…… 난처함이 소주방 주인한테서 내게로 옮겨 붙고 있었다. 계산을 마치고 돌아온 주인이 내 눈치를 살피며, 어떻게 혼자 보시고 살 수 있겠느냐고 묻는다.

"저도 짐이 있어서……. 죄송한데 좀 도와주시면 안 될까요? 집이 여기서 별로 안 멀거든요."

잘한 선택인지는 모르겠다. 이렇게 만날 타이밍을 만들어 줬으니, 이제는 그 책 기증자에게 고마워해야 하는 건가. 새옹지마란 건 이럴 때 쓰라고 있는 말인가 보다.

소주방 종업원이 원룸 방바닥에 남자를 눕히고 돌아간다. 나는 남자를 업고 힘들게 여기까지 와준 종업원에게 거듭 고마움을 표하고는 냉장고에서 물부터 꺼내 마신다. 소주를 일곱 병이나 마신 남자는 꿈쩍도 않는다. 등에 업혀 오는 동안에도 그러더니 몸이 방바닥에 내려지는 순간에도 남자는 잠만 잘 뿐이다. 급한 대로 집으로 데려오긴 했지만, 난감 그 자체다.

방 안을 서성인다. 깨어나면 뭐라고 말해야 할지 모르겠다. 적요한 방 안이 부담스러워 텔레비전을 켠다. 볼륨을 낮추고 채널을 돌린다. 채널을 드라마에 고정시켜 놓고 얇은 담요를 꺼내 남자 몸에 우선 덮어 준다.

옆집 여자에게 도움을 청하면 어떨까 싶어 현관문을 열고 나간다. 밤늦게 실례인 줄 알면서도 나는 옆집 벨을 누른다. 남자는 내 집에다 재우고, 나는 옆집에 하룻밤 신세를 지면 될 것이다. 사정을 얘기하면 재워 주고도 남을 여자였다. 그러나 몇 번을 눌러도 여자는 대답이 없다. 며칠째 보이지 않는 여자였다. 무슨 일이 있는 걸까. 먼젓번보다 안 보이는 날수가 길어지고 있었다. 휴대폰 번호라도 알아 둘 걸 후회가 된다.

다시 집으로 돌아온 나는 식탁 앞에 앉는다. 손은 식탁 위에 올려 둔 남자의 휴대폰과 지갑으로 향한다. 티머니가 달린 남자의 휴대폰 홀드를 길게 누르자 비밀번호 입력 창부터 뜬다. 소주방 주인 말대로 남자의 휴대폰은 잠겨 있다. 자기 자신은 물론이고, 자신이 맺고 있는 관계까지도 남에게 노출되는 걸 꺼리는 사람임이 분명하다. 나는 비밀번호 입력 창에 '9999'라고 넣어 보고는 확인을 누른다. 비밀번호가 다르다고 뜬다. 미치처럼 단순한 사람일 리가 없다. 휴대폰을 내려놓고 이번엔 남자의 지갑을 연다. 주민등록증을 꺼낸다. 이름은 최주원, 나이는 나보다 세 살 많은 서른하나였다. 운전면허증과 두 개의 신용카드 외에 이렇다 할 것들은 눈에 띄지 않는다.

"흠, 어쩐다."

나는 맥 빠진 기분으로 식탁에 턱을 괴고 남자를 내려다본다. '무슨 일이 있었기에 세탁기를 발로 걷어찼나요?' 하고 속으로 물어본다. 대답 대신 눈에 띄는 건 남자의 발밑에 있는 남자의 빨래 봉지다. 오늘도 분명 남자의 빨래는 건조기에 돌아가지 않았을 것이다. 마르지 않은 빨래를 저대로 묵혀 두면 냄새가 날지 모른다. 나는 식탁에서 일어나 소리 나지 않게 남자의 빨래 봉지를 들어 옮긴다. 역시 소리 나지 않게 봉지를 열어 축축한 빨래를 꺼낸다. 그때 그 컬러풀한 수면양말을 비롯해 찢어진 청바지, 체크무늬 남방, 면으로 된 통바지, 집에서 입고 뒹굴었을 티셔츠와 추리닝 바지, 한 번쯤은 삶아 빨아야 할 것 같은 수건 등등이 나온다. 다행히 속옷은 보이지 않는다. 봉지 가장자리에서는 빨래방에서 읽으려고 가져왔을 책 한 권도 나온다. 『지문에 관한 모든 것』. 책배에는 'ㅇㅇ대학교도서관장서'라는 도장이 찍혀 있다. 내가 근무하는 학교 도서관의 장서였다! 그렇다면 그때 내가 도서관에서 본 사람이 남자가 맞았던 것이다. 가름끈이 중간쯤에 끼워진 걸 보니 책은 절반 정도까지 읽어 나간 듯하다. 책장은 군데군데 접혀 있고, 어떤 페이지에는 밑줄까지 그어져 있다. 자기 물건에 손대는 게 싫었는지, 얌전하게 자고 있던 남자가 갑자기 몸부림을 친다. 순간 일시 정지된 내 몸. 뒤척임이 잠잠해지고 남자가 다시 깊은 숨을 내쉬는 걸 확인하고 나서야 나는 가만히 손에서 책을 내려놓는다. 그러고는 남자의 빨래를 들고 조용히 베란다로 나간다.

　나는 한 번도 사용해 보지 않은 세탁기에 남자의 빨래를 넣는다.

사용설명서를 펼쳐 건조 기능을 숙지한 후 시험 삼아 남자의 빨래를 건조해 보기로 한다. 세탁기는 친구한테 말했던 것처럼 큰 소음 없이 잘도 돌아간다.

종료 음이 울리기 전에 세탁기 전원을 끈다. 그리고 세탁 바구니에 남자의 빨래를 꺼내 담는다. 옷은 오븐에 막 구워져 나온 빵처럼 따끈따끈하다. 사용한 세탁기는 세탁기를 포장했던 박스로 잘 덮어 둔다. 박스는 한쪽 이음새를 잘라 안과 겉을 뒤집어 놓은 터라, 세탁기를 포장했던 그 박스로는 보이지 않는다. 남자도 저 민무늬 박스 안에 세탁기가 들어 있을 거라곤 상상도 못할 것이다. 이제 이 집에 세탁기는 없다. 나는 남자에게 거짓말쟁이로 보이고 싶지는 않다.

나는 건조된 남자의 빨래를 개켜 비닐봉지에 담는다. 그러고 나니 딱히 할 일이 없어진다. 시간은 새벽 두 시를 넘어가고 있었고, 역시나 잠은 오지 않는다. 바닥에 누워 자고 있는 남자 때문에 침대에는 더 들어갈 수 없었다. 나라도 깨어 있어야 '동침'이라는 표현에서 자유로워질 수 있기 때문이었다. 그러니 잠이 오지 않는 무료한 밤을 위해서라도 뭐든 해야 한다. 만만한 게 남자의 빨래 봉지인지, 눈은 다시 남자의 빨래로 꽂힌다. 그러잖아도 꾸깃꾸깃하게 개켜 넣은 옷들이 신경에 거슬리던 참이었다. 이왕 건조도 시켰으니 다려 주기까지 하면 어떨까. 생각은 바로 행동으로 이어진다. 다리미판과 다리미를 꺼내는 손길이 바쁘다. 나는 다리미가 달궈지는 동안 내 휴대폰 전원을 끈다. 이어 남자의 휴대폰 전원도 꺼둔다. 혹시나 전화벨 소리에 남자가 잠에서 깨기라도 하면 큰일이다. 남자의 휴대폰에는 알람이 설정돼 있을지도 모르는 일이다. 다리미질하는 동안만은 남자가 깨어나지 않았으면 좋겠다.

남자의 빨래 봉지에서 꾸깃꾸깃한 옷들을 꺼내 다리미판 위에 올린다. 가장 먼저 티셔츠부터 다린다. 그게 무엇이든, 한 가지에 집중할 수 있는 밤은 나쁘지 않다. 나는 티셔츠에 프린트 된 알파벳이 녹아내리지 않도록 조심해서 다린다. 티셔츠 다음엔 면으로 된 통바지가 다리미판 위로 올라온다. 면바지는 주름을 잡지 않고 다린다. 여기저기 달려 있는 주머니가 많아 다리기가 좀 사납다. 그때였다. 잠잠하던 남자가 또다시 몸부림을 친다. 이번엔 담요를 발로 걷어차기까지 한다. 몸부림이 좀 잦아드나 싶더니 이번엔 잠꼬대인지 술주정인지 모를 말을 뱉어 낸다.

"옷 마를 동안만 있다가 가. 마를 동안만……."

나는 남자가 걷어찬 담요를 덮어 주고는 다리미질을 계속한다. 옷 마를 동안만 있다가 가라니……. 누구한테 하는 말일까. 남자와 함께하는 밤은 점점 흥미로워져 가고 있었다.

13

남자와 함께하는 일요일 아침이다.

나는 뿔테 안경을 끼고 콩나물 머리를 뗀다. 남자는 아직까지 자고 있었다. 콩나물과 순두부를 사러 마트에 간 사이 잠에서 깬 남자가 집으로 돌아갔으면 어쩌나 했는데, 다행히 남자는 수면 중이었다. 머리를 뗀 콩나물을 씻어 팔팔 끓는 냄비에 넣는다. 멸치와 다시마로 우려낸 물에 콩나물이 익어 가는 동안 양파와 당근과 파를 썰고 마늘을 찧는다. 소리 나지 않게 뭐든 조심조심한다. 숨 죽은 콩나물이 확인되자, 라면 스프와 고춧가루를 넣고 청양고추 반 토막을 분질러 넣는다. 여기에 썰어 둔 야채와 함께 라면 사리와 순두부를 넣어 준 다음 마지막으로 계란을 풀어 주면 얼큰하고 시원한 콩나물 순두부라면이 된다. 아빠가 술주정뱅이 엄마한테 끓여 주던 술국은 먹고 나면 속이 든든해졌다. 엄마는 아빠가 개발한 라면 요리 중에 이 콩나물순두부라면을 가장 좋아했다. 속풀이 음식으로 아주 제격이었기 때문이다.

소주를 일곱 병이나 마신 남자는 밤사이 아주 얌전했다. 자다 일어나 구토라도 하면 어쩌나 걱정했는데, 다행히 남자는 착한 아이처럼 잠만 잤다. 옷 마를 동안만 있다가 가라는 말을 한 번 더 뱉어 낸 것 말고는 이렇다 할 주사는 없었다. 나는 청양고추의 매운맛이 국물에 잘 배도록 가스 불을 줄이고는 식탁 앞에 앉는다. 턱을 괴고 멍하니 남자를 내려다본다. 아직까지 움직임이 없는 남자였다.

"흠, 그만 좀 일어나요. 언제까지 자고 있을 거예요."

바가지를 긁는 여자가 된 것 같아, 괜히 웃음이 나온다. 그런데 내 속삭임이 들리기라도 한 걸까. 남자가 몸을 뒤척인다. 속이 안 좋은지 계속해서 배를 쓸어내리더니 남자가 눈을 뜬다. 이제야 긴 잠에서 완전히 깨어난 것 같다. 반사적으로 나는 식탁에서 몸을 일으킨다. 남자가 얼굴살을 찌푸린 채 눈동자를 굴려 주위를 둘러본다. 남자의 움직임이 비디오 화면처럼 일시 정지된다. 그러더니 갑자기 자리에서 벌떡 일어난다. 두리번대던 남자의 눈이 내게로 향한다. 당황한 남자는 안절부절못했다. 난처하긴 나도 마찬가지였다.

"제가 왜 여기……."

"저 누군지 알겠어요?"

"아, 네."

남자가 헝클어진 머리를 손가락으로 정리한다. 그 바람에 남자의 머리에서 머리띠가 떨어진다. 남자는 냉큼 머리띠를 주워 흘러내린 머리카락을 정리해 올린다. 어찌해야 될지 몰라 난감해하는 남자에게 일련의 설명이 필요할 것 같아 이렇게 말한다.

"많이 취하셨더라고요."

남자가 양미간을 찌푸리며 기억을 더듬는다.

"소주방 테이블에 엎드려 있는 걸 우연히 길 가다 보게 됐어요. 휴대폰이 잠겨 있어서 마땅히 연락할 데가 없었던 모양이에요. 깨워도 못 일어나시더라고요."

남자가 길게 한숨을 뱉어 내며 얼굴을 양손으로 쓸어내린다. 쥐구멍이라도 있으면 당장 찾아 들어갈 태세였다.

"댁이 어딘지도 모르고 해서 급한 대로 오다 보니 제 집이 돼버렸어요."

"저기, 술값은……."

지갑을 찾는 듯, 남자가 자기 몸을 더듬는다.

"신경 쓰지 마세요."

"그래도 어떻게……."

"얼마 안 되던데요."

"초면에 정말 죄송하게 됐습니다."

"우리가 초면인가요?"

"아, 초면은 아니죠……."

남자가 덮고 있던 담요를 서둘러 개어 침대 위에 올려놓는다. 가려는 모양이다.

"가시게요?"

"폐를 너무 끼쳤어요."

"정말로 미안하면 이거 좀 먹고 가세요. 술국을 끓였는데, 혼자 먹기엔 너무 많은 거 같아서요."

　나는 라면 사리를 분질러 넣은 다음 냉장고에서 계란 하나를 꺼내 푼다. 남자는 어쩔 줄 몰라 하며 어정쩡하게 서 있다. 몸을 숨기고 싶었는지, 참다못한 남자가 휑허케 욕실로 들어가 버린다.

　완성된 콩나물순두부라면을 운두 깊은 그릇에 담아 식탁 위에 내려놓는다. 얼굴에 물을 끼얹고 욕실에서 나온 남자는 소파에 불편하고 어색하게 앉아 있다.

"어서 와 앉으세요."

　그러나 남자는 선뜻 움직일 기미를 보이지 않는다. 말 한마디에 성큼 다가와 식탁에 앉을 남자가 아니기에 이번엔 이렇게 말한다.

"라면이라 금방 불을 거예요. 버리면 아깝잖아요."

　그제야 남자는 쭈뼛쭈뼛 걸어와 식탁에 앉는다. 그가 앉았던 자리에 다른 사람이 앉는 건 이번이 처음이다. 남자는 내 눈치를 한 번 살피더니 국물부터 들이켠다. 속이 꽤나 부대꼈던 모양이다.

"정말 좋네요. 얼큰한 게……."

남자는 수저를 들고 라면과 콩나물을 건져 먹기 시작한다. 같이 따라 올라오는 큼지막한 파도 개의치 않고 그냥 먹는다. 파를 골라내지 않는 사람이라니, 좀 이상하다. 부서지지 않게 숟가락으로 순두부를 떠먹는 남자의 표정엔 만족감이 들어찬다. 밥이 필요할 것 같아 밥통에서 밥 한 공기를 담아 내민다. 남자는 사양하지 않고 라면에 밥을 말아 먹는다. 나도 그 틈을 타 라면과 콩나물을 건져 먹는다. 쫄깃한 라면과 함께 콩나물이 아삭아삭 씹힌다. 얼굴로 김이 올라오자, 잊고 있었던 안경 생각이 난다. 남자를 한 번 더 웃게 해주고 싶은 마음에, 나는 안경을 벗어 식탁 위에 내려놓으며 말한다.

"뜨거운 거 먹을 땐 벗어 놔야 해요. 안경에 김 서리면 먹는 데 불편하니까요."

남자가 음식을 삼키던 와중에 푸읍, 하고 웃는다. 남자는 고개를 옆으로 틀어 입안에 남아 있는 음식을 씹어 삼키고는 기침을 해댄다. 겨우 기침을 정리하고 나서야 남자가 말한다.

"하하하, 오주 씨 정말 웃기네요."

"오주 씨요? 제 이름은 어떻게……."

"아, 그게……."

남자는 머리를 긁적이며 말을 잇는다.

"빨래방에 처음 오셨을 때 조미치 씨랑……."

"아, 네."

남자가 멈칫하더니 웃으며 덧붙인다.

"조미치 씨 목소리가 워낙 크잖아요."

"좀 그렇죠. 저도 그쪽 이름 알아요. 최주원…… 맞죠?"

"아, 네."

어떻게 알았느냐고 물어 올 게 뻔해 이실직고한다. 나는 세탁기 말고는 남자에게 다 솔직해지고 싶다.

"실은 지갑을 열어 봤어요. 불쾌했다면 죄송해요."

"아니에요. 술 취한 사람 지갑도 훔쳐 가는 세상인데요, 뭘."

"근데 휴대폰은 왜 잠가 놓으셨어요?"

"아, 그거요. 제가 자꾸 뭘 잃어버려요. 휴대폰도 예외는 아니거든요. 저번에도 잃어버렸다가 크게 한 번 당한 적이 있어서……."

"주운 사람이 전화를 막 써버렸군요?"

"네."

대화가 중단되지 않도록 나는 남자에게 계속해서 말을 건다. 질문이 이어지다 보면 남자의 짙은 슬픔에도 도달하게 될 것이다.

"작은아버지께서는 정말로 태어난 날에 돌아가셨어요?"

"네."

"자기 생일에 죽는 기분은 어떨까요? 죽어서도 자기 생일을 기억해 주는 셈이니 좋을까요?"

"죽은 사람한테 생일이 무슨 소용이에요. 결국은 제삿날일 뿐인걸요."

"아, 그런가요."

가라앉은 분위기를 전환시키기 위해 나는 화제를 돌린다.

"실은 저도 감사해야 할 일이 있어요."

"저한테요?"

"네."

남자가 어리둥절해한다.

"혹시 대학 도서관에 책 빌리러 오지 않았어요? 금요일에요."

"네."

"도서관에서 본 거 같았어요. 알은척하려고 따라갔다가 놓쳤지 뭐예요. 그 덕에 가름끈 용의자를 찾아냈거든요."

"용의자라니요?"

나는 남자에게 가름끈 용의자에 대해 얘기한다. 남자는 흥미진진한 내 얘기에 쏙 빠져든다. 범행 순간에 관한 목격담은 남자의 흥미를 고취시킨다. 결말이 궁금했는지, '그래서 잡았어요?', '그걸 왜 잘라갔대요?', 하고 적극적으로 물어 오기까지 한다. 남자는 미치와 내가 생각하는 것과 달리 아주 쾌활한 사람일지도 모른다.

"놓쳤어요. 몸이 굉장히 날쌨거든요. 그래서 아무것도 물어보지 못했어요."

"왜 그랬을까요?"

"글쎄요."

"그래도 나쁜 사람은 아닐 거예요. 저는 나쁜 짓을 저질렀다고 해서 그 사람이 정말 나쁜 사람일 거라고는 생각 안 하거든요."

"그 사람이 나쁜 사람인지 아닌지는 모르겠지만, 달아나던 그 사람 뒷모습에서 쓸쓸함 같은 게 느껴지긴 했어요."

"그럼 사람이 나쁜 짓을 저지르는 이유는 쓸쓸하고 외로워서일지도 모르겠네요."

"결론이 그렇게 되나요?"

"정말로 쓸쓸하고 외로웠던 걸까요?"

"네?"

"그 사람도……."

다른 생각에 잠긴 듯, 남자가 말끝을 흐린다. 스스로 빠져든 생각에 스스로 빠져나온 남자가 아, 하는 말과 함께 다시 수저질을 한다. 남자는 금세 쾌활해진 목소리로 말한다.

"이 술국 정말 맛있네요. 나중에 술 먹고 나면 생각날 거 같아요."

"맛있다니 다행이네요."

남자는 쉬지 않고 국물에 만 밥을 떠먹는다. 어색할 뻔했지만 생각만큼 어색하지는 않았던 남자와의 식사는 그렇게 끝나 간다.

욕실 좀 써도 될까요, 하고 남자가 정중히 묻고는, 아직 낯섦이 가시지 않은 사람처럼 엉거주춤 욕실로 들어간다. 아침에 막 일어났을 때는 말없이 그냥 들어가던 곳을 이번엔 한껏 예의를 차리며 들어간다. 세면대 앞에 허리를 굽히고 서서 남자가 세수를 한다. 그가 서 있던 자리에 남자가 서 있지만, 이상하게 별로 낯설지는 않다. 비누 거품이 하얀 가면처럼 남자의 얼굴에 덧씌워진다. 얼굴에 비누칠을 하는 동안에는 잠시 수도꼭지를 잠가 두는 버릇이 그와 비슷하다. 지금까지 나는 얼굴에 비누칠을 하는 동안 한 번도 수도꼭지를 잠가 본 적은 없다. 수도꼭지에 비누 거품을 묻히는 게 싫기 때문이었다. 세수를 끝낸 다음 따로 물을 끼얹어 수도꼭지를 씻어 줘야 하는 일은 번거롭고 귀찮다. 어떤 부분에 있어서는 남자들이 더 꼼꼼할 때가 있다.

세수를 마친 남자가 물로 입안을 헹군다. 소주와 라면으로 남자의 입안은 엉망진창일 것이다. 칫솔 여분이 어디 있을 것 같아 욕실로 들어가 선반을 뒤진다. 마침 하나가 잡힌다. 칫솔을 내밀자 남자가 물이 뚝뚝 떨어지는 얼굴로 나를 올려다본다. 남자는 무척이나 좋아하면서도, 내심 미안해 어쩔 줄 몰라 한다.

"저 때문에 여러모로⋯⋯."

"아니에요."

남자가 수건으로 얼굴을 닦고는 칫솔 포장을 벗긴다. 새 칫솔에 치약을 듬뿍 묻힌 남자가 칫솔을 바로 입으로 가져간다. 나처럼 칫솔에 물을 묻힌 다음 입으로 가져가지 않는다. 그도 그랬다. 그도 지금의 저 남자처럼 치약을 묻힌 칫솔을 바로 입으로 가져갔다. 물도 안 묻힌 칫솔로 양치질하면 퍽퍽하지 않으냐고 물었을 때 그는 이렇게 대답했다.

"침샘에서 침이 나오는걸."

남자는 뭐라고 대답할지 궁금해진 나는 살짝 남자에게 물어본다.

"저기, 뭐 하나 물어봐도…… 돼요?"

"네?"

"칫솔에 물도 안 묻히고 양치질하기에요. 그러면 좀 퍽퍽하지 않나 싶어서요."

남자가 입안에 고인 치약 거품을 세면대에 뱉어 내며 우물쭈물 대답한다.

"침이 입안에 고이니까 괜찮아요. 오주 씬 칫솔에 물을 묻히고 닦나 보네요."

"네."

"여자들은 다 그런가 보군요."

여자들이라니. 나는 어떤 여자분이 그랬느냐고 넌지시 물어본다. 그러나 남자는 예상대로 말을 아낀다. 입에 다시 칫솔을 물어 버린 남자는 대답 없이 양치질을 한다. 무안해하는 내게 남자는 미안해하는 표정을 지어 보인다. 미안해한다는 건 좀 더 가까워질 수 있다는 가능성의 표현이다. 상대방이 내게 미안해할수록, 상대방은 그 미안함에 대한 보답으로 내게 무언가를 해주려 할 것이기 때문이다.

양치질을 끝낸 남자가 들어갈 때와 마찬가지로 엉거주춤 욕실에서 나온다. 아직도 이 원룸과 내가 친숙하지 않다는 몸의 반응일 테다. 남자가 방 안을 둘러보며 무언가를 찾는다. 눈치에 지갑과 휴대폰을 찾는 것 같아 남자에게 말한다.

"지갑하고 휴대폰은 빨래 봉지에 넣어 뒀어요. 전화기는 일부러 꺼뒀어요. 울리면 받기도 뭐하고 안 받기도 뭐해서요."

"네."

남자가 빨래 봉지를 열어젖힌다. 옷이 다려진 걸 확인한 남자가 나를 쳐다보며 영문을 묻는다.

"빨래가……."

"아, 그거요. 밤에 잠이 안 와서요. 딱히 할 일도 없고 심심해서……. 제가 불면증이 좀 있거든요. 혹시……."

"네?"

"혹시, 불면증 같은 거 있으세요?"

나는 그렇게 묻고 싶었던 질문을 드디어 남자에게 던진다.

"아, 아니요."

그렇구나. 기대의 배반은 순간 서운한 감정을 불러일으킨다. 불면증이 없다는 게 '난 당신은 싫어'라는 말이 아닌데도 내겐 그렇게 들린다. 남자가 덧붙여 말한다.

"근데 밤에 혼자 깨어 있는 건 좋아해요."

"아, 그래요. 그럼 밤에 깨어 있을 땐 주로 뭐 하세요?"

"음악도 듣고 영화도 보고 게임도 하고……."

남자가 봉지에서 옷을 하나하나 꺼낸다. 감격까지는 아니지만, 반듯하게 다려 놓은 옷에서 고마움 비슷한 것을 느낀 듯하다. 남자가 말한다.

"얼마 만인지 모르겠어요."

"네?"

"다린 옷 말이에요."

저 말은 누군가가 옷을 다려 줬다는 뜻일 것이다. 조심스레 남자의 눈치를 살피며 묻는다.

"어떤 분이 옷을 다려 줬나 봐요."

"네."

"어떤 분인지 물어봐도……."

"빨래하는 걸 참 좋아했던 여자가 있었어요. 알게 된 지 얼마 안 됐을 때였는데, 세탁기가 고장 났다고 했더니 자기가 빨래를 해주겠 대요. 처음엔 며칠 하다 말겠지 했는데 아니었어요. 토요일이면 찾아와 빨래를 해주고 갔어요. 정말로 빨래하는 걸 좋아하더라고요. 그렇게 시작된 관계였어요."

남자는 그녀가 해주는 빨래에 익숙해져 갔고, 그런 그녀가 점점 좋아지기 시작했다는 뭐 그런 말일 것이다. 숫자 9를 좋아한다던 사람도 아마 그녀일 것이고, 칫솔에 물을 묻히고 이를 닦는다는 사람도 그녀일 것이며, 옷 마를 동안만 있다가 가라는 남자의 취중 말도 그녀에게 한 말이었을 것이다. 그랬던 남자가 빨래를 하기 위해 빨래방에 온다는 건 무슨 뜻일까. 말하지 않아도 확실해 보이는 그녀의 부재였다. 남자의 말이 계속 이어진다.

"근데 세탁기가 해주는 빨래하고는 비교가 안 되게 깨끗하고 좋더라고요. 다려진 옷을 골라 입는 맛은 또 어떻고요. 그 친구도 그 맛에 빨래를 해주는 것 같았어요. 그러다 어느 날부턴가 감춰 둔 속옷을 그 친구 앞에 내놓기 시작했죠. 상대방에게 내놓는 속옷이 부끄럽지 않을 때가 있는데, 지나 놓고 생각해 보니 그때가 바로 그 시점이었더라고요."

직접적인 언급은 피했지만, 남자가 말하는 그 시점이라는 건, 남자가 그녀를 사랑하게 돼버린 시간일 터다. 지나간 시간에 빠져든 남자의 입가엔 어느새 미소가 찾아든다.

"다려 준 옷만 입다 보면 나중엔 구깃구깃한 옷은 못 입게 되더라고요. 습관이란 건 참 우스워요."

나는, 어젯밤에 빨래방 세탁기를 걷어찼던 것도 당신의 그녀 때문이었느냐고 묻고 싶었지만 관둔다. 남자가 계속 말한다.

"그때 찾아 주신 이 양말 말이에요……."

남자가 컬러풀한 수면양말을 내게 내보인다.

"사실은 이거…… 그 친구가 사 준 거예요. 그 친구, 발이 되게 차가웠거든요. 초가을만 돼도 발이 시리다고 난리를 쳐댔으니까요. 그래서 제가 이 털양말을 몽땅 사 줬어요. 신어 보고 좋았는지 다음 날 저한테도 두 켤레 사 주더라고요. 색깔이 여자 양말 같다니까, 집에서 잘 때만 신을 건데 뭐 어떠냐며 굉장히 재밌어했던 걸로 기억해요."

"아, 네……."

"유치원 교사라 그랬는지, 한 번씩 절 어린애 취급했어요. 근데 그게 나쁘지 않더라고요. 남자들은 왜 여자 앞에서는 어린애처럼 굴고 싶을 때가 있잖아요."

남자의 입가에 찾아든 미소는 얼굴 전체로 퍼져 간다. 생각만으로도 남자를 행복에 빠뜨리는 여자라니……. 궁금해진 나는, 그 여자분은 지금 어디에 있느냐고 남자에게 물어본다. 그러나 남자는 대답 대신 내게 뜬금없는 질문을 던진다.

"저기요, 세상에 똑같은 지문이 있다고 생각하세요?"

"네?"

"그러니까, 똑같은 지문을 가진 사람 말이에요."

"글쎄요."

나는 한참 생각하다 다시 말을 잇는다.

"없지 않을까요. 그러니까 범죄 수사에 이용하는 것일 테고요."

"그렇군요."

남자가 실망스러운 표정을 짓자, 나는 내 엄지손가락 지문을 들여다보며 이렇게 말해 준다.

"근데 한편으론 이렇게 단순한 문양이 사람마다 다 다르다는 것도 이해가 안 가요. 지구상에 사람이 얼마나 많은데요."

"그렇죠!"

같은 의견을 가진 사람을 만났다는 사실 때문이었을까. 방금 전의 실망스러운 표정은 온데간데없이 사라진다. 그런데 그런 건 왜 묻는 걸까. 남자의 그녀와 상관이 있는 걸까.

"근데 지문 얘긴 왜 갑자기……."

남자가 대답 없이 빨래 봉지에 빨래를 주섬주섬 담는다. 남자가 서둘러 자리에서 일어서며 말한다.

"오늘 여러모로 신세 많았어요. 이 옷도 잘 입을게요. 술국도 정말 맛있었어요. 나중에 어떤 식으로든 보답하고 싶어요."

"아니, 괜찮아요."

"언제 또 만날 수 있죠? 아, 빨래방에서 만나면 되겠네요."

"아, 빨래방……."

"그럼 그때……."

"아, 네."

남자가 현관으로 나가 신발을 신는다. 문을 어떻게 여는지 모르는 남자를 대신해 나는 잠금장치를 풀어 준다. 남자가 어색한 듯 수줍은 듯 꾸벅 인사를 하고는 현관문을 나선다. 복도를 걸어 나가 엘리베이터 앞에 선 남자에게 나는 작은 목소리로 묻는다.

"우리 조금 친해진 거 맞죠?"

들렸을 리 없는 내 목소리에 남자가 대답 대신 웃어 보이며 엘리베이터 안으로 사라진다.

그게 누구든, 그리고 얼마나 머물렀든, 누군가 머물렀다 떠나간 방에는 늘 고즈넉함만이 남는다. 현관문을 닫고 돌아선 나는 베란다로 나간다. 세탁기에 덮어 둔 박스를 치운다. 다음에 또 쓸 일이 생길지 몰라, 박스는 잘 접어 선반 위에 올려 둔다. 세탁기를 감춰 두길 잘한 것 같다. 빨래방에서 다시 만나자던 남자였으니까.

나는 세수와 양치질을 하기 위해 욕실로 들어간다. 세면대 위에 남자가 남기고 간 칫솔이 보인다. 나는 남자의 칫솔을 내 칫솔 옆에 나란히 꽂아 둔다. 그렇게 꽂아 두자 누군가가 나와 같이 살고 있는 기분이 든다. 머리에 헤어네트를 쓰고 세수를 한다. 남자가 그랬던 것처럼 나는 수도꼭지를 잠가 놓고 얼굴에 비누칠을 한다. 세수를 끝내고 물을 끼얹어 수도꼭지에 묻어 있는 비누거품을 씻어 낸다. 그러고는 칫솔에 치약을 묻혀 바로 입으로 가져간다. 처음엔 좀 퍽 퍽한 듯하더니 칫솔질을 하면 할수록 퍽퍽한 느낌이 사라진다. 칫솔에 굳이 물을 묻히지 않아도 양치질하는 데에는 아무런 지장이 없었다. 앞으론 계속 이렇게 닦아야겠다.

욕실에서 나온 나는 침대로 들어간다. 긴장이 풀린 몸이 피곤을 인식한다. 밤사이 한숨도 자지 못한 몸이 잠을 부르기 시작한 것이다. 나는 이불을 뒤집어쓰고 침대에 눕는다. 엘리베이터 안으로 사라지기 직전에 남자가 보인 웃음이 자꾸 이불 속에서 어른거린다. 그런데 남자의 그녀는 현재 남자 곁에 없는 게 확실할까. 그렇다면 그 부재의 이유는 뭘까. 사라질 가능성이 있는 부재라면 어쩌지. 그 부재의 이유가 무엇이든, 남자의 그녀가 영영 돌아오지 않았으면 좋겠다. 순간, 제어되지 못하고 분출하고 만 내 생각에 나 스스로도 소름이 돈다.

"나 미쳤나 봐. 근데 똑같은 지문이라니……."

남자가 『지문에 관한 모든 것』이라는 책을 빌려 본 이유도 그 물음에 관한 궁금증 때문일 것이다. 똑같은 지문이 있는지에 대해서는 모든 걸 수집하기 좋아하는 옆집 여자에게 물어봐야겠다. 그나저나 여자는 언제쯤 돌아오려는 걸까. 며칠째 보이지 않는 여자가 슬슬 걱정되기 시작한다.

14

　퇴근 무렵부터 내리기 시작한 비는 멈추지 않는다. 휴대폰을 확인하는 일 또한 마찬가지다.

　오늘 아침, 아빠로부터 한 통의 음성메시지와 두 통의 문자메시지를 받았다. 출근길, 엘리베이터 안에서였다. 밤사이 휴대폰을 꺼두지 않았다면 새벽에 받았어야 할 메시지였다. 휴대폰 전원을 켜자마자 메시지 수신 알림 창이 차례로 떴다. 모두 아빠가 보내온 음성과 문자였다. 시간을 확인해 보니 문자는 새벽 네 시에 보낸 것이었다. 나는 저번에 아빠한테 보낸, 다들 행복하면 그걸로 된 거 아닌가, 하는 내 문자에 대한 아빠의 뒤늦은 답장이라고 생각하고 문자를 확인했다. 그런데 아니었다.

조산기가 있어 병원에 간다. 처음이라 무섭구나.

순간 가슴이 덜컥, 내려앉았다. 확인해 본 음성에는 왜 전화기를 꺼뒀느냐는, 아빠의 공허한 물음이 담겨 있었다. 얼마나 다급하고 불안했으면, 당장 달려가지도 못할 나한테 전화를 해댔을까 싶어, 나도 모르게 눈물이 핑 돌았다. 나는 아빠에게 바로 전화를 걸었다. 하지만 통화연결음만 이어질 뿐이었다. 정신없이 나가느라 휴대폰을 집에 두고 간 게 틀림없었다.

하루 종일 일이 손에 잡히지 않았다. 아이가 나오려면 두 달은 있어야 하는 걸로 알고 있었다. 나는 수시로 휴대폰을 확인했고, 인터넷으로 조산기가 있으면 산모와 아이가 어떻게 되는지도 알아봤다. 아이가 잘못될 수도 있다는 누군가의 글에 나는 인터넷 창을 닫아버렸다. 조바심에 차 있던 내게 한 통의 전화가 걸려 온 건 점심 무렵이었다. 제주도 지역 번호로 시작되는 발신자 번호는 휴대폰을 놔두고 간 아빠가 분명했다. 그래서 나는 전화를 받자마자 어떻게 됐느냐고 아빠에게 물었다.

―아빤 줄 어떻게 알았냐?

―지금 그게 중요해! 어떻게 됐느냐니까!

―낳았다.

―지금 나오면 안 되는 거잖아. 애는?

―인큐베이터에 들어갔다.

—다 괜찮은 거지?

그때 아빠의 전화기 저편에서 담당 간호사의 다급한 호출 소리가 들려왔고, 아빠는 서둘러 전화를 끊었다. 그 뒤로 아빠한테서 연락은 없었다. 일이 잘못된 것 같아 불안했다. 나는 열람과장에게, 배 속 아이가 두 달 일찍 나오면 어떻게 되는 거냐고 물었다. 그리고 아이가 인큐베이터에 들어가면 어떻게 되느냐고도 물었다. 특별한 문제가 없으면 건강하게 나올 거라고, 그러니까 염려 말라고 열람과장은 긍정적으로 말해 줬다. 누가 조산을 했느냐는 열람과장의 물음에 나는 시집간 친구라고 둘러댔다. 인큐베이터 비용이 만만찮을 거라는 열람과장의 지나가는 말에 나는 점심도 뒤로하고 은행으로 달려갔다. 원룸을 얻고 남은 돈의 일부를 '다이조부 다이조부'라는 문구와 함께 아빠에게 부쳤다. 집을 팔고 남은 돈이니까 그건 아빠 돈이나 마찬가지였다. 그래도 마음은 여전히 무거웠다. 언니와 나 때문에 그렇게 된 것 같아서였다. 배 속의 아이는 우리가 자기를 환영해 주지 않았다는 걸 알았는지도 모른다. 친구의 아이도 아니고, 언니의 아이도 아니고, 아빠의 아이였는데, 그리고 내 동생이 될 아이였는데 말이다.

하루 종일 휴대폰만 만지작대던 나는 휴스턴에 있는 언니에게 전화를 하려다 만다. 언니한테는 정확한 소식이 들어온 뒤에 전해도 늦지 않을 것이다. 임신 중이라 아빠 소식을 꽤 예민하게 받아들일 언니였다.

비는 계속해서 내린다. 아빠는 여전히 전화를 받지 않고, 제주도 지역 번호로 시작되는 전화도 걸려 오지 않는다. 우산이 없는 나는 가방을 우산 삼아 머리 위에 얹고 빗속을 달린다. 바닥에 고인 빗물이 사방으로 튄다. 어깨와 바지 밑단은 금세 비에 젖어 축축해지고, 젖은 옷은 살갗에 달라붙기 시작한다. 살갗으로 파고든 옷의 축축함에 기분 또한 금세 엉망이 돼버린다. 내 속도 이리 축축한데 아빠 속은 오죽 축축할까. 혹시 그 아이한테 무슨 문제가 생겨 태어난 날에 죽기라도 한다면…… 아니다. 그런 방정맞은 생각은 해서는 안 되고, 일어나서도 안 된다. 그런데 지금 나는 뭘 하고 있는 거지? 위태로운 생명도 있는데, 이깟 비 좀 맞으면 어떻다고 비를 피해 죽기 살기로 달리고 있느냐는 말이다. 나는 달리기를 멈추고 머리에 얹은 가방도 내린다. 비가 얼굴을 때린다. 그때 저만치에서 누군가가 내 이름을 부른다.

"어이! 오주 처녀!"

축축해진 내 속마음을 누가 알아채기라도 한 걸까. 나는 소리 나는 쪽을 돌아본다. 우산에 가려져 있던 두 사람의 얼굴이 빗줄기 사이로 드러난다. 구도 아저씨와 콧수염 아저씨다. 아저씨들이 내 쪽으로 걸어온다. 좀 더 큰 우산을 쓴 콧수염 아저씨가 내게 우산을 씌워 준다. 나는 애써 밝은 척을 하며 말한다.

"오늘 비 온다는 거 어떻게 다 아셨나 봐요."

"거리의 신사들한테 우산은 필수라네. 안 그런가, 구도?"

"그렇습죠."

아저씨들은 학교 구내식당에서 저녁을 먹고 나오는 중이라고 했다.

"구도 저 친구가 나한테 오늘 밥을 다 사 줬지 뭔가. 괜찮다는데도 어찌나 협박을 해대던지."

"정말요?"

"오늘 일당을 좀 받았다네. 오주 자네한테도 한 턱 쏜다고 벼르는 참이었네. 근데 이렇게 만나게 될 줄이야. 저 친구 주머닌 역시 텅텅 빌 팔자야, 허허."

나는 구도 아저씨를 쳐다보며 정말이냐고 묻는다. 아저씨는 오늘 도 내가 준 파란색 면 티를 입고 있었다. 아저씨가 헤벌쭉 웃으며 대 답한다.

"그렇다니까. 지금 당장 가자고. 뭐 먹고 싶어. 말만 해."

"그럼 밥 대신 술 좀 사 주세요."

"술? 취하기엔 아직 초저녁인데, 무슨 일 있어, 오주 처녀?"

"아니요. 군것질을 좀 했더니 배가 아직 안 고파서요."

"그럼 포장마차로 갈까?"

"네."

콧수염 아저씨가 미치 처녀도 부르는 게 어떻겠냐고 구도 아저씨 에게 묻는다.

"불러요, 불러. 미치 처녀한테도 신세 진 거 갚아야 하니까요. 그 성 질에 자기만 쏙 빼놨다는 거 알면 아마 가만 안 있을걸요. 그죠, 형님?"

"그래, 그래. 그럼 내 전화함세."

콧수염 아저씨는 가는 도중 휴대폰을 꺼내 미치에게 전화를 건다. 축축하게 젖어 있던 옷과 가슴속이 건조기에서 뽀송뽀송하게 건조돼 가는 기분이었다.

포장마차 위로 떨어지는 빗소리가 듣기 좋다. 둥근 테이블 중앙 석쇠에는 붉은 양념장이 묻은 장어와 닭발이 익어 간다. 우동 한 그릇과 낙지볶음에서는 김이 모락모락 올라온다. 각자의 소주잔에 소주가 채워질 때쯤 포장마차 입구에 자전거 한 대가 멈춰 선다. 미치가 우산을 접고 포장마차 안으로 투덜대며 들어온다. 우산을 쓰고 온 것치고는 옷이 많이 젖어 있다.

"좋은 날 놔두고 왜 하필 비 오는 날 불러내고 난리야!"

"때맞춰 왔구먼. 꼴을 보아하니 신나게 달려온 모양이네그려."

"내 생전에 비 오는 날 우산까지 받쳐 들고 자전거 굴려 보긴 처음이야."

"좋으면서 꼭 저러지. 어여 앉아 잔이나 들게."

테이블에 앉자마자 미치가 소주잔을 든다. 콧수염 아저씨가 한 가득 소주를 따라 주며 말한다.

"오늘 구도 이 친구가 일당을 받았다지 뭔가. 그래서 한 턱 쏘는 거라네."

"오우! 구도 아저씨, 이제야 제대로 인간이 돼가는구나."

"말이 왜 그래? 나 이래 봬도 왕년에 사업 크게 했던 사람이야."

"왕년에 안 그랬던 사람이 어딨어! 나도 왕년에 광고계를 주름잡았던 사람이야. 콧수염은 알아주는 교수였고. 오주는 왕년에도 사서였나? 염병, 왕년이 뭔 소용이야. 안 그래 콧수염? 지난 과거는 과거일 뿐이라는 게 콧수염 지론이잖아."

"그래, 그래. 알았으니까 긴소리 집어치우고 건배들이나 하세."

콧수염 아저씨가 교통정리를 한다. 네 개의 소주잔이 허공에서 만난다. 콧수염 아저씨가 대표로 건배 구호를 외친다.

"자자, 세탁기도 없는 가엾은 중생들을 위해 건배!"

"잠깐!"

또 미치가 끼어든다.

"왜 또 그러나?"

"세탁기가 없는 게 왜 가엾은 거야? 그리고 우리가 세탁기가 없긴 왜 없어? 스무 대씩이나 갖고 있는데."

"듣고 보니 그러네? 역시 미치 처녀라니까."

구도 아저씨가 옆에서 거드는 사이, 미치가 다시 건배 구호를 외친다.

"자, 세탁기 부자들을 위해 다시 건배!"

"건배!"

"건배!"

"건배!"

모두들 단숨에 소주잔을 비운다. 굳이 그럴 필요까지는 없지만, 집에 있는 세탁기가 조금 양심에 찔린다.

모두들 조금씩 취해 간다. 아빠한테서는 여전히 연락이 없다. 구도 아저씨는 나보고 보기와 달리 술을 잘 마신다며, 칭찬인지 욕인지 모를 말을 했다. 나는 술꾼 엄마를 닮아 그럴 거라는 말과 함께 엄마 얘기를 잠깐 했던 것 같다. 그러자 각자의 엄마에 대한 얘기들이 쏟아졌고, 술이 빚어낸 얘기는 모두의 가족사로 번져 갔다. 듣고 보니 사연 없는 가족은 하나도 없었고, 그렇게 행복하지도 그렇다고 그렇게 불행하지도 않은 삶들을 모두 살아가고 있었다. 한 다리만 걸쳐도 이혼과 불륜 스토리가 터져 나왔고, 어디 하나 속 썩이지 않은 자식이란 없었다. 콧수염 아저씨의 입에서 가족은 애증 같은 거라는 결론이 내려지고 나서야 화제는 다른 데로 옮겨 갔다. 그래서 나는 두 아저씨와 미치에게 세상에 지문이 같은 사람이 있을 수 있는지에 대해 물었고, 두 달 일찍 태어난 아이가 인큐베이터에서 정상적으로 자랄 확률은 얼마나 되는지에 대해서도 물었다. 대답은 각자 달랐지만, 결론은 지문이 같은 사람이 있지 않을까, 하는 쪽으로 기울어졌고, 의술이 좋아져 인큐베이터에 들어갔다 나온 아이도 요즘은 건강하게 잘 자란다는 쪽으로 의견이 모아졌다. 특히, 인큐베이터에서 자란 손자 얘기를 해주며 너무 건강해 탈이라던 콧수염 아저씨의 경험담은 내 마음을 한층 놓이게 했다. 일련의 질문들이 좀 이상해 보였는지 미치가 무슨 일 있느냐고 묻는다. 나는 고개를 저으며 그냥 궁금해서 그런 거라고 얼버무리다 만다. 그들은 더 이상 내게 이유를 캐묻지 않는다. 나는 그런 그들이 고맙다. 중단된 대화의 틈을 좀체 참아 내지 못하던 미치의 눈이 구도 아저씨가 입고 있는 면 티로 향한다.

"근데 그 옷은 어디서 났어? 요즘 볼 때마다 그 옷이더라?"

"어디서 나긴, 하늘에서 뚝 떨어졌지."

"그러셔요. 그럼 이제 돈만 떨어지면 되겠네요."

"그래서 나 요즘 하늘만 쳐다보고 다니잖아. 두고 보라고. 나 곧 갑부 될 테니까."

"제발 좀 그러셔요. 언제까지 남의 세탁기에 빌붙어 살 순 없잖아."

"에이 퉤! 돈 벌면 내 더러워서라도 빨래방 하나 차린다."

"말이나 못 하면. 혹시 그 옷, 물 빠지는 싸구려 아니야?"

"걱정 마, 아니니까."

"저거 색깔이 진한 게 빠지게 생겼는데. 나중에 내 옷에 물들기만 해봐 봐. 그땐 진짜 가만 안 둬."

"지금 세탁기 계속 빌려 쓰게 해주겠다 그 말이지?"

"뭐?"

"보세요, 형님. 미치 처녀는 간단히 해도 될 말을 꼭 저렇게 에둘러 말한다니까요."

"그러게나 말일세. 허허"

"하여튼, 착각은 자유고 망상은 해수욕장이라더니, 딱 그 짝들이야."

한바탕 웃음이 쏟아진다. 그렇게 미치로부터 시작된 옷에 대한 화두는 어릴 때 물려 입은 옷에 대한 기억으로 이어졌다. 무녀독남으로 귀하게 컸다는 구도 아저씨는 자라면서 한 번도 헌 옷을 입어 본적 없다고 했다. 그 말에는 모두 귀를 의심하는 듯했고, 특히 미치는 믿어지지 않는다며 박장대소를 해댔다.

"그런 귀공자께서 왜 이리되셨을까?"

"욕심 때문이지, 욕심."

구도 아저씨가 씁쓸하게 웃는다. 콧수염 아저씨는 자기가 자랄 때는 맏이든 막내든 할 것 없이 남의 옷만 갖다 입었다며, 명절이 돼야 새 옷 한번 입어 봤다고 그때를 회상했다. 미치는 재봉 솜씨가 좋은 엄마 탓에 수제 옷을 입고 다녔다고 했다. 그래서 창피했단다.

"나중엔 교복까지 만들어 주려는데, 진짜 돌아가시겠더라."

궁금했는지 콧수염 아저씨가 미치에게 묻는다.

"그래서 진짜로 만들어 줬나?"

"못 하게 뜯어 말렸지. 나 그러면 창피해서 학교 못 다닌다고 난리를 쳐대니까 관두더라고."

"자넨 참 재밌는 어머닐 뒀네그래."

"재밌긴 개뿔. 피곤해, 피곤해."

미치가 고개를 절레절레 흔들며 손수 소주를 따라 마신다. 내 얼굴이 좀 우울해 보였는지, 옆에 앉아 있는 콧수염 아저씨가 내게 말을 건다.

"오주 자넨?"

"네? 저요? 저는 위에 언니가 있어서 언니 옷을 좀 물려 입었어요. 저희 엄만 술 마시는 거 말고 할 줄 아는 게 없어서 그랬는지, 미치가 부러운데요."

나를 배려해 화제를 돌리려는 듯, 콧수염 아저씨가 헛기침을 한다. 그러고는 뜬금없이 내게 밴드 공연 같은 거 좋아하느냐고 유쾌한 목소리로 묻는다.

"아니요. 시끄러운 음악은 별로예요."

"이번 주 금요일 저녁에 밴드 공연이 하나 있다는데, 나하고 같이 가볼 텐가? 우울할 땐 시끄러운 음악이 약이지."

"저는……."

"처음엔 몰랐는데, 요즘엔 그런 데 혼자 가기가 영 그래서 말이야. 늙은이하고 같이 가면 모양이 좀 빠질라나?"

역시나 이번에도 미치가 끼어든다.

"콧수염, 그걸 말이라고 해? 그리고 아저씨 나이엔 트로트가 딱이야. 디너쇼나 쫓아다녀야 할 판에 주책 맞게 클럽이 뭐야, 클럽이. 아저씨하고 록이 어울린다고 생각해?"

"그럼 미치 자네가 같이 가줄 텐가?"

"이거 왜 이래. 나도 시끄러운 음악은 딱 질색이라고."

"자네야말로 왜 그러나. 잠잘 때도 록을 듣게 생긴 사람이."

"정말 왜들 그러실까. 가슴이 절벽이어서 그렇지, 나 뼛속까지 여자인 사람이야. 그것도 아주 우아한 여자. 그리고 난 클래식만 듣는다고."

"누가 자네보고 남자라 그랬나? 하하."

"이놈의 머리를 기르든가 해야지, 원."

미치가 소주잔을 한 번에 기울인다. 옆에서 이를 지켜보던 구도 아저씨는 그저 웃기만 한다. 미치가 남아 있는 소주를 마저 다 따라 마신다. 남아 있는 안주까지 싹 먹어 치우고 난 미치가 그만들 일어나자고 한다. 콧수염 아저씨가 내 쪽으로 고개를 틀어 재차 물어 온다.

"어때, 같이 가볼 텐가? 젊은 사람이 젊은 음악도 좀 듣고 그래야지. 그러다 늙어서 나처럼 후회하네."

"생각해 보고요."

"생각해 보기는. 가는 걸로 내 생각함세."

"저는……."

"전화 줄 테니까 나오기만 하게. 표값은 내 알아서 할 테니. 약속한 거네?"

나는 대답을 꾸물거린다. 휴대폰을 내밀며 내 휴대폰 번호를 물어 오는 콧수염 아저씨에게 나는 하는 수 없이 번호를 찍어 준다. 미치가 전분 이쑤시개로 이를 쑤시며 자리에서 일어난다.

"자, 그만들 일어나자니까. 나 가서 일해야 돼."

미치를 따라 슬금슬금 모두들 자리에서 일어난다.

술에 취해 그런지, 미치가 태워 준 자전거는 집으로 가는 내내 불안하게 흔들거린다. 자전거에 올라탄 채 우산을 같이 나눠 쓰는 일은 꽤나 불편하다. 걸어가는 게 여러모로 안전할 것 같아, 미치와 나는 자전거에서 내려 집까지 천천히 걸어가기로 한다. 하루 일당을 술값으로 탕진하는 게 보기에 좀 그랬는지, 술값은 결국 미치가 계산하고 말았다. 미치에게 계산을 빼앗긴 구도 아저씨는 아쉬워하며 빨래방에서 다시 만날 날을 기약했다. 술값 대신 빨래방비로 한 턱 쏘겠다는 것이었다. 하지만 미치는 그마저 사양할 게 뻔하다. 미치가 어떤 사람인지 이제는 조금 알 것 같기도 하다. 원룸에 다다르자 미치가 은근슬쩍 내기는 잘돼 가고 있는지 물어 온다.

"곧 결과 보고할 테니까 조금만 기다려 봐요."

"웬 자신감?"

"두고 보라니까요."

"오늘 무슨 일 있었는지 모르지만, 아무 생각 말고 푹 자. 걱정한다고 해결되는 건 하나도 없어."

"네."

애써 감춘다고 감춘 표정이지만, 내 복잡한 속마음은 모두에게 들켜 버린다. 원룸 입구에 다다르자, 나는 미치 손에 우산을 건네준다.

"우산 고마웠어요."

미치가 한쪽 어깨에 우산을 걸치고 자전거에 올라탄다. 자전거 안장에 묻은 빗물 따윈 아랑곳하지 않는다.

"다음에 또 보자고."

"네, 조심해서 가세요."

미치의 자전거가 위태롭게 흔들거리며 빗속으로 사라진다. 미치의 모습이 완전히 어둠 속에 감춰진 뒤에야 나는 원룸 입구로 들어선다. 그런데 우편함 앞에 무리 지어 서 있는 사람들이 보인다. 웅성거리는 소리도 들린다. 엘리베이터에 올라타려던 나는 무슨 일인가 싶어 무리 가까이 다가간다. 무리 중에 끼어 있던 경비 아저씨가 나를 보더니 703호 왔네요, 왔어, 하고 무리를 향해 말하고는 다급하게 내 쪽으로 걸어온다. 경비 아저씨가 나한테 묻는다.

"옆집이니까 잘 아시겠네요. 702호 못 본 지 오래되지 않았습니까?"

그렇다고 대답하자, 경비 아저씨가 702호에 사는 여자가 죽은 것 같다고 말한다.

"네? 죽다니요?"

"자세한 건 모르겠습니다만, 괴한한테 찔린 모양이에요. 유기된 사체가 아까 낮에 발견됐답니다."

"무슨 소리예요! 진짜 702호 맞아요?"

경비 아저씨는 더 이상 대답을 않는다. 어깨에 메고 있던 가방이 바닥으로 떨어진다. 갑작스러운 날벼락에 현실감마저 사라진다. 신발장 동전 그릇에는 여자에게 주려고 모아 둔 십 원짜리 동전이 넘쳐 나고 있었다. 태어난 날짜와 죽은 날짜가 같은 사람을 찾아냈다는 것도 알려 줘야 했고, 지문이 같은 사람이 있을 수 있는지에 대해서도 물어봐야 했다. 내가 가장 잘 만드는 콩나물순두부라면도 맛보게 해주기로 했는데……. 믿을 수 없었다. 더 자세한 경위를 알아봐야 할 것 같아 나는 경비 아저씨에게 다가간다. 걸려 온 전화를 받으러 경비 아저씨가 경비실로 들어가자 나도 따라 들어간다. 통화 중인 경비 아저씨의 이맛살이 심하게 일그러진다.

"뭐? 722호? 아까 702호라고 했잖나. 아, 내가 잘못 들었나 보네. 알았네."

전화를 끊은 경비 아저씨가 난처한 얼굴로 나를 쳐다보며 말한다.

"아, 그게…… 702호가 아니라 722호랍니다."

"네?"

"제가 잘못 들었나 봅니다."

"아저씨!"

지옥과 천당을 오가는 기분이 바로 이럴 것이다.

샤워를 하고 머리를 감고 소파에 앉는다. 같은 층에 살지만 722호에 사는 사람은 한 번도 본 적이 없다. 서로 다른 복도와 엘리베이터를 사용하기 때문이었다. 나와 똑같은 집에서 살던, 그러나 얼굴은 한 번도 본 적 없는 모르는 사람의 죽음은 내 마음을 무겁게 짓눌렀다. 안타까웠다. 처음엔 옆집 여자가 아니어서 다행이라고만 생각했다.

하지만 722호는 누군가에겐 친구이자 동료였을 테고, 누군가에겐 딸이자 형제자매였을 테고, 또 누군가에겐 사랑이었을 테다. 722호가 맺어 온 관계만큼이나 그 죽음이 가져다줄 슬픔은 많고도 깊을 것이기에, 죽음의 당사자가 옆집이 아니라는 사실에 내가 가졌던 잠시의 안도와 위안이 미안해졌다.

홀가분할 거라고 생각했던 엄마의 죽음이 생각난다. 실상 죽음이 다가왔을 때, 엄마의 죽음은 홀가분하지 못했다. 한때는 재촉하고 싶었던 엄마의 죽음이었지만, 막상 그게 다가왔을 땐 뒤로 미루고 싶었다. 아빠도 그랬던 것 같다. 엄마가 숨을 거두던 날, 아빠는 엄마가 남겨 놓고 간 소주를 남김없이 마셔 대며 울었다. 열심히 술국을 끓여다 바치고, 기꺼이 맞아 주기까지 했던 아빠가, 엄마한테 미안한 감정 같은 건 하나도 없을 것만 같았던 아빠가, 죽은 엄마가 야속해 울었다. 그게 어떠한 죽음이든, 그게 누구의 죽음이든, 죽도록 미워했던 사람이든, 죽도록 사랑했던 사람이든, 그 간극마저 지워 버리는 죽음이란 모두 다 그렇게 슬프고 애잔한 것이다. 죽음에 내재된, 다시는 그 사람을 볼 수 없을 거라는 암흑 같은 감정 때문일 것이다. 무차별을 지향하는 죽음은, 그래서 세상에서 가장 민주적인 정치이자 가장 공평하고 평등한 규범인 것이다. 얼굴도 모르는 어떤 사람이 그 평등한 죽음의 세계로 가버린 밤이었다.

소파에 앉아 복도를 지나는 발소리에 귀를 기울인다. 지금까지 지나간 구두 소리는 두 개였다. 하지만 모두 다 옆집 여자와 상관없는 발소리였다. 오늘 밝혀진 죽음이 722호의 죽음이었다 해도, 옆집 여자에게 다른 변고가 없을 거라고 장담할 수는 없다. 사고와 죽음이 하루에 한 사람에게 일어나리란 법칙은 없으니까. 저만치에서 또 하나의 희미한 발소리가 복도를 파고든다. 하이힐 소리는 아니다. 드르르륵, 하고 트렁크 바퀴 소리로 짐작되는 소리가 발소리와 함께 따라온다. 소리가 점점 가까워지고 커지더니 내 현관 앞을 지나간다. 소리가 옆집에 멈추기만 하면 되는데……. 하지만 소리는 복도 끝으로 사라져 버린다.

기다리다 지친 나는 소파에서 일어나 커피를 내려 마신다. 멈출 듯, 멈추지 않는 비는 여전히 온 도시를 적신다. 네 번째 발소리가 들린다. 한창 집으로 돌아오는 시간들이라 발소리는 이 시간대에 집중된다. 이번엔 또각또각, 하이힐 소리다. 나는 현관문에 바짝 귀를 대고 어디쯤에서 소리가 멈추는지 확인한다. 내 현관 앞을 지나자마자 하이힐 소리가 멈춘다. 머그컵을 신발장 위에 내려놓는다. 바라 마지않게도 옆집 번호 키 누르는 소리가 들린다. 삐리리릭, 소리에 이어 현관문이 열리고 닫힌다. 여자가 돌아온 게 분명했다. 정말 다행이었다.

나는 서둘러 안경과 안경닦이를 챙긴다. 그리고 신발장 동전 그릇에 모아 두었던 십 원짜리 동전을 몽땅 챙겨 들고 옆집으로 간다. 목을 가다듬고 초인종을 누른다. 피로에 찌든 여자의 얼굴이 현관문 사이로 나타난다. 여자가 면 티 앞자락에 담아 온 동전을 내려다보며 살며시 미소를 짓는다. 이웃의 안위는 나와 별개라고 생각했는

196

데, 나는 그게 아니란 걸 여자의 미소로 깨닫는다. 들어가도 되느냐는 물음에 여자는 물론이죠, 하고 전혀 피곤해 보이지 않는 목소리로 대답한다.

여자의 천장에는 여전히 시계와 텔레비전이 부착돼 있다. 그러고 보니, 시계에 이어 천장에 달린 텔레비전이 꿈에 나와 날 괴롭힐 줄 알았더니, 요즘엔 시계도 나오지 않았다. 나는 여자에게 안경과 안경 닦이를 내밀고, 동전 박스에 동전을 쏟아붓는다.

"이 동전은 안경 빌려 준 보답이에요. 또 여행 갔다 오는 길이세요?"

나는 짐짓 아무 일 없었던 사람처럼 여자에게 묻는다.

"출장 겸 여기저기 돌아다녔어요. 하이힐 때문에 죽는 줄 알았다니까요. 근데 성공했어요?"

"뭘요?"

여자가 눈으로 안경을 가리킨다.

"아, 덕분에 대성공이었어요."

"다행이네요."

"그것도 찾아냈어요. 태어난 날짜와 죽은 날짜가 같은 사람요."

"어머 그래요. 어디서요?"

"빨래방에서 알게 된 사람인데요, 그 사람 작은아버지가 생일날 아침에 심장마비로 돌아가셨대요."

"정말로 그런 사람이 있나 보네요."

"네, 있더라고요. 비가 와서 그런지 오늘은 여러모로 힘든 하루였어요."

"무슨 일 있었어요?"

"더 힘들어질 뻔했는데, 다행히 그러진 않았어요."

"뭔지 모르지만 정말 다행이네요."

"네, 다행이에요. 저기 근데, 세상에 지문이 같은 사람이 있을 수 있을까요?"

"글쎄요."

"개인적인 생각은 어떤데요?"

"잘은 모르겠지만, 왠지 있을 것 같기도 해요."

"그렇죠? 저도 그렇게 생각해요. 이렇게 단순한데, 똑같은 지문이 없다는 게 이상하죠."

"근데 그건 왜요?"

"아는 사람이 궁금하다고 해서요."

"저 같은 사람이 또 있나 보군요."

"아, 그런가요?"

여자가 웃는다. 여자의 웃음 뒤에 피곤이 감춰진 것 같아 나는 그만 집으로 돌아간다. 신발을 신고 현관문을 나서는 나를 여자가 배웅한다. 나는 뒤돌아 여자를 쳐다보며 말한다.

"아, 그리고 가름끈 훔쳐 간 놈 잡았어요."

"오, 잘됐네요."

"그리고 설거지하다 생각난 건데요, 고무장갑 있잖아요. 그거 안과 겉을 똑같이 만들면 어떨까요? 그럼 한 짝이 구멍 나버리더라도 나머지 한 짝은 됐다 나중에 뒤집어서 쓸 수 있잖아요. 왼쪽 오른쪽 구분이 없어지니까요."

"오, 괜찮은데요. 기록해 둘게요."

"그리고 있잖아요…… 오늘 고마웠어요."

"뭐가요?"

"안경 빌려 준 것도 그렇고…… 그냥 모두 다요. 살아 있다는 건 정말 좋은 거 같아요. 그죠?"

"네?"

나는, 고개를 갸웃거리며 어리둥절해하는 여자를 뒤로하고 내 원룸으로 돌아온다. 아빠한테서는 여전히 연락이 없다. 하지만 오늘은 다행인 하루였으니까, 아빠의 아이도 다행히 괜찮아질 거라고 나는 믿는다. 다이조부, 다이조부!

15

콧수염 아저씨는 젊은 사람 못지않게 공연을 즐기고 있었다. 겉옷을 벗어젖힌 지는 이미 오래다. 뛰고, 박수를 치고, 목청껏 소리를 질러 대느라 정신없는 콧수염 아저씨. 그런 아저씨의 이마에는 땀방울이 맺힌다. 흥분과 열광의 움직임이 낳은 징표였다. 어떻게 그 연세에 젊은 사람들 틈에 낄 수 있는 건지, 게다가 눈치도 보지 않고 자기만의 시간을 오롯이 즐길 수 있는 건지, 한마디로 놀라웠다. 나도 아저씨처럼 음악에 맞춰 뛰고 소리도 질러 보고 싶었지만, 너무 어색하고 부끄러운 동작이라 박수를 치는 정도에 그쳐야 했다. 아무래도 아저씨와 나는 세대와 취향이 서로 뒤바뀐 게 틀림없었다.

절정으로 치닫던 시간이 잠시 멈춘다. 십오 분간의 휴식 시간이 주어진다. 무대 위를 비추던 형형색색의 휘황한 조명이 꺼지자, 젊은이들은 그 시간마저 아쉬워한다. 꺼진 무대 조명으로 클럽 내부는 다소 어두워진다. 그 틈을 이용해 어떤 커플은 기다렸다는 듯 딥키스를 나눈다. 콧수염 아저씨는 자유분방한 그들의 모습을 아무렇지 않게 쳐다만 볼 뿐이다. 흘러내리는 이마의 땀을 손수건으로 닦아내며 아저씨가 내게 묻는다.

"어떤가? 스트레스는 좀 풀렸는가?"

"네."

"처음에만 어색하지 두세 번 다니다 보면 몸이 리듬을 타게 된다네. 몸이 슬슬 음악을 알아 가게 되는 거지."

오늘 점심까지도 나는, 내가 여기에 오게 될 거라곤 상상조차 못했다. 그때 포장마차에서 한 약속은 콧수염 아저씨만의 일방적인 약속이었고, 설령 그것이 쌍방 간의 약속이었다 해도 아저씨가 진짜로 내게 전화를 걸어올 거라곤 생각도 못 했기 때문이었다. 아저씨는 도저히 거부할 수 없는 화술로 나를 뒤집어엎었다. 표를 이미 사버렸다는 둥, 약속을 지키지 않으면 이 늙은이 가지고 장난하는 것밖에 안 된다는 둥, 해가면서 반강제적으로 나를 집 밖으로 끌어냈다. 조금은 억지로 끌려 나오긴 했지만, 내 생애 첫 클럽 공연 관람은 나쁘지 않았다. 아저씨 말대로 처음이라 어색한 거지, 두세 번 다니다 보면 나도 모르는 새에 클럽 공연에 빠져들지 모르겠다는 생각마저 들었다.

"맥주 할 텐가? 하이네켄 어떤가?"

"전 아무거나 좋아요."

아저씨가 맥주를 주문하러 간다. 여기 오기 전에 나는, 꽃집에 들러 국화 한 송이를 샀다. 현관문을 열고 복도를 지나 엘리베이터를 타려고 기다리고 있는데, 발길이 나도 모르게 722호가 있는 복도 쪽으로 움직였다. 722호는 간호사였고, 나와 동갑내기였다. 일을 당한 건 밤 근무를 마치고 돌아오는 새벽녘이라고 했다. 동갑내기라는 사실에, 나는 그 죽음을 그냥 지나칠 수 없었다. 나와 친구가 될 수도 있었을 722호였다. 얼굴 한 번 본 적 없는 722호였지만 애도를 해주고 싶다는 생각이 들었다. 그래서 나는 국화 한 송이를 샀고, 잠기지 않은 722호의 신문 투입구에 국화를 넣어 주고는 바로 이 클럽 공연을 보러 온 것이었다. 이상했다. 귀청을 찢는 음악에 환호하고 술과 춤에 유혹당한 사람들의 틈에 끼어 있자니 죽음이 아이러니처럼 느껴졌고, 삶은 모순투성이로 가득 차 있는 것만 같았다. 죽음을 바라보는 오늘의 내 태도는 조울증 환자의 양가적인 태도와 비슷해 보였다. 그래서 살아 있는 사람이 죽은 자를 위해 장례를 치르고 애도를 표하는 것은 죽음 따윈 잊고 신나게 놀기 위한 의식일지 모른다는 생각이 들었다. 조금은 파렴치하고 위선적인 의식. 당신의 죽음을 이만큼 슬퍼하고 그 슬픔에 이 정도로 예의를 차렸으니, 이제 나는 양심의 가책을 덜어 내고 산 사람으로서의 쾌락에 빠져 보겠다는, 죽은 자를 향한 보고와 허락 같은 의식 말이다. 엄마가 죽었을 때 아빠가 그렇게 울어 댄 것도 엄마에게 빚진 미안함 때문이 아니라, 앞으로 행복하게 살아가게 될 아빠 자신 때문이었는지도 모른다. 어찌 됐든 살아 있는 사람은 죽은 사람에 비해 모두 이기적인 건 사실이었다.

콧수염 아저씨가 마개를 딴 하이네켄 두 병을 들고 온다. 중단된 공연을 대신해 클럽 내에는 낮고 부드러운 재즈 음악이 깔린다. 젊은 커플들은 서로 부둥켜안은 채 재즈 선율에 따라 몸을 움직인다. 아저씨가 하이네켄 한 병을 내게 건넨다.

"보게, 자유롭지 않은가? 요즘 젊은이들은 저래서 부럽다네."

"그러게요."

"젊은 친구가 그러게요가 뭔가, 그러게요가. 자네도 다음엔 이 늙은이 말고 젊은 놈하고 오게나."

"누가 들으면 제가 억지로 아저씨 끌고 온 줄 알겠네요."

"그런가? 허허. 아, 참! 그건 그렇고, 그때 그 인큐베이터 아이는 어떻게 됐나? 거 왜 포장마차에서 말일세."

콧수염 아저씨도 그때 내가 괜한 걸 물었다고는 생각하지 않은 것 같다. 아빠한테서 전화가 걸려 온 건, 옆집 여자가 무사히 돌아온 다음 날 아침이었다. 제주도 지역 번호로 시작되는 번호가 아닌 아빠의 휴대폰 번호가 찍힌 전화였다. 이제 막 집으로 돌아와 몇 가지 챙겨 가는 중이라며, 아빠는 그동안의 과정을 길고 복잡하게 얘기하려 들었다. 참다못한 나는 결론만 얘기하라며 아빠를 재촉했다.

—아직 안심할 단계는 아니다만 많이 호전됐다. 이대로만 가준다

면 한 달 안에는 거기서 나올 수 있겠다는구나. 처음엔 호흡이 좀 안 좋았는데, 다행히 지금은 모든 수치가 다 정상으로 돌아왔다. 한시름 놨어.

나는 다행이라는 말과 함께 아빠에게 축하한다는 말을 전했다. 산모는 어떠냐고 물어보고 싶었지만 마땅한 호칭이 생각나지 않았다. '엄마', '새엄마', '애 엄마', 'ㄱ 여자', '술을 모르는 여사', '그분' 등등 많은 호칭이 스쳐 지나갔다. 결국 내 난처함을 알아차린 아빠가 애 엄마도 괜찮다, 하고 내가 물어보기 전에 먼저 말해 주었다. 아빠는, 이번 주 일요일에 제주도로 내려가겠다는 내 뜻을 조심스레 말렸다. 내가 온다고 해서 아이가 인큐베이터에서 더 빨리 나올 것도 아니고, 몸이 회복되려면 아직 멀었는데 내가 와 있으면 애 엄마가 불편해할 거라는 이유에서였다.

—침대에만 누워 있을 사람이 아니잖니.

그 대신 아빠는, 살이 좀 오르면 휴대폰으로 아이 사진을 찍어 보내 주겠다고 했다. 아직은 못생겨서 아무한테도 보여 주고 싶지 않다는 아빠의 농담 섞인 말에 아빠도 나도 모처럼 웃었다. 통화를 끝낸 나는 아빠에게 바로 문자를 보냈다.

돈 좀 부쳤어. 건강하게 오래 살아야 하는 거 알지? 그 녀석 장가가는 것도 보고 손주도 보려면 말이야. 많이도 아니고 딱 35년만 살아 줘. 지금 일러두는데, 우린 그 녀석 책임 못 져. 알았지? ㅎㅎㅎ.

아빠는 곧바로 답장을 해왔다.

여러모로 고맙다. 그래, 다들 행복하면 그걸로 된 거겠지. ㅎㅎㅎ. 네 언니한테는 당분간 얘기하지 마라. 괜히 걱정할라.

아빠의 문자에 행복이 묻어난 듯해서 나는 그제야 안심이 되었다. 콧수염 아저씨가 양미간을 찌푸리며 걱정스레 묻는다.

"왜, 상태가 많이 안 좋나?"

"아니요. 한 달 후면 건강하게 나올 수 있을 거래요."

"그거 참 다행이구먼. 그래, 그래야지."

콧수염 아저씨가 다행스럽다는 듯 고개를 끄덕이고는 맥주를 들이켠다. 그때 아저씨의 시선이 내 어깨 너머로 향한다. 아는 사람이라도 봤는지 아저씨의 눈이 휘둥그레진다.

"저 젊은인 빨래방에서 보던 그 젊은이 아닌가?"

"네?"

나는 아저씨의 시선을 따라 고개를 뒤로 돌린다. 낯익은 얼굴 하나가 아저씨와 내 곁으로 걸어온다. 남자였다! 머리띠를 착용하지 않아 머리는 풀어 헤쳐진 상태였다. 달라진 헤어스타일 때문에 처음에는 남자를 알아볼 수 없었지만, 가까이 다가오니 남자가 분명하다. 찢어진 청바지와 체크무늬 남방 차림의 남자. 저 머리와 저 옷차림은 좀 전까지 무대 위에서 기타를 치던 사람과 닮아 있다. 사실 맨 뒤에 서 있는 나로서는 무대와 밴드 멤버들을 제대로 보기는 어려웠다. 펄쩍펄쩍 뛰어 대는 앞사람에 가려서도 그랬고, 휘황하게 움직이는 조명 때문에도 그랬다. 가까이 다가온 남자가 인사말 대신, 긴가민가했었는데 오주 씨가 맞군요, 하고 말하며 나와의 뜻밖의 만남에 반가움을 표한다. 콧수염 아저씨가 먼저 알은체를 한다.

"빨래방에서 몇 번 본 기억이 있는데, 혹시 자네도 날 본 적 있나?"

남자가 그렇다고 대답한다.

"그렇군. 그럼 방금 무대 왼쪽에 서 있던 기타리스트가 자네였나?"

그렇다는 남자의 말에 콧수염 아저씨는 침이 마르도록 남자의 기타 실력을 칭찬한다.

"늙은 귀라 음악에 대해 잘은 모르지만, 오늘 공연 아주 좋았네. 내 이래 봬도 클럽 공연을 좀 쫓아다녀 봤거든. 근데 오늘 공연이 제일 인상에 남네그래."

"과찬이십니다."

"음, 아니네. 난 빈말 같은 건 안 하는 사람이야. 그렇지, 오주 처녀?"

"맞아요. 관람하는 내내 연주 실력 좋다고 그러셨어요."

남자가 나를 쳐다본다. 여느 때와 달리 남자의 표정은 밝아 보인다. 무대 위에서도 그랬던 것 같다. 콧수염 아저씨의 계속되는 칭찬이 부끄러웠는지 남자는 머리를 긁적인다. 그러면서 나에게, 그때 진 신세도 있고 하니 오늘은 자기가 술을 대접하겠다고 한다. 콧수염 아저씨가 그렇다면야 사양할 이유가 없지, 하고는 너털웃음을 짓는다. 화기애애한 웃음이 번져 가려던 그때, 저만치에서 한 사내가 걸어온다. 바지 주머니에 양손을 찔러 넣고 터벅터벅 걸어오는 모양새가 상당히 건방져 보인다. 사내가 한쪽 입꼬리를 추켜올리며 예의도 없이 우리들 틈에 끼어든다. 그러더니 뭐라고 지껄여 대기 시작한다.

"보기 좋다? 니 여자는 감옥에서 썩어 가고 있는데, 너는 그새 바람이냐? 어째 내가 오래간다 그랬다."

"좀 빠져 줄래. 내 손님들이야."

어금니를 깨물었는지 남자의 턱 근육이 톡 볼가져 나온다.

"순수네 순정이네 난리를 쳐댈 땐 언제고. 쯧쯧쯧."

"입 다물어라!"

"꼴통 새끼! 지가 잘났으면 얼마나 잘났기에. 끽해 봐야 살인자 애인밖에 더 돼?"

"입 닥치라 그랬다!"

"내가 뭐 틀린 말 했냐?"

참고 있던 남자의 주먹이 사내의 면상을 날린다. 남자의 주먹 한 방에 사내의 몸이 뒤로 나자빠진다. 좌중에 있던 여자들이 고함을 지른다. 이 새끼, 하면서 자리에서 일어난 사내가 남자의 멱살을 낚아 쥔다. 이에 질세라 남자의 발이 사내의 복부를 가격한다. 걷어차인 배를 움켜쥐며 사내가 또 한 번 뒤로 나자빠진다. 바닥에 쓰러진 사내의 몸을 남자가 잽싸게 덮친다. 남자가 사내의 배 위에 올라탄

다. 사내의 얼굴을 향해 주먹을 날리려는 남자. 술렁이는 사람들 사
이로 야유가 터져 나오자, 남자의 주먹은 사내의 귀를 스쳐 바닥으
로 비껴 떨어진다.

"너 오늘 운 좋은 줄 알아라, 이 새끼야!"

남자가 움켜쥔 멱살을 내려놓고 사내의 몸에서 일어난다. 자신에게
로 쏟아지는 수많은 시선을 견디다 못한 남자가 밖으로 뛰쳐나간다.

"아저씨, 잠시만요."

"어, 그래, 그래."

나는 들고 있던 하이네켄 병을 콧수염 아저씨에게 맡기고 남자를
뒤따라 나간다. 데자뷰 현상처럼 지하철역으로 사라지는, 찢어진 청
바지에 체크무늬 남방 차림의 남자를 쫓는다.

남자를 따라 지하철 환승역에서 내린다. 환승로를 지나 남자가 갈
아타는 지하철에 몸을 싣는다. 남자는 자기를 따라오는 나를 계속해
서 힐끔힐끔 쳐다본다. 대각선으로 마주 앉은 남자와 나. 드디어 시
선이 마주친다. 무엇에 놀라기라도 한 듯, 우리는 서로의 시선을 피
해 눈을 돌린다. 그러다 또다시 마주쳐 버린 시선. 남자가 먼저 참지
못하고 피식, 하고 웃어 버린다. 그러자 나도 따라 피식, 웃어 버린다.
남자와 나의 시선은 목적지에 다다를 때까지 엇갈릴 듯하다가 미묘
하게 마주치기를 반복한다. 예상대로 남자는 그때 그 역에서 내린
다. 남자를 처음 미행했던 그날처럼, 남자는 자신의 최종 목적지였던

그 벚꽃 길로 가려는 것이다. 이제는 분홍 벚꽃 길이라기보다는 푸른 벚나무 길이 돼 있을 것이다.

지하철 역사를 빠져나간 남자가 도로변을 걷는다. 나는 남자 뒤만 졸졸 따라간다. 벚나무 길 초입에 들어서자 남자가 가던 걸음을 멈춰 세운다. 남자가 뒤돌아 나를 쳐다본다. 나는 시선을 어디에 둘지 몰라 길바닥으로 눈을 돌린다. 그런데 갑자기 남자가 내 쪽으로 걸어오는 게 아닌가. 왜 이쪽으로 오는 거지? 나한테 한마디 하려 그러나? 왜 자꾸 따라오느냐고? 뒤돌아 가버릴까, 하고는 주춤대며 서 있는데 남자가 내 손을 덥석 잡아 쥔다.

"우리 저 끝까지 달려 볼래요?"

"네?"

"신나게 한번 달려 봐요."

"저기……"

내 손을 잡아끈 남자가 무작정 달리기 시작한다. 굳은살이 박인 남자의 손가락 끝들이 내 손에 만져진다. 나는 남자의 손에 이끌려 차량 통행이 뜸해진 밤의 아스팔트 위를 신나게 질주한다. 줄지어 서 있는 무성한 벚나무들이 질주와 함께 뒤로 물러난다. 끝까지 달려 보자더니 남자의 숨이 중간도 못 가서 헉헉댄다. 점점 느려지는 남자의 속도를 내가 앞질러 가자, 남자가 다시 속력을 낸다. 우리는 그렇게 앞서거니 뒤서거니 달린 끝에, 줄지어 선 벚나무 끄트머리에 다다른다.

남자가 숨을 헐떡이며 보도블록에 엉덩이를 걸치고 앉는다. 맞잡은 손에 의해 내 몸도 따라 움직인다. 강도 높은 질주가 힘들었는지 남자가 자신의 상체를 뒤로 젖힌다. 그러더니 보도블록에 그대로 누워 버린다. 가쁜 숨을 정리하기 위해 나도 남자처럼 바닥에 상체를 내맡긴다. 지나가는 사람 하나 보이지 않는 밤의 벚나무 길에는 남자와 나, 둘뿐인 것 같다.

　벚나무 사이로 밤하늘의 별들이 초롱초롱 빛난다. 봄이 물러간 밤공기는 차갑다기보다 시원하다. 헉헉대던 남자와 내 숨이 시원한 밤공기와 뒤섞여 점점 잦아들어 간다. 그제야 우리는 서로 맞잡았던 손을 가만히 놓는다. 잡을 땐 아무렇지 않았던 손이 떼고 나서야 부끄러워지는 이유는 뭘까. 남자도 나와 같은 생각이었는지 손을 놓자마자 헛기침을 해댄다.

　"미, 미안해요. 갑자기 달리자고 해서."

　남자의 목소리에서 미세한 떨림이 느껴진다.

　"아니에요. 달리고 나니까 가슴이 뻥 뚫리는 게 좋은데요. 밤공기도 시원해서 좋고요. 길바닥에 누워 보는 건 태어나 처음인 거 같아요."

　"나쁘진…… 않죠?"

　"재밌는데요. 누가 우릴 봐줬으면 좋겠어요."

　"그럼 우리…… 누가 봐줄 때까지 계속 이렇게 누워 있을까요?"

　"좋아요."

　남자가 긴 한숨을 조용히 뱉어 낸다.

"근데…… 이렇게 뛰쳐나와도 돼요? 아직 공연 중이잖아요."

"그러게요. 근데 저 하나 없다고 어떻게 되진 않을 거예요. 아마 그 자식은 저 없이 공연하는 걸 더 좋아할걸요."

"그 사람하고는 원래 사이가 좀 안 좋았나 봐요."

"일종의 텃세 같은 거죠. 자기가 최고인 줄 알았는데, 제가 들어오면서 그게 아니라는 걸 안 것 같기도 하고요. 모든 관심이 저한테로만 쏟아지니까 화가 났던 모양이에요. 공연 끝나고 나면 어떤 식으로든 시비를 걸어오더라고요."

"못된 사람이군요."

"그렇게 나쁜 놈은 아닌데, 나이가 같다 보니……."

남자가 말을 하다 말고 내 쪽으로 고개를 돌린다. 나도 고개를 돌려 남자를 쳐다볼까 했지만, 눈이 마주치면 서로 곤란해질 것 같아 관둔다. 남자가 약간 장난기 섞인 목소리로 묻는다. 미세하게 떨리던 목소리는 이제 가라앉고 없다.

"근데 오늘은 왜 안경 안 썼어요?"

"아, 그게……."

뭐라고 말해야 남자에게 또 웃음을 안겨 줄 수 있을까. 생각 끝에 나는 이렇게 대답한다.

"실은…… 라식을 해버렸거든요."

"네?"

"라식 몰라요? 하고 났더니 정말 편하고 좋은 거 있죠. 진작 해버릴 걸 그랬어요."

남자가 푸웁, 하고 웃는다. 그러더니 하하하, 하고 벚나무 길이 떠나
가도록 웃는다. 채 웃음기가 가시지 않은 목소리로 남자가 말한다.

"오주 씨 덕분에 오늘 웃어야 할 양은 충분히 웃은 거 같네요."

"그렇다니 저도 기분 좋은데요. 왠지 비타민이 돼준 거 같아서요.
근데 오늘 그쪽은 왜 머리띠 안 했어요?"

"아, 그게…… 부러졌어요. 너무 오래 써서……."

"머리띠 안 한 머리도 나름 괜찮은데요."

"그래요? 오주 씨도 안경 안 쓴 얼굴도 나름 괜찮아요."

"칭찬인가요?"

"글쎄요?"

서로 가볍게 웃는 사이 저쪽에서 누군가가 걸어온다. 우리는 들켜
서는 안 될 걸 들켜 버린 사람들처럼 동시에 자리에서 일어난다. 지
나가는 사람이 우리를 이상한 눈으로 쳐다본다. 나는 작은 목소리로
남자에게 말한다.

"미친 사람들처럼 보였나 봐요."

"그러게요."

우리는 몸에 묻은 흙먼지를 털어 내며 달려왔던 길을 되돌아간다.
남자와 나는 서로의 보폭에 보조를 맞추며 보도블록을 따라 걷는
다. 벚꽃이 만발하게 피어 있었다면 더 좋았을 거란 생각이 든다. 걷
다 보니 의도하지 않게 남자와 나 사이엔 긴 침묵이 끼어든다. 그 침

묵을 깨려는 듯, 자동차 한 대가 쌩 하고 지나간다. 무슨 말이든 해야 할 것 같아 내가 먼저 입을 뗀다.

"이제 여름인가 봐요."

"그러게요."

"올봄은 유난히 짧았던 거 같아요."

"그러게요. 근데…… 안 물어보세요?"

"뭘요?"

"궁금하잖아요, 제 얘기."

맞다. 궁금했다. 아니 궁금해 미칠 지경이었다. 남자의 그녀가 왜 감옥에 있다는 건지, 무슨 죄를 지었기에 거기에 있다는 건지, 무척 이나 궁금했다.

"맞아요, 감옥에 있다는 거……."

나는 남자의 옆얼굴을 쳐다본다.

"근데 살인자는 아닐 거예요. 아니라고 생각해요, 저는……."

"어쩌다……."

"글쎄요. 어쩌다 그렇게 돼버렸는지……."

"누명이라도 썼다는 말이에요?"

"그걸 누명이라고 해야 하는 건지도 잘 모르겠어요."

그렇다면 남자의 그녀는 감옥에서 영영 돌아오지 못할 수도 있는 걸까. 왜 이런 못된 생각이 드는지 나조차도 모르겠다. 남자의 말이 이어진다.

"두 집에서 노인들이 살해됐는데, 수진이 지문이 그 집에서 나왔다나 봐요."

수진이······. 남자가 '수진'이라고 그녀의 이름을 부르는 순간, 남자와 그녀 사이에 놓인 단단한 끈이 느껴졌다. 그것은 누구도 감히 비집고 들어갈 수 없는 틈 같아 보였다.

"정말 이해할 수 없는 일이에요. 형사들이 추정한 사건 발생 시간에 수진이는 분명 저하고 있었어요. 근데 그 사실을 증명해 줄 만한 알리바이를 대지 못했어요. 아니, 댔는데 믿어 주지 않았어요. 믿어 주기는커녕 저를 공범으로 몰아가더군요. 단독 범행이라고 보기엔 무리가 따른다면서요."

"어떻게 그런 일이······."

"둔기로 머리를 쳐 죽이고는 현금만 훔쳐 달아났다나 봐요."

"지문 말고 다른 단서는요?"

"없었어요."

"그럼, 풀려날 가망은 아예 없는 거예요?"

"현재로선······."

"그래도 정황이라는 게 있잖아요."

"아무도 우리 얘긴 믿어 주지 않아요. 물증만이 진실로 통할 뿐이에요."

"도용 같은 것도 있잖아요. 뭐든 만들어 내는 세상인데, 그깟 지문 하나 못 만들어 내겠어요?"

"변호사도 그런 얘길 하더군요. 근데 똑같은 지문이 있을 수 있는 거 아니냐는 제 말에는 회의적이었어요."

"그래서 그때 그런 걸 물었었군요."

"아직 지문 등록이 안 된, 그러니까 미성년자의 지문과 수진이의 지문이 같을 수도 있지 않을까요?"

"그러잖아도 주변분들한테 물어봤어요. 다들 똑같은 지문이 어딘가엔 있을 거라고 생각하더라고요."

"정말로요?"

"네."

"왠지 힘이 나는데요. 제 주변 사람들은 수진이가 정말로 그런 짓을 저질렀다고 생각하는 것 같아요. 겉으로 표현은 안 하지만, 절 쳐다보는 표정들이 그래요. 근데 더 큰 문제는 수진이에요."

"왜……."

"며칠 전에 면회를 갔는데, 이제는 수진이까지 이상한 말을 하더라고요. 요즘은 진짜로 자기가 그 노인들을 죽인 게 아닌가, 하는 의심이 든다고요. 해놓고도 자기가 기억 못 하는 건지도 모르고, 일부러 그 기억을 지워 버린 건지도 모른다면서요. 일주일 간격으로 벌어지던 일이 자기가 잡혀 들어온 뒤부터 발생하지 않은 것도 이상하다고 했어요. 그러면서 앞으로 면회도 오지 말라는 거예요. 풀려날 가능성을 스스로 포기한 것 같아 화가 났어요."

그래서 그날 빨래방 세탁기를 걷어차고 술을 마시고 그랬던 거예요, 하고 나는 속으로 물어본다.

"왜 이런 일이 우리한테 일어났는지 모르겠어요."

"……."

"그 일만 아니었다면 지금쯤……."

남자의 말이 다 이어지지 못하고 끊긴다. 한동안 말이 없는 남자의 눈가가 촉촉해진다. 위로가 필요해 보이는 남자에게 무슨 말이든 해줘야 할 것 같아 입을 열어 보지만, 막상 말은 나오지 않는다. 누군가를 위로할 때 가장 좋은 방법은 즉흥에 맡기는 거라던 옆집 여자의 말이 생각난다. 내가 택한 즉흥은 말보다 행동이 된다. 내 손이 남자의 손 쪽으로 움직인 것이다. 그러나 남자의 손에 가 닿으려던 손은 결국 멈칫대다 뒤춤으로 감춰지고 만다.

"수진이는 4월의 이 벚꽃 길을 참 좋아했어요. 특히 분홍 꽃잎이 하나둘 떨어지기 시작하는 밤의 벚꽃 길이요. 봄밤에 내리는 눈 같다면서요. 보고 싶어 할 것 같아 휴대폰으로 동영상을 찍어 간 적도 있었는데……."

나는 속으로 알아요, 하고 말한다.

"그래서 보여 줬어요?"

"그걸 보고 나더니 나가고 싶댔어요. 그때까지만 해도 의욕적이었는데……."

"그럼 빨래방에 오게 된 것도 수진 씨의 부재 때문이었군요."

"어리석게도 그때는 9번 세탁기를 수진이라고 생각하고 싶었던 것 같아요. 그 상실감을 무엇으로든 채워 넣어야 했으니까요. 물론 지금도 마찬가지지만요. 저 바보 같죠. 한낱 기계일 뿐인데……."

"그 맘 이해해요."

애써 웃음을 지으려는 남자. 잡아 주지 못한 손을 대신해 나는 남자에게 위로가 될 말을 던진다.

"저기, 너무 쉬운 말 같지만 그냥 시간에 맡겨요."

"갈수록 더 힘들어질 뿐인걸요."

"누가 그랬는데요, 이 세상엔 영구적이고 불변하는 건 하나도 없대요. 삼라만상 모두 변해 가는데 절대로 변하지 않는 게 딱 하나 있대요. 그게 뭔지 알아요?"

"글쎄요."

"과거요."

"과거라……. 듣고 보니 정말 그렇네요."

"수진 씨가 결백하다면 아무리 시간이 흘러도 그 진실은 변하지 않을 거예요. 변하지 않는 건 언젠가 그대로 드러나게 돼 있어요."

"정말로 그럴까요?"

"그럼요."

남자가 말없이 밤하늘을 올려다보며 긴 한숨을 토해 낸다. 어느새 우리는 벚나무 길 초입에 다다른다. 잠시 멈춰 선 우리는 서로의 눈치를 살핀다. 지금 집으로 돌아간다 해도 잠은 오지 않을 것이다. 괜찮으면 다시 뒤돌아 걷자는 내 제안에 남자는 흔쾌히 고개를 끄덕인다. 남자도 아직은 돌아가고 싶지 않은 모양이다.

우리는 서로의 보폭에 보조를 맞춰 가며 뒤돌아 걷는다. 걷는 동안 내 입에서는 자연스레 술을 좋아했던 엄마 얘기가 흘러나온다. 그리고 미국으로 가버린 언니 얘기와 술을 모르는 여자와 결혼해 제주도로 가버린 아빠 얘기와 아무한테도 해준 적 없던 인큐베이터 속 아이 얘기까지 나온다. 그러다 마지막으로 내 불면증과 잠이 안 오는 내게 불어로 된 책을 읽어 줬던 그, 그러다 지쳐 프랑스로 가버린, 파를 싫어했던 그에 대해서도 얘기한다. 남자는 밤하늘의 별처럼 무수히 쏟아지는 내 얘기를 가만히 들어 주기만 한다.

벚나무 길을 몇 번이나 왕복해 걸었는지 모른다. 지나가는 차도 지나가는 사람도 이제는 보이지 않는다. 밤하늘의 어둠은 더 깊어졌고, 별들은 어둠의 깊이만큼 반짝반짝 빛나고 있었다. 우리는 미루고 미뤄 왔던 벚나무 길 초입에 다시 다다른다. 헤어지는 게 아쉬웠는지, 남자가 내게 언제 또 볼 수 있겠느냐고 조심스레 물어 온다. 나는 말끝을 흐리며 대답한다.

"내일 토요일이니까 빨래방에서 보면……."

"내일은 제가 일이 좀……. 그럼 내일이 아니더라도 언제든 빨래방에서 봐요, 우리."

남자의 '우리'라는 표현이 나쁘지 않게 들리는 밤이었다. 남자의 말에 고개를 끄덕이자 남자가 확인차 물어 온다.

"불면증 있댔죠?"

"아, 네."

"그럼 제일 잠이 안 오는 요일 같은 것도 있나요? 그러니까……."

무슨 말을 하려는 걸까.

"저는 금요일만 되면 이상하게 잠이 잘 안 오더라고요. 혹시 오주 씨도 그런 게 있나 해서요."

"저는 매일매일이 금요일인걸요."

"저런."

"그래도 남들이 생각하는 것만큼 그렇게 힘들진 않아요."

"그럼 다음 주 금요일 새벽에 빨래방에서 보는 건 어때요? 저번에 진 신세도 그렇고, 뭐든 하나는 해주고 싶어서요. 불어로 된 책을 읽어 줄 순 없겠지만, 밤새 말동무는 해줄 수 있거든요. 새벽 두 시 어때요?"

거절할 이유가 없는 나는 웃어 보이는 것으로 대답을 대신한다.

16

그러나 일주일은 너무나 더디게 지나갔다. 아마 내 생애 가장 길고 지루한 일주일이 아니었나 싶다. 설렐 거 하나 없는 근무시간은 악몽처럼 다가왔고, 나를 그 악몽에서 벗어나게 해준 건 기다림에 대한 달콤한 상상들뿐이었다.

17

그리고 맹물 같은 일주일은 내게 빨래만을 남겼다.

빨래 바구니는 자릿내 나는 빨래로 넘쳐 난다. 일주일 넘게 빨래 방에 가지 않은 탓이다. 나는 바구니에서 당장 빨아야 할 옷과 남자에게 내보여도 상관없는 옷들만 추려 낸다. 첫 번째로 속옷이 남겨지고 두 번째로 후줄근한 추리닝 따위들이 남겨진다.

금요일이 되기 전까지 미치한테서는 두 번의 문자가 왔다. 왜 빨래방에 오지 않느냐는, 그래서 무슨 일 생긴 거 아니냐는 걱정 섞인 문자였다. 나는 두 번의 미치 문자에 두 번 다 야근 핑계를 대고 말았다. 누군가가 좋아지기 시작한다거나, 새로운 누군가가 생기게 되면, 사람들은 자기도 모르게 거짓말을 하게 된다. 젊은 교수를 좋아하기 시작할 무렵의 언니가 그랬고, 술을 모르는 여자를 알게 될 무렵의 아빠가 그랬고, 한때의 그와 내가 그랬다. 그리고 지금의 내가 그러는 중이었다. 정시에 퇴근해 집에 돌아온 나는, 오늘은 야근 중이라 빨래방에 못 갈 것 같아요, 하고 미치에게 두 번이나 거짓말을 하고 만 것이었다. 미안해요, 미치. 근데 그거 알아요? 이게 다 미치 때문이라는 거요. 나는 적당량의 빨랫감을 봉지에 담아 현관문을 나선다. 금요일 새벽에 빨래방에 가는 건 이번이 처음이다.

새벽 두 시를 달리는 차들은 냉정하고 빠른 속도로 도로를 질주한다. 쌩쌩거리며 달리는 도로 위의 차 너머로 남자의 뒷모습이 보인다. 빨래방을 향해 걸어가는, 맞은편 인도 위의 남자. 남자는 손에 빨래 봉지를 들고 있고, 어깨에는 통기타를 메고 있다. 반가운 마음에 소리 내 부르려는데 소음을 동반한 오토바이 한 대가 쌩, 하고 지나간다. 도로를 사이에 두고 걸어 보는 것도 나쁘지 않을 것 같아 나는, 남자가 이쪽을 건너다볼 때까지 말없이 걷기로 한다. 그러나 아무리 걸어도 길바닥으로 향해 있는 남자의 시선은 그 이상 벗어나지 않는다. 이렇게 가다간 빨래방에 도착할 때까지 남자가 내 쪽을 바라보게 될 일은 없을 것 같다. 하는 수 없이 나는 건너편 남자를 향해 손을 흔든다. 그래도 고개를 들지 않자 저기요, 하고 크게 외쳐 보기까지 한다. 소리를 찾아 고개를 두리번거리던 남자가 그제야 도로 건너편에 서 있는 나를 발견한다. 남자는 차가 오지 않는 도로를 확인하고는 내게 빨리 건너오라고 손짓을 한다. 한달음에 달려온 내게 남자가 해온 첫 물음은, 정말로 잠이 안 오느냐는 것이었다. 새벽녘에 불러낸 게 남자는 못내 신경 쓰이는 모양이었다.

"제 눈 말똥말똥한 거 안 보이세요? 근데 왜요?"

"너무 늦은 시간 아닌가 싶어서요."

"저한테는 초저녁이나 마찬가지예요."

"그렇다면 다행이고요. 배고프죠? 컵라면 먹을래요? 아니면 맥주?"

"둘 다는 안 돼요?"

"물론 되죠."

남자가 예의 덧니를 드러내며 웃는다. 편의점에 들렀다 가겠다는 남자를 대신해, 나는 남자가 들고 있던 빨래 봉지와 통기타를 뺏어 들고 먼저 빨래방으로 향한다.

새벽 두 시의 빨래방은 조용하다. 돌아가는 세탁기는 3번 세탁기 한 대뿐이다. 3번 세탁기의 주인마저 자리를 비우고 없는 터라 빨래방에는 나 말고 없다. 나는 우선 남자의 몫까지 넉넉히 동전을 교환한다. 남자가 라면과 맥주를 사 들고 온다면 빨래방비는 내가 내도 될 것이다. 동전 교환이 거의 끝나 갈 무렵, 남자가 두 개의 컵라면과 네 개의 캔 맥주를 들고 들어온다. 캔 맥주가 든 검정 비닐봉지에는 미치가 좋아하는 맥스봉 소시지 네 개가 들어 있다.

"그 소시지는……."

"조미치 씨가 좋아하는 소시지 맞죠? 어떤 맛인지 궁금해서요."

남자에게도 저런 면이 있었다니. 엉뚱하게 다가온 남자의 매력에 웃음이 나온다. 어쩌면 저 모습이 우울의 이면에 자리한 남자의 진짜 모습일지도 모른다. 남자와 나는 컵라면이 익어 가는 동안 각자의 빨래를 각자가 선택한 세탁기에 넣는다. 역시나 남자는 9번 세탁기다. 동전을 넣고 막 세탁기를 돌리려는데 남자가 내게 조심스레 물어온다.

　"저기, 잠깐만요. 빨래가 많지 않으면 한데 넣는 건 어때요?"

　"네?"

　"두 대씩이나 돌리면 돈이 아깝잖아요. 대신 건조비는 제가 댈게요."

　말없이 고개를 끄덕이자 남자는 9번 세탁기에 넣어 둔 자신의 빨래를 내 세탁기로 옮긴다. 남자의 빨래가 처음으로 9번이 아닌 8번 세탁기에서 돌아간다. 세제 거품과 함께 남자의 빨래와 내 빨래가 한데 뒤엉킨다. 우리는 나란히 8번 세탁기 앞에 앉아 컵라면을 먹기 시작한다. 건져 올린 면발 위로 김이 올라오자 안경알 없는 안경 생각이 난다.

　"라식 하니까 정말 좋네요. 귀찮게 안경 같은 거 벗지 않아도 되고요."

　"하하하. 정말 능청스러운 거 알아요?"

　"그래요?"

　"아주 많이요."

　남자가 캔 맥주 하나를 따 물 대신 마시라며 건넨다. 뜨거운 라면 뒤에 들어간 한 모금의 시원한 맥주가 가슴을 상쾌하게 씻어 낸다.

컵라면과 캔 맥주가 선사하는 이 소소한 행복. 소비의 진정한 행복은 몇십억 원의 빌라가 아닌, 단 몇천 원의 이 컵라면과 캔 맥주에 있는지도 모른다. 그 옆에 풋사과 같은 관계 하나가 놓여 있다면 그 행복은 배가 될 것이다. 하지만 남자의 그녀, 수진이란 여자를 생각하자 가슴 한쪽이 복잡해진다. 언니하고는 경우가 다르다 해도, 남의 것에 손을 대고 있는 건 마찬가지니까. 세상에 남의 걸 훔쳐 행복해지는 사람은 별로 없다. 당장은 행복할지 몰라도 시간이 흐르고 흐르면 행복은 얇은 종잇장이 돼버리기 마련이다. 그렇다고 언니가 불행해질 거란 생각은 아니었다. 물론 언니의 불행을 바라는 것도 아니었다. 바람직한 선택은 아니었다 해도, 나는 언니만은 '별로'에 속했으면 좋겠다. 사랑 못지않게 이기적인 건 가족이니까.

라면 국물이 바닥을 드러내고 캔 맥주 하나가 다 비워지는 사이, 주인 없이 돌아가던 3번 세탁기가 종료 음과 함께 멈춘다. 그 종료음이 무슨 시작 신호라도 되는 것처럼 남자가 기타 케이스를 연다. 포개어 올린 허벅지 위에 기타를 내려놓은 남자가 듣고 싶은 노래 없어요, 하고 물어 온다.

"어떤 곡이든 다 가능해요?"

"제가 아는 선에선 얼마든지요."

남자가, 선곡의 고민에 빠져 있는 나를 지그시 쳐다본다. 남자의 시선이 부담스러워 얼른 말한다는 게 이거다.

"아무거나요."

"아무거나라……."

남자는 한참을 생각하더니 사이먼 앤 가펑클의 「April come she will」을 기타로 연주한다. 그 곡은 나도 무척이나 좋아하는 곡이다. 저 곡을 듣고 있으면 온몸에 봄이 그대로 전해지는 느낌이 든다. 그래서 오래오래 듣고 싶은 곡인데, 한편으론 너무 짧아 들을 때마다 매번 아쉬움을 남기는 곡이기도 하다. 정말 봄날처럼 왔다가 봄날처럼 가버리는, 가사와 멜로디와 음색은 물론 길이까지, 봄날을 쏙 빼닮은 그런 곡이다. 한차례 연주를 끝낸 남자가 이번엔 기타 연주와 함께 직접 노래까지 불러 준다. 남자와 내가 기타 선율에 빠져 있는 사이 3번 세탁기의 주인으로 보이는 한 청년이 빨래방으로 들어온다. 들어올 타이밍을 잘못 잡았다고 생각했는지 청년이 움칫한다. 그러더니 3번 세탁기에서 조용히 빨래를 빼 들고는 빨래방을 나가 버린다. 청년은 우리를 방해해서는 안 된다고 생각했던 것 같다.

청년이 나가고 빨래방에는 오롯이 남자와 나만 남는다. 그 뒤로도 봄에 어울리는 곡은 계속해서 이어진다. 그리고 여름에 어울리는 곡이 오고, 가을이 오고 겨울이 온다. 진짜 겨울이 올 때쯤이면 남자와 나는 어떻게 돼 있을까. 남자의 그녀, 수진이란 여자는 또 어떻게 돼 있을까. 아니, 그딴 건 알고 싶지도 않고 궁금하지도 않다. 살아 보지 않은 시간은 기다리는 수밖에 다른 방법이 없다. 아낌없이 시간을 투자한다고 해서 그 시간이 빨리 오는 것도, 그렇다고 늦게 오는 것도 아니잖은가. 콧수염 아저씨의 말처럼, 우리가 할 수 있는 건 그 순간을 살아가는 것뿐이니까.

기타 연주로 사계절을 만끽하는 동안 우리의 빨래도 겨울로 치닫는다. 종료 음이 울리자 나는 자리에서 일어나 건조기로 빨래를 옮긴다. 잠시 기타를 내려놓은 남자가 바지 뒷주머니에서 지갑을 꺼낸다. 자기가 한 약속대로 건조비를 대려는 것이다. 나는 남자보다 먼저 동전 투입구에 동전을 넣어 버린다.

"멋진 공연 보여 준 보답이에요."

"할 수 없네요. 그럼 더 멋진 공연으로 보답하는 수밖에요."

남자가 다시 기타를 들고 자리에 앉는다. 남자의 기타에서 처음 들어 보는 선율이 흘러나온다.

"그건 좀 낯서네요. 무슨 노래예요?"

"제 자작곡이에요."

"아, 정말요?"

"제목은 「옷이 마르는 동안」이에요."

"제목 좋은데요."

전주에 이어 남자의 입에서 노랫말이 흘러나온다. 남자가 말은 안 했지만, 나는 눈치로 알 수 있었다. 이 노래는 남자가 수진이란 여자를 위해 만든 거라는 걸. 어쩌면 남자는, 그녀가 자기 빨래를 해주는 동안 기타 연주와 함께 늘 이 곡을 들려 줬는지도 모른다. 나는 남자가 그녀를 생각하며 지었을 노랫말을 들으며 그런 그들의 모습을 상상해 본다. 나와 같은 상상에 빠져들기라도 한 걸까. 다른 곡을 연주할 때와 달리 남자의 입가엔 어느새 미소가 번져 든다. 그런 남자의 마음속에는 이미 그녀를 닮은 세탁기 한 대가 들어와 있는 듯하다. 생각만으로도 남자를 미소 짓게 만드는 여자라니. 나도 남자에게 그런 세탁기가 돼줄 수 있을까. 우울의 때와 짙은 슬픔의 때를 벗겨 내고, 축축하게 젖어 있는 남자의 심장까지 건조해 줄 수 있는 그런 세탁기. 내 눈은 빙글빙글 돌아가는 건조기로 돌아간다. 「옷이 마르는 동안」이라는 곡과 함께 우리의 빨래도 건조기에서 조금씩 말라 간다.

남자의 자작곡 연주가 끝나자 나는 가벼운 박수를 쳐준다. 그러고는 봉지에 든 소시지를 꺼내 남자에게 건넨다. 남자가 비닐 포장을 벗겨 소시지를 한 입 베어 먹는다.

"이거 생각보다 꽤 맛있네요. 조미치 씨가 이래서 이걸 입에 달고 다녔군요."

"하하하하."

"왜 웃으세요?"

"아니에요."

남자가 처음으로 나를 박장대소하게 만드는 순간이었다. 나는 웃음으로 벌어진 입 사이로 미치 표 소시지를 벗겨 먹는다. 아쉽게 흘러가는, 남자와 나만의 깊고 고즈넉한 밤이다.

18

근무를 마치고 병원에 다녀오는 길이다. 열람과장이 병원에 입원을 했다. 아파트 계단을 내려오다 굴러떨어져 팔다리가 부러진 사고였다. 팔다리에 깁스를 한 채 누워 있는 열람과장은 매우 수척해 보였다. 과장은 그때 가름끈 용의자에게 퍼부은 악담이 자기한테 돌아온 게 틀림없다며, 나한테도 말조심할 것을 당부했다. 사람 일이란 정말 알다가도 모를 일이었다.

병문안을 하고 집에 돌아오자마자 나는 빨래방으로 향했다. 가는 길에 편의점에 들러 미치가 좋아하는, 통통한 치즈 맛 소시지 열 개를 샀다. 오늘은 미치에게 내기에 관한 결과 보고를 할 참이었다. 그런데 왜 소시지를 샀는지는 나도 잘 모르겠다.

출입문을 열고 빨래방 안으로 들어간다. 너무 늦게 왔는지 미치는 보이지 않는다. 콧수염 아저씨와 구도 아저씨는 이제 막 빨래를 끝내고 나가려는 참이었다. 나는 아저씨들에게 묻는다.

"미치는요?"

"우리도 기다리다 가는 길이라네. 무슨 일인지 미치 처녀가 오늘은 좀 늦네."

남자를 따라 나갔던 그때 그 일에 대해 내게 물어볼 법도 하건만, 콧수염 아저씨는 밤길 조심하라는 말만 남기고 빨래방을 나선다. 두 아저씨가 나가고 없는 빨래방에는 온통 모르는 사람들뿐이다. 만화책을 보고 있는 청년, 자판기 커피를 뽑아 마시며 수다를 떠느라 정신없는 여대생들, 테트리스 오락에 빠져 있는 중년의 남자와 외국인 유학생으로 보이는 노랑머리의 청년들까지, 모두 낯설다. 건조기 앞에는 얼굴이 검게 그을린, 30대 초반의 한 남자가 앉아 있다. 한눈에 봐도 먼 길을 걸어온 듯한 게, 여행자처럼 보인다. 그 여행자 옆에는 개 한 마리가 피곤한 듯 눈을 감고 누워 있다. 빨래방에 오는 시간대를 달리하면 늘 이렇게 낯선 사람들을 만나게 된다. 동전 교환을 마친 나는 비어 있는 9번 세탁기에 빨래를 넣고 돌린다. 남자는 오늘 빨래방에 오지 않을 거라고 했다. 이유를 물었지만 남자는 선뜻 대답해주지 않았다.

9번 세탁기 앞에 다리를 꼬고 앉은 나는 휴대폰을 꺼내 미치에게 문자를 보낸다.

지금 빨래방이에요. 할 얘기가 있어요. 빨리 오세요.

미치에게 답장이 오기를 기다리며 텔레비전으로 무료해진 시선을 옮긴다. 건조가 다 끝났는지 건조기 앞에 앉아 있던 여행자가 자리에서 일어난다. 여행자의 건조기에서 배낭과 얼마 되지 않은 옷가지들이 나온다. 여행자의 개는 여전히 두 눈을 감은 채 꿈쩍도 않는다. 입이 심심해진 나는, 미치에게 주려고 사 온 치즈 맛 소시지 하나를 꺼내 비닐 포장을 벗긴다. 한 입 베어 먹는데, 자고 있던 여행자의 개가 코를 킁킁거리며 눈을 뜬다. 개 코를 달리 개 코라 부르는 게 아니었다. 급기야 자리에서 일어난 녀석이 내 쪽으로 느릿느릿 걸어온다. 녀석의 입가에 고인 침은 금방이라도 흘러내릴 태세다. 그냥 지나치기가 뭐해, 나는 한 입 베어 문 소시지를 녀석에게 들이민다. 배가 고팠는지 녀석은 씹지도 않고 바로 삼켜 버린다. 나는 소시지 하나를 더 꺼내 비닐을 벗긴다. 배낭 안에 옷과 소지품을 챙겨 넣던 개의 주인이 난처한 표정으로 나를 쳐다본다.

"죄송합니다. 와조! 그러면 못써."

"괜찮아요. 이름이 와조예요? 배가 많이 고팠던 모양이에요."

녀석은 두 번째 소시지도 단번에 삼켜 버린다. 나는 계속해서 소시지 포장을 벗겨 녀석의 입에 대준다.

"여행 중이신가 봐요?"

"아, 네."

"이 녀석도 같이요?"

"네."

"많이 지쳐 보이는데, 힘들겠어요."

"앞이 안 보여요, 그 녀석."

"네?"

놀란 나는 녀석의 눈을 들여다본다. 눈도 보이지 않는 개를 데리고 무슨 여행을 한다는 건지 이해할 수 없었다. 갑자기 알 수 없는 측은함이 몰려왔다. 보이지 않는 눈으로 소시지 냄새를 맡고 나한테 걸어왔다는 사실에 더 그랬다. 안아 주고 싶다는 생각이 들었다. 아니, 그래야 할 것만 같았다. 한번 안아 봐도 되느냐는 내 조심스러운 물음에 주인이 고개를 끄덕인다. 나는 건강하라는 말과 함께 녀석의 목을 꽉 끌어안아 준다. 그런 다음 소시지 두 개를 더 벗겨 녀석의 입에 넣어 준다. 여행자는 그런 내게 거듭 고마움을 표한다. 갈 길이 바쁜 듯, 여행자가 녀석의 목줄을 잡아당긴다.

"가시게요?"

"이 녀석, 많이 피곤할 거예요."

여행자와 여행자의 개가 빨래방을 나선다. 나는 녀석의 머리를 한 번 더 쓰다듬어 주는 것으로 작별 인사를 대신한다. 짧은 만남이 아쉬워, 나는 빨래방 출입문까지 그들을 따라 나간다.

"잘 가, 와조*."

자기 이름이 들어간 내 인사말 때문인지 녀석이 뒤돌아 나를 쳐다

232

본다. 어둠 속으로 사라지는 그들의 뒷모습은 왠지 쓸쓸해 보인다. 무슨 사연인지는 모르지만 그들의 여행이 건강하게 잘 끝났으면 좋겠다는 생각이 든다.

기다려도 미치한테서는 답장이 오지 않는다. 다시 문자를 해볼까 하다가 통화 버튼을 누른다. 미치의 휴대폰에서는 통화연결음 대신 전원이 꺼져 있다는 멘트만 흘러나온다. 무슨 일이 생긴 건가. 고민 끝에 나는, 남아 있는 다섯 개의 소시지를 들고 자리에서 일어난다. 미치는 빨래방 건너편에 있는 오피스텔에 산다고 했다. 2층이라고 했고 왼쪽에서 다섯 번째인 집이라고도 했던 것 같다. 현재로선 창문으로 새어 나오는 불빛은 없다. 집에 없는 게 아닌가 싶기도 하지만, 그래도 일단 가보기로 한다.

횡단보도를 건너 미치의 오피스텔 입구로 들어간다. 그 전에 나는 우편함부터 확인한다. 2층에서 다섯 번째 집이면 205호가 되려나? 205호 우편함에는 두 개의 우편물이 꽂혀 있다. 미치가 사는 데가 맞긴 맞는지, 우편물에는 모두 '조미치'라는 이름 석 자가 찍혀 있다. 우편물을 챙겨 들고 계단을 밟아 2층으로 올라간다. 205호 현관 앞에는 오늘 자 신문이 그대로 놓여 있다. 또 부산 집에 내려갔나? 나는 신문을 집어 들고 벨을 누른다. 응답이 없자 현관문에 귀를 바짝

---

* 이 개와 이 개의 주인에 관한 사연은 장은진의 장편소설 『아무도 편지하지 않다』에서 만나 볼 수 있다.

대본다. 다시 벨을 눌렀지만 역시나 반응은 없다. 돌아갈까, 하고는 발길을 돌리려는데 현관 번호 키가 눈에 들어온다. 지난번 통화했을 때 숫자 4를 좋아한다던 미치의 말이 생각난다. 다른 사람들이 모두 차지해 버려서 4밖에는 좋아할 숫자가 없다던 미치는, 그래서 현관 비밀번호도 4444라고 했었다. 나는 번호 키 덮개를 위로 올리고 숫자 4를 연속해서 네 번 눌러 본다. 확인 버튼을 누르자 띠리리릭 소리와 함께 잠금장치가 거짓말처럼 풀린다. 순간 가슴이 뜨끔하다. 남의 집에 뭘 훔치러 들어가는 것도 아닌데, 내 눈이 주변을 의식한다. 현관으로 들어선 나는 얼른 미치부터 부른다. 아는 사람 집에 찾아온 것뿐이니 오해하지 말아 달라는, 내 양심에 전하는 부름이었다.

"미치, 안에 있어요?"

신발을 벗고 안으로 들어간다. 미치의 신발장 위에는 손잡이가 달린 투명한 컵이 놓여 있다. 컵 안에는 동전들이 꽉 들어차 있다. 간간이 십 원짜리도 보이는 게, 추려 내면 꽤 많은 십 원짜리가 나올 것 같다. 어딜 가나 사람 사는 모습은 다 거기서 거기란 생각에 웃음이 나온다.

"미치, 저 왔어요."

내부 공간은 회사 사무실처럼 파티션으로 나뉘어 있다. 창가 블라인드는 내려져 있고, 파티션 너머로 스탠드 불빛이 희미하게 새어 나오고 있었다. 나는 형광등 스위치를 올린 다음 파티션 안으로 고개를 들이민다. 침대 위에 이불을 뒤집어쓴 채 누워 있는 미치가 보인다. 가만히 이불을 걷어 내자 벌게진 미치의 얼굴이 드러난다.

"미치, 어디 아파요?"

미치가 힘겹게 눈을 뜬다. 형광등 불빛이 눈에 부셨는지 눈가를 찡그린다.

"누구……."

"저예요."

"어, 오주……."

목소리에 기운이 하나도 없다.

"문자에 답장도 없고 휴대폰도 꺼져 있기에 걱정돼서 와봤어요."

"아, 그래. 근데 비밀번호는 어떻게 알고……."

"저번에 통화할 때 숫자 4를 좋아한다면서 말해 줬잖아요."

"내가 그랬던가?"

"어디 아파요?"

"죽을 맛이야."

미치의 이마에 손을 대본다. 이마가 펄펄 끓는다.

"혹시 신종플루 아니에요?"

"왜, 신종이면 가게?"

"아니……."

"열이 너무 올라 나도 그런 줄 알았는데, 안타깝게도 아니라네. 심한 몸살. 개도 안 걸린다는 그 오뉴월 감기야."

"다행이네요. 뭐 좀 먹었어요?"

"약 말고는. 입맛도 제로야."

나는 우편물과 신문을 침대 위에 내려놓고 소시지를 미치 앞으로 내민다.

"소시지 사 왔는데, 먹을래요?"

"오늘은 소시지도 안 당겨. 죽으려나 봐."

"농담도 참."

나는 미치의 집 안을 훑는다. 싱크대 개수대에는 설거지감이 수북이 쌓여 있다. 뭘 해 먹은 지 꽤 오래돼 보이는 싱크대였고, 너무 어질러 있어서 뭘 해 먹고 싶은 생각이 좀체 나지 않는 싱크대였다. 이왕 온 거 설거지도 해주고, 죽도 좀 끓여 주고 가야겠다는 생각에 싱크대 쪽으로 발을 움직인다. 그런데 미치가 안 돼! 그쪽은 가지 마! 하고 소리친다. 기운 없던 미치의 목소리가 갑자기 최대 볼륨으로 터져 나오자 나는 흠칫 놀라고 만다.

"왜, 왜요. 설거지하면 안 돼요?"

"아, 그런 거였어? 미안. 난 또 내 작업실 쪽으로 가려는 줄 알았지."

"휴, 놀랐잖아요. 작업실에 꽃미남이라도 숨겨 뒀어요?"

"그러기라도 하면 다행이게. 징크스야. 작업 끝내기 전까지 작업실 근처엔 누구도 안 들여. 광고 일 할 때부터 그랬어. 이해하지?"

"네."

나는 파티션으로 가려진 미치의 작업 공간을 지나 싱크대 앞에 선다. 미치는 그럴 필요 없다고 자꾸 말렸지만, 나는 설거지를 한다. 그리고 냉장고를 열어 죽에 넣어 끓일 수 있는 재료를 확인한다.

입맛이 없던 미치는 내가 끓인 야채죽을 말끔히 먹어 치운다.

"죽도 아주 잘 끓이네?"

"엄마한테 많이 해 먹여 봐서요. 오래 아팠거든요."

"그랬구나. 그나저나 고마워서 어쩌지? 설거지에 죽까지 끓여 주고."

"빨리 털고 일어나기나 해요. 빨래방에 미치가 없으면 얼마나 심심한지 알아요? 아저씨들도 내내 기다리다 가는 거 같았어요."

"내가 그런 존재였다니, 괜히 기분이 좋아지는데? 근데 나 뭐 하나만 물어보자. 나 담배 피우게 생겼어?"

"네?"

"말해 봐. 그래?"

"뜬금없이 그건 왜요?"

"말해 보라니까."

"네 뭐, 아주 조금? 근데 왜요?"

"왜 병원에 가면 꼭 하는 말들 있잖아. 치과 내과 할 거 없이 말이야."

"술은 당분간 안 됩니다, 뭐 그런 거요?"

"응. 그다음에 꼭 덧붙이지. 아, 담배도 안 되는 거 아시죠? 그러면 억울한 나머지 난 이렇게 말해. 전 술은 해도 담배는 안 하거든요?

하고."

"그러면요?"

"피우면서 안 피운 척한다는 듯 날 이상하게 쳐다봐. 태어나 담배 한 번 물어 본 적 없다고 하면 의사든 간호사든 다들 안 믿는 눈치야."

"정말로 한 번도 피워 본 적 없어요?"

"너까지 왜 그래."

"아, 미안해요, 미안."

"뭐 미안해할 필요까지야. 이렇게 생겨 먹은 내가 죽일 년이지."

"아, 그러면 제가 더 미안해지잖아요."

"됐고. 아무튼 화가 나 또 물어보지. 도대체 담배 피우게 생긴 사람은 어떻게 생겨 먹었는데요, 하고 말이야."

"그러면 어떤 대답이 돌아오는데요?"

"댁같이요."

"에이, 설마요."

"진짜라니까. 어제 병원에서도 그랬어. 어제는 진짜 화가 나 의사 선생한테, 선생님은 돌팔이같이 생겼네요, 하고는 문을 쾅 닫고 나와 버렸잖아."

"호호호. 정말요?"

"남이 날 두고 뭐라 생각하든 예민하게 굴 필욘 없는데, 이상하게 기분이 나빠. 어떨 땐 이런 내가 좀 우습기도 하고. 아무튼 편견이란 참 피곤해."

"그러게요."

"설령 피운다 해도 그게 부끄럽거나 감춰야 할 일은 아니잖아? 담배는 엄연히 기호 식품이야. 남녀 구분 없이 피워도 되는 거라고. 담배가 무슨 브래지어도 아니고, 안 그래?"

"맞아요."

"인식의 문제야, 남자는 이래야 하고 여자는 저래야 한다는. 난 아니라고 생각했는데, 나 역시도 남이 날 어떻게 바라봐 주는지 그걸 중시하며 살고 있었더라고. 아무튼 좆나 우스워."

미치의 몸살감기를 낫게 하는 건 약보다는 수다인 듯했다. 몰라보게 되살아난 미치의 기운이었다. 목이 마를 것 같아 나는 냉장고에서 물을 따라 미치에게 갖다 준다. 나 목마른 건 어떻게 알았대, 하며 미치는 단숨에 물을 들이켠다. 그사이 내 눈은 파티션으로 가려진 미치의 작업실로 향한다. 몹시 궁금해하는 것처럼 보였는지, 미치가 저 너머가 '그렇게도 궁금해?' 하고 물어 온다.

"아니요."

"근데 뭘 그렇게 쳐다봐?"

"잘나가던 광고 일 때려치우고 왜 돈도 안 되는 만화를 그리기 시작했는지 갑자기 궁금해서요."

"그냥, 꿈이지 뭐. 왜 실패하더라도 한번 해보고 나야 후회도 없을 것 같은 일 있잖아. 다행히 여기저기 오라는 데가 많아서 실패하더라도 당장 굶어 죽을 일은 없을 거야. 그게 우리 김 여사가 아직까지 날 봐 넘기는 이유이기도 해. 그건 그렇고 이제 슬슬 얘기해 보시지?"

"뭘요?"

"용건 있어 찾아온 거잖아."

미치가 내 눈을 정면으로 응시한다. 그러더니 무슨 할 말이 있어 찾아온 게 확실하다며, 뭐냐고 끈질기게 물어 온다. 뭐든 미치에게 들키고 나면 말을 뱉어 내야 한다는 걸 잘 알기에, 그러지 않고서는 미치에게서 벗어날 수 없다는 것 또한 잘 알기에, 나는 바로 실토한다.

"우리 내기한 거 있잖아요……."

"응."

죽 한 그릇으로 입맛을 되찾은 미치는 내가 사 온 소시지를 벗겨 먹기 시작한다.

"그 내기 미치가 이겼어요."

미치가 소시지를 씹다 말고 나를 빤히 쳐다본다.

"뭐야, 곧 결과 보고하겠다더니. 실패한 거야?"

"그런 셈이에요. 아무튼 미치가 이겼어요. 그러니까 두 달치 빨래 방비는 제가 대는 거예요."

나는 남자의 슬픔을 비밀로 해주고 싶었다. 왠지 그래야 할 것만 같았다. 미치가 눈을 흘기며 나를 의심스레 쳐다본다.

"뭔가 수상해. 지난번까지만 해도 자신감이 철철 넘쳐흘렀던 걸로 기억하는데. 뭐야? 알아냈지? 그치?"

"아니에요. 저 그만 가봐야겠어요. 빨래 다 됐을 시간이에요."

자리에서 일어나려고 하자 미치가 내 팔을 잡아끌더니 나를 침대에 앉힌다.

"알아낸 거 맞지? 내기에도 네가 이긴 거 맞고. 그치, 그치?"

"그게……."

"속일 사람을 속여. 빨리 이실직고하시지."

"전 정말 나쁜 사람 같아요."

"왜, 왜?"

"전 왜 이렇게 이기적인 걸까요?"

"무슨 일 있었구나?"

"실은……."

나는 미치에게 남자에 대해 얘기한다. 남자가 하는 일과 남자가 9번 세탁기만 쓰는 이유와 남자의 그녀에 대해서도. 통속적인 실연 스토리를 상상하고 있던 미치는 조금 놀란 눈치다.

"세상에, 감옥에 있단 말이야? 그나저나 지문이 같은 사람이라니, 그게 가능한 얘긴가?"

"그 사람은 그렇게 믿는 것 같아요. 아니, 믿고 싶어 하는 것 같았어요. 자기 여자가 그런 짓을 저질렀을 리 없다고 확신하는 거겠죠."

"쯧쯧쯧. 그래서 그때 포장마차에서 지문 어쩌고 물었었구나."

"네. 근데 문제는……."

"문제는?"

"자꾸 그 여자가 감옥에서 못 나오게 됐으면 하는 생각이 든다는 거예요, 제가."

"뭐?"

"저 나쁘죠. 그죠?"

"저런, 저런! 빠져 버렸구나."

"……."

"그런 거야?"

"모르겠어요."

"젠장 할! 내 잘못이야. 내가 괜히 내길 하자고 해서……."

"아니에요."

골치 아프게 생겼다는 듯 미치가 머리를 긁적인다.

"난 쓸데없이 일을 만들어서 탈이라니까."

"저 정말 나쁜 년인 거죠. 그죠?"

"의도한 건 아니잖아. 그리고 자기가 그런 마음먹었다고 해서 정말로 그렇게 될 것도 아닌데 뭐. 그치?"

"자기 가지고 내기했다는 사실을 알면……."

"그럴 일은 없어. 우리 둘만 입 다물면 되는데 뭘. 그리고 자기가 그 사람의 위로가 돼줬다면 그걸로 된 거야."

"정말 그럴까요?"

"그렇다니까."

"아, 모르겠어요. 저 이만 가볼게요. 세탁기 멈추고도 남을 시간이에요."

나는 풀이 죽은 목소리로 자리에서 일어난다. 날 이대로 보내기가 미안했는지, 미치는 좀 더 앉았다 가라고 종용한다.

"미치도 쉬어야 하잖아요."

"더 할 얘기 없어?"

"결론은 다 난걸요. 이 내기의 승자는 저라는 거고, 저는 나쁜 년이라는 거요."

"나라도 그랬을 거야. 속은 어떤지 모르지만 9번이 겉은 좀 매력 있잖아."

나는 말없이 웃으며 현관 쪽으로 걸어 나간다. 미치가 침대에서 일어나 따라 나오려고 한다. 그냥 누워 있으라는데도 미치는 끝내 고집을 피우고 침대에서 일어난다. 계속되는 내 다그침에 민망해진 미치는 화장실 핑계를 댄다.

"계속 참고 있었거든. 그럼 멀리 안 나간다. 대접은커녕 일만 하고 가서 어쩌지?"

"아니에요. 푹 쉬세요."

미치가 욕실 문을 열고 들어간다. 미치가 욕실용 슬리퍼를 꿰어 신는 사이 나도 신발을 꿰어 신는다. 그런데 그때였다. 열린 욕실 문과 미치의 몸 사이로 무언가가 보인다. 내가 제대로 본 게 맞다면, 변기 옆에 있는 건 세탁기였다! 나한테는 분명 세탁기가 없다고 한 미치였다. 미치가 욕실 문 뒤로 사라지자, 나는 현관문을 열고 미치의 집에서 나온다. 문이 자동으로 삐리리릭 하고 잠긴다. 천천히 복도를 걸어 나가던 발걸음이 나도 모르게 멈춘다. 나는 뒤돌아 미치의 현관문을 쳐다본다.

"미치……."

괜스레 웃음이 나온다.

19

인큐베이터 속 아이가 태어나 처음으로 하품을 했다. 오늘 아침, 아빠가 보내온 문자메시지는 들뜬 기분으로 가득 차 있었다. 아빠는 그때 내가 인큐베이터 비용으로 쓰라고 부친 돈을 오늘에서야 확인한 듯, 그건 그렇고 다이조부 다이조부가 무슨 뜻이냐고 문자로 물어 왔다. 나만의 주문 같은 거라 뜻을 얘기할 수는 없지만 좋은 뜻이라고 나는 아빠에게 답장을 보냈다. 그러자 아빠는 그 주문 때문에 아이가 무사히 잘 자라 주고 있는 것 같다며, 그 아이 이름을 '다이'로 지을까 하는데 어떠냐고 문자로 또 물어 왔다. 신다이. 괜찮은 이름 같아 나는 아빠에게 좋은데, 하고 답장을 보냈다. 이로써 나는 동생에게 이름을 지어 준, 세상에 몇 안 되는 누나가 된 셈이었다.

태어나 처음으로 하품을 한 아이는 죽을 때까지 몇 번의 하품을 하게 될까. '신다이'라는 이름을 가진 그 사내아이는 앞으로 몇 번의 재채기를 하고, 몇 번의 눈을 깜빡이고, 몇 번의 한숨과 몇 번의 빗질과 몇 번의 고민을 하게 될까. 빨리 그 아이가 자라 나에게 '누나!'라고 불러 췄으면 좋겠다. 조카뻘 돼 보이는 아이가 '이모, 이모!'가 아닌 '누나, 누나!' 하고 따라다니면 얼마나 귀여울까. 다이의 얼굴은 여전히 비밀에 싸여 있었다. 아직도 쭈글쭈글 못생겼다는 아빠의 이유 때문이었다.

옆에 앉아 있는 미치가 아까부터 뭐가 좋아 그렇게 실실 웃느냐고 묻는다. 지독한 몸살감기에서 탈출한 미치. 집에 세탁기가 있음에도 빨래방에 와 빨래를 하는 미치. 공통점이라곤 전혀 찾아볼 수 없었던 미치와 나에게 하나의 공통점이 생긴 것이었다. 내기에 진 미치는 약속대로 내 빨래방비를 내주기 시작했다. 그러니까 적어도 나는 미치 때문에라도 두 달간은 빨래방에 와 빨래를 해야 하는 처지가 된 것이다.

"좋은 일 있으면 같이 좀 웃자고."

"아니에요."

"싱겁긴. 그나저나 9번은 왜 아직이지?"

"그러게요."

빨래가 다 돼가고 있지만 남자는 아직 나타나지 않는다.

"오늘도 안 올 모양이야."

"그러게요."

빨래방에서 기타로 노래를 불러 준 뒤로 2주째 보이지 않는 남자였다.

건조기가 멈춘다. 나는 자리에서 일어나 따끈따끈한 빨래를 건조기에서 꺼낸다. 빨래방 출입문이 열린다. 미치와 내 고개가 동시에 출입문 쪽으로 향한다. 그러나 기대했던 남자는 아니다. 한 아름 빨래 보따리를 들고 들어온 사람은 동남아 사람으로 보이는 두 명의 이방인이다. 큰 눈망울로 빨래방 내부를 둘러보는 이방인들의 행동은 이곳이 그들에게 낯선 곳임을 짐작케 한다. 역시나 미치가 그들에게 먼저 다가가 말을 건다. 그들의 한국어 실력은 나쁘지 않다. 어느 나라에서 왔는지부터 무슨 일을 하는지까지가 미치의 질문과 이방인들의 서투른 대답 사이로 쏟아져 나온다. 국적을 불문한 미치의 친화력이었다. 그런데 미치와 이방인들 사이의 대화가 좀 이상하다. 그 이상한 뭔가가 뭘까, 하고 한참을 생각하고 있는데 미치가 반말이 아닌 존댓말을 쓰고 있다는 걸 알아낸다. 자기보다 나이가 많건 적건 반말을 써대던 미치의 반말 화법이 이방인들 앞에서만은 예외가 되고 있는 것이었다. 그런데 왠지 미치와 어울리지 않아 보인다. 마치 전라도 사투리를 쓰던 사람이 애써 서울말을 하려는 것처럼 어색하기만 하다.

빨래를 다 챙겨 넣은 나는 빨래 봉지를 들고 자리에서 일어난다. 남자는 끝내 나타나지 않는다. 차라리 잘된 건지도 모른다. 사실, 미치 보는 앞에서 남자를 만나는 일은 좀 쑥스러울 일이었다.

나는 입이 바쁜 미치에게 눈으로 인사를 하고는 빨래방을 나선다. 미치는 잘 가라는 말 대신 손을 들어 보인다. 나는 그때처럼 네모진 보도블록을 하나씩 밟아 집까지 걸어간다. 네모 선 밖으로 발이 삐져 나오지 않게 걷는 일은 역시 어른으로서는 힘든 일이다. 한참을 걷다 보니 그때 그 소주방이 나타난다. 혹시나 하는 마음에 소주방 안을 기웃거려 본다. 하지만 남자의 모습은 보이지 않는다.

"그래, 우연이 그렇게 자주 찾아올 리는 없지."

축 처진 발걸음은 더디게 움직인다.

원룸 입구에 다다른다. 멋들어지게 옷을 차려입은 옆집 여자가 막 원룸 입구에서 나온다. 나는 달려가 여자를 부른다. 여자는 흘러내리는 뿔테 안경을 손으로 밀어 올리며 내 손에 들린 빨래 봉지를 내려다본다.

"또 빨래방에 갔다 오는 거예요?"

대답을 않자 여자가 의아스레 물어 온다.

"세탁기도 있으면서 빨래방에는 왜 가는거죠?"

"글쎄, 저도 잘 모르겠어요. 어쩌다 보니 그렇게 돼버렸어요. 근데 밤늦게 어디 가세요?"

"누가 사람 하나 소개시켜 준다 해서요. 만나 보고 괜찮으면 그 사람이랑 같이 동전 모아 보려고요. 혼자 하려니까 벅찬 거 있죠. 아, 물론 오주 씨가 종종 도와주고 있지만요."

예의상 여자에게 잘됐으면 좋겠다고 말하고는 입구로 들어서려는데, 여자가 나를 불러 세운다.

"아, 오주 씨!"

"네?"

"오주 씨 현관 앞에 누가 쭈그리고 앉아 있던데요."

"누구요?"

"남자였어요."

나는 금세 경쾌해진 목소리로 여자에게 행운을 빈다고 말하고는 원룸 입구로 달려 들어간다. 옆집 여자가 타고 내려온 엘리베이터는 나를 금세 7층으로 데려간다. 엘리베이터에서 내리자 여자 말대로 누군가가 내 현관문에 기댄 채 앉아 있는 게 보인다. 굽힌 무릎 위에 팔짱을 올리고, 그 팔짱 안으로 고개를 파묻고 앉아 있는 사람은 짐작대로 그 남자였다. 나는 소리 나지 않게 복도를 걸어 들어간다. 다가갈수록 남자한테서는 소주 냄새가 밀려온다. 나는 조심스레 남자의 어깨를 흔들어 깨운다.

"이봐요."

남자가 고개를 쳐들어 나를 올려다본다.

"어, 이제 왔네. 한참 기다렸잖아요."

남자의 눈이 내 빨래 봉지로 내려와 멈춘다.

"빨래방에서 오는 길이군요."

남자가 휘청거리며 자리에서 일어난다. 발음도 조금씩 옆으로 샌다.

"저 술 마셨어요. 그때 먹은 술국 생각나서 왔는데, 또 끓여 줄 수
있어요?"

남자의 목소리가 복도에 울려 퍼진다.

"일단 들어가요."

나는 현관 비밀번호를 누른다. 당황했는지 한 번 오류가 난다.

"끓여 주겠다는 뜻이에요?"

"네, 네."

나는 남자의 한쪽 팔을 붙들고 원룸으로 들어간다. 빨래 봉지를
바닥에 부려 놓고 남자를 소파에 앉힌다. 소파에 등을 깊숙이 파묻
은 남자가 고개를 뒤로 젖힌다. 침을 삼킬 때마다 남자의 목젖이 상
하로 움직이고, 남자의 목을 지나는 경동맥이 팔딱댄다. 답답함을 느
꼈는지, 남자가 반팔 남방을 벗어 소파 팔걸이에 걸쳐 둔다. 목이 마
를지 모를 남자를 위해 냉장고에서 생수를 꺼낸다. 물컵에 생수를
따라 남자에게 내밀자, 남자는 고맙다는 말과 함께 물을 벌컥벌컥
들이켠다. 무슨 일이 있느냐고 물었지만 남자는 대답이 없다.

남자가 물컵을 바닥에 내려놓고 베란다로 나간다. 제대로 균형조
차 잡지 못하는 몸으로 남자가 창문을 열어젖힌다. 베란다 난간에 상
체를 기댄 채 하염없이 아래를 내려다보는 남자. 남자의 굽은 등과
축 처진 어깨는 달려가 꽉 끌어안아 주고 싶게 만든다. 그 충동을 이
기지 못한 나는 남자 곁으로 한 걸음 한 걸음 다가간다. 쓸쓸해 보이
는 남자의 허리를 양손으로 감싸 안으려는 그때, 남자의 등이 내 쪽

으로 돌려세워진다. 나는 허망해진 손으로 머리카락을 쓸어 넘기며 억지웃음을 지어 보인다. 그런데 내 입에서 나온 말은 더 허망하다.

"저기, 푸딩 먹을래요?"

많고 많은 것 중에 왜 하필 푸딩이람.

"푸딩요? 좋아요. 근데 오주 씨!"

"네?"

"저 구석에 있는 건 뭐예요?"

남자가 내 어깨 너머를 쳐다본다. 남자의 시선을 따라 고개를 움직인다. 베란다 구석에 있는 세탁기가 눈에 들어온다. 순간 아차 싶었다.

"오주 씨 세탁기 있었어요?"

"아, 그게……."

"근데 빨래방엔 왜……."

남자가 세탁기 가까이 다가간다.

"저도 세탁기 한 대 살까 봐요. 이제 빨래방에 가는 거 지긋지긋해요. 수진이 기다리는 것도 그렇고……."

남자가 세탁기 유리 뚜껑을 열고 안을 들여다본다. 그러더니 예상 밖의 물음을 던진다.

"저 여기로 빨래하러 오면 안 될까요?"

"네?"

"왜, 싫어요? 왔다가 옷 마를 동안만 있다가 가고 싶은데…… 안 될까요? 빨래방은 너무 지겨워요. 사람도 많고 시끄럽고 복잡하고…….”

“우리 푸딩 먹어요. 네?”

나는 남자의 팔을 억지로 끌어당겨 남자를 방 안에 앉히고는 냉장고로 가 푸딩을 꺼낸다. 모양이 부서지지 않게 푸딩을 접시에 담아 스푼과 함께 내간다. 나는 남자의 손에 스푼을 쥐여 준다. 접시에 담긴 푸딩을 멍하니 내려다보던 남자가 내내 참아 왔을 말을 꺼낸다.

“무기래요.”

“네?”

“죽을 때까지 감옥에서 살아야 한대요.”

“…….”

“범인이 아닐 이유가 없대나 봐요. 참 웃기죠.”

남자가 웃는다. 실성한 사람처럼 웃어 대던 웃음은 금세 울먹임으로 뒤바뀐다. 내 손에서 미끄러진 스푼이 접시 위로 떨어져 쨍그랑 소리를 낸다. 아, 결국 그렇게 되고 말았다니. 그렇게 생각하면 안 된다는 걸 알면서도 그렇게 생각해 버렸던 그 생각이 현실이 돼버리다니. 나 때문이었을까. 내가 품은 그 못된 생각 때문이었을까. 나는 남자 곁으로 다가가 들썩이는 남자의 어깨를 끌어안아 준다. 그리고 남자의 머리를 가슴 깊이 품는다. 스푼을 움켜쥔 남자의 손등 위로 남자의 눈물이 방울져 떨어진다. 나는 남자에게 말한다.

“항소하면 될 거예요.”

"……."

"그러니까……."

무슨 말을 하든 남자에겐 들어오지 않을 것이다. 그래서 나는 이렇게 말한다.

"오세요, 빨래하러……."

얼마든지 기다리겠다고, 그리고 당신이 원한다면 당신의 그녀처럼 손빨래를 해줄 수도 있다고, 나는 남자에게 속으로 말한다. 내 속말이 들리기라도 했을까. 남자가 내 허리를 팔로 감싸 안는다.

깊은 밤, 남자의 숨소리가 방 안을 채운다. 한참 울먹이던 남자는 어린아이처럼 잠이 들어 버렸다. 굳은살이 박인 남자의 손가락 끝이 반사적으로 한 번씩 까닥일 뿐, 남자는 움직임조차 없다.

남자와 함께하는 밤은 이상하게도 더 잠이 오지 않는다. 나는 푸딩 접시를 치우고 베란다로 나간다. 베란다 창으로 들어오는 시원한 밤공기를 깊은 숨으로 들이마신다. 어쩌면 남자가 여기로 빨래하러 오게 될지도 모른다. 많으면 일주일에 두 번, 적으면 일주일에 한 번이 될 것이다. 세탁기가 돌아가는 동안 남자와 나는 식탁에 마주 앉아 커피를 내려 마실 것이다. 소파에 앉아 음악을 들을 수도, 영화를 볼 수도 있을 것이고, 나만을 위한 남자의 통기타 연주를 계속해서 듣게 될지도 모른다. 세탁기가 돌아가는 시간은 한 끼의 식사를 만들어 먹기에도 충분한 시간이었다.

나는 남자의 숨소리가 들리는 방으로 다시 들어간다. 소파 팔걸이에 벗어 둔 남자의 반팔 남방이 눈에 들어온다. 남자의 그녀처럼, 세탁기가 아닌 내 손으로 남자의 옷을 빨아 주면 어떨까. 나는 자고 있는 남자를 지나 조용히 소파로 다가간다. 남자의 옷을 집어 들고 욕실로 들어간다. 빨래하는 소리가 남자의 귀에 들리지 않도록 욕실 문을 닫고, 구석에 세워진 빨래판을 욕실 바닥에 눕힌다. 남자의 반팔 남방에서는 아무 냄새도 나지 않았지만, 나는 퀴퀴한 냄새가 난다고 상상하며 남자의 옷에 비누칠을 한다. 세 번의 헹굼 끝에 맑은 물이 나온다. 나는 꼭 짠 옷을 베란다로 가져가 탈탈 턴다. 빨래 건조대에 걸린 옷걸이에 남자의 옷을 건다. 옷이 마를 동안만 있다가 가겠다던 남자의 말처럼, 옷은 베란다 창으로 들어오는 시원한 밤공기에 천천히 말라 갈 것이다.

　남자의 옷이 말라 가는 동안 내게도 잠이 쏟아지면 좋으련만, 잠은 더 멀리 달아날 뿐이다. 다른 할 일을 찾다 보니 남자의 손이 눈으로 들어온다. 굳은살이 박인 남자의 손가락 끝에 달린 손톱은 꽤 길어 보인다. 저 손톱을 깎아 주면 언젠가 남자도 내 손톱을 깎아 주게 될 일이 생기지 않을까. 뭐든 주고받는 거니까, 일단 줘버리면 받게 되지 않을까 싶어, 나는 손톱깎이를 들고 남자 가까이 다가간다. 남자의 엄지손가락에 손톱깎이를 가져간다. 자고 일어나도 손톱이 깎였다는 느낌이 들지 않도록 살짝만 깎을 것이다. 딱딱딱딱. 잘려 나간 손톱들이 사방으로 튄다. 남자가 눈을 뜰지 모른다는 긴장감에 이마와 손바닥에는 땀이 밴다. 살을 건드리지 않고 깎으려다 보니 더 그렇다.

뒤척임 한 번 없이 손톱은 무사히 잘려 나간다. 여러 번 나눠 깎는 바람에 손톱은 모두 자잘하다. 나는 조심스레 남자의 손을 들어 올려 흩어진 손톱 조각을 쓸어 모은다. 땀이 밴 손은 자잘한 남자의 손톱을 찍어 올리는 데 용이하다.

휴지통에 손톱을 버리고 나니 정말로 이제는 할 일이 없어진다. 이럴 땐 게임밖에 없다. 나는 휴대폰을 들고 소파에 가 눕는다. 휴대폰 속 스도쿠 게임을 불러온다. 만남이 잘돼 가고 있는지, 복도를 지나는 옆집 여자의 발소리는 아직까지 들려오지 않는다. 지금 들려오는 건 남자의 깊은 숨소리뿐이다. 그래서 길게만 느껴지는 밤이다. 나는 그런 밤에다 대고 조용히 말해 본다.

"영영 돌아오지 못할 수도……."

본능적인 감정은 사람을 이기적인 동물로 만들어 버린다.

20

유난히 지루하고 지겹게 느껴지던 일을 마치고 원룸으로 달려간다.

오늘 아침 나는 잠에서 깨자마자 순두부와 콩나물을 사러 마트에 갔다. 1인분의 콩나물순두부라면을 끓이는 동안, 분주하지만 조용한 출근 준비를 했다. 다행히 남자는 그때까지 잠이었다. 그러나 두 가지 일을 동시에 해내야 하는 바람에 출근은 늦어지고 말았다. 이왕 늦은 김에 한 가지라도 제대로 하자 싶어, 나는 해장국을 제대로 끓이기로 했다. 여유를 부린 덕분인지 국물 맛은 먼젓번 것보다 더 얼큰하고 좋았다. 혹시나 술국을 끓여 놓은 것도 모르고 남자가 먹지도 않고 가버릴까 봐 나는 메모를 남겼다.

술국 끓여 놨어요. 꼭 먹고 가길 바라요. 식탁에 준비해 둔 라면 사리만 넣고 몇 분 끓여 주기만 하면 될 거예요. 밥은 밥통에 있는 거 알죠? 그리고 옷은 베란다에 빨아 널어 놨어요. 옷에 뭐가 묻었더라고요. 문은 자동으로 잠길 거니까 염려 마세요. 아, 그리고 그때 썼던 칫솔은 욕실에 아직 그대로 있을 거예요.

옷에 뭐가 묻었다고 거짓말을 하게 될 줄은 나도 몰랐다. 나는 라면 사리를 담아 둔 그릇 밑에 메모지를 눌러 놓고, 남자가 깨어나지 않는 시간을 아슬아슬하게 피해 현관문을 열고 나갔다. 닫히는 현관문 사이로 보인 건 모로 누운 남자의 등이었다.

나는 쓸쓸하게 굽은 남자의 등이 아직까지 집에 있길 바라며 엘리베이터에 올라탄다. 엘리베이터 문이 열리자마자 복도로 파고든다. 현관문 비밀번호를 누르고 현관부터 확인한다. 그러나 남자의 신발은 보이지 않는다. 분주했던 몸의 움직임이 슬로모션으로 바뀐다. 가방을 침대 위에 내려놓고 부엌으로 간다. 술국 냄비는 말끔히 비워져 있고, 먹고 난 그릇과 수저는 깨끗이 설거지가 돼 있다. 베란다에 널어 둔 남자의 옷도 보이지 않는다. 부엌과 베란다로 이어진 남자의 자취를 따라 나는 욕실로 들어간다. 내 칫솔 옆에 나란히 꽂혀 있는 남자의 칫솔을 뽑아 든다. 남자의 칫솔모에서 물기가 만져진다. 칫솔을 사용한 남자의 흔적에 마냥 기분이 좋아진다. 내 메모대로 술국을 끓여 먹고 양치질을 하고 돌아간 남자였다.

콧노래를 흥얼거리며 욕실에서 나오는데 그제야 현관문에 뭔가가 붙어 있는 걸 발견한다. 노란색 포스트잇이다. 남자가 남겨 놓고 간 메모가 분명했다. 그럼 그렇지, 하고는 현관으로 뛰어가 포스트잇을 떼어 낸다.

나는 침대에 누워 남자의 메모를 천천히 읽어 내려간다.

또 실례를 하고 말았네요. 술국은 맛있게 잘 먹었습니다. 옷도 고마웠어요. 근데 정말로…… 빨래하러 와도 될까요. 다음 주 토요일 저녁은 어때요…….

망설임과 조심스러움이 묻어나는 메모였다. 그럼 어제 빨래하러 오겠다던 남자의 말은 술김에 나온 말이 아니었단 건가. 남자의 메모 한 장에, 남자를 내기 소재로 삼았던 내 마음의 짐이 아주 조금 가벼워진다.

21

토요일의 마트 봉지가 빵빵하다.

퇴근길 마트에 들러 소면과 갖가지 채소를 샀다. 남자가 어떤 음식을 좋아하는지 몰라 한참 고민해야 했다. 남자 입장에서 부담이 덜할 음식을 찾다 보니, 메뉴는 옆집 여자가 가르쳐 준 비빔국수가 돼버렸다. 첫날부터 음식 가지고 부담을 주면, 남자는 다음부터 빨래하러 오지 않을지도 모른다. 마트 봉지에는 드럼세탁기용 세제도 들어 있다. 분말세제는 생각보다 비쌌다. 하지만 세제는 내 원룸으로 빨래하러 오겠다는 남자에게 가장 필요한 것이기에 어쩔 수 없었다. 남자가 하고 다니던 구불구불한 검정색 머리띠도 하나 샀다. 분말세제를 찾던 중에 눈에 띈 머리띠였다. 남자에게는 머리띠를 안 한 머리도 나름 괜찮다고 했지만, 나는 머리띠를 한 남자의 모습이 더 좋왔다.

마트 봉지를 식탁 위에 부려 놓고 옷을 갈아입는다. 나는 미치에게 미리 문자를 보낸다. 갑자기 연장 근무가 생겨 빨래방에 못 갈 것 같다는 문자였다. 거짓말은 빈번해져 가고 있었다. 미치한테서 바로 답장이 온다.

그러다 빨래에 곰팡이 피는 거 아니야?

나는 다시 답장을 보낸다.

그러게요. 그럼 다음에 봐요. 사서는 피곤해.

나는 아예 휴대폰 전원을 꺼두고는 팔을 걷어붙인다. 청소부터 해야 한다. 침대 시트를 갈고 청소기를 돌린다. 락스로 세면대와 변기를 닦고, 욕실 거울에 지저분하게 묻어 있는 비누 거품과 치약 거품도 닦아 낸다. 남자가 내 집에 처음 오는 것도 아닌데, 몸은 이상하게 분주히 움직인다.

야채를 써는 도마 위의 칼질 소리가 경쾌하다. 국은 간단히 계란국으로 끓여 놨고 양념장도 다 만들어진 상태였다. 이제 가스레인지에 물을 올려 소면만 삶아 내면 모든 준비는 끝난다. 나는 복도를 지

260

나는 발소리에 귀를 기울이며 마지막 야채를 썬다. 칼을 쥔 손은 기계적으로 야채만 썰어 낼 뿐, 생각은 온통 곧 들이닥칠 남자에게로 쏠린다. 이번에도 기타를 메고 나타날까. 그렇다면 오늘은 어떤 노래를 연주해 줄까. 언젠가 내게도 노래 한 곡쯤은 만들어 주겠지. 후식으로는 커피가 좋을까, 아이스크림이 좋을까. 세탁을 끝내고 나면 분명 세탁비를 내밀 텐데, 그땐 어떤 식으로 대처해야 할까. 그때 복도를 지나는 발소리 하나가 들려온다. 나는 칼을 든 채 현관으로 뛰어가 현관문에 귀를 바짝 대본다. 그러나 발소리의 주인은 옆집 여자다. 아쉬움인지 안도인지 모를 숨을 뱉어 내며 나는 다시 부엌으로 돌아가 마저 야채를 썬다. 그리고 끓어 넘치지 않는 냄비에 물을 부어 가스레인지 위에 올린다. 점화 레버는 남자가 초인종을 누르는 즉시 누를 것이다.

그런데 아무도 초인종을 누르지 않는다.

그래도 나는, 내 원룸으로 빨래하러 오겠다던 남자의 메모를 들여다보며 남자를 기다린다. 그러나 한 시간이 지나도, 두 시간이 지나도 남자는 초인종을 누르지 않는다.

째깍째깍. 나타나야 할 사람이 나타나지 않음에도 시계 초침은 하염없이 움직인다. 점심과 저녁을 거른 위장이 시끄럽게 요동친다. 밤 열한 시가 넘어가고 있지만 복도를 지나는 발소리는 들리지 않는다.

썰어 놓은 야채는 증발된 수분으로 시들해져 갔고, 두 번이나 데운 계란국도 식은 지 오래였다.

　방을 서성인다. 베란다로 나가 창을 열고 아래를 내려다보기도 하고, 쓸데없이 세탁기를 열어 안을 들여다보기도 한다. 드럼세탁기용 세제는 어떻게 생겼는지 개봉해 세제 가루를 만져 보기도 하고, 새로 교체한 침대 시트 위를 뒹굴어 보기도 한다. 공허해진 위장만큼이나 공허해진 기분을 주체하지 못한 나는 결국 침대에서 일어나 가스 불을 켠다.

　물이 팔팔 끓는다. 가스 불을 끄고 좀 더 기다려 볼까 했지만, 그냥 소면 2인분을 냄비에 넣는다. 부챗살 모양으로 펼쳐 들어간 소면이 삶아지는 동안 나는 현관문을 열고 나간다. 그리고 옆집 여자네 초인종을 누른다. 방금 샤워를 끝냈는지, 여자가 수건으로 머리를 말리며 문을 열어 준다. 웬일이냐고 묻는 여자에게 나는 이렇게 묻는다.

　"잠을 깨운 건 아니죠?"

　"네."

　"혹시 양치질도 해버렸나요?"

　"아니요."

　"잠도 안 오고 심심해서 비빔국수 한번 만들어 봤는데, 다이어트 중이 아니라면 와서 먹을래요?"

　"어머, 정말요? 저 출출한 거 어떻게 알았어요?"

　"다행이네요."

"지금 냉장고 기웃거리던 중이었거든요. 이웃은 이래서 좋다니까요."

슬리퍼를 끄집고 바로 내 원룸으로 건너온 여자가 식탁 앞에 앉는다. 가스 불을 끄고 소면을 체에 거른다. 쫄깃한 면발을 만들어 내기 위해 얼음을 띄운 물에 면을 씻어 그릇에 담는다. 열무김치와 갖은 야채를 소면 위에 올린 다음 양념장으로 마지막 포인트를 준다. 계란국과 함께 비빔국수를 식탁에 올리자 여자의 눈이 휘둥그레진다.

"도대체 야채가 몇 가지나 들어간 거예요? 심심해서 만들어 본 거 맞아요?"

"네?"

"밤참치고는 너무 근사하잖아요."

"그런가요?"

여자가 국수를 비벼 한 젓가락 입에 넣는다.

"음, 정말 맛있어요. 제가 만든 것보다도요."

"그렇다니 다행이네요."

"오주 씬 하날 가르쳐 주면 열을 아는 그런 사람인가 봐요. 그때 했던 말 취소할게요."

"무슨 말요?"

"오주 씬 나이도 어리고, 요리를 그다지 잘할 것 같지 않다고 했던 말요. 그때 오주 씨가 끓여 준 술국도 정말 맛있었는데."

여자는 그날 소개받았던 사람과 하루 만에 끝이 났다. 안경알 없는 안경을 쓰고 다니는 것도, 심지어 그 안경을 안경닦이로 닦는 모습도 그 사람 눈엔 이상해 보였던 것 같다고 했다. 무엇보다 십 원짜리 동전을 모으는 중인데 동참해 줄 수 있느냐는 자신의 물음이 실패의 결정적인 원인이었다고 했다. 여자는 다음 날 술이 떡이 되게 취해 들어왔다. 나는 그런 여자에게 처음으로 술국을 끓여 줬다. 남자에게 끓여 주고 남은 재료는 요긴하게 쓰였다. 맛이 좋았는지, 내가 끓인 술국을 먹고 난 여자는 내 술국 비법을 자신의 수집 항목에 추가해 넣었다. 그러면서 여자는 말했다. 음식은 때로 백 마디 말보다 더 위안이 될 때가 있다고. 나 또한 음식으로부터 위안을 얻고 싶었는지, 국수를 비벼 허겁지겁 먹어 댄다. 흘러내리는 머리카락이 귀찮아지자, 남자에게 주려고 사 온 머리띠로 머리를 정리해 올린다. 시원하게 드러난 내 이마를 보고는 여자가 말한다.

"이마를 드러내니까 훨씬 나은데요."

"그래요?"

이 머리띠는 내가 해야 할 모양이었다.

내가 만들었지만 비빔국수는 정말 맛있었다. 남자는 여자와 내가 국수 한 그릇을 다 비울 때까지도 오지 않았다. 옆집 여자가 돌아가고, 혼자 남아 설거지를 끝내고, 잠이 오지 않는 몸을 침대에 뉘인 뒤에도 오지 않았다. 남자가 거짓말을 했다고는 생각하지 않는다. 말로는 거짓말을 할 수 있을지 몰라도, 직접 손으로 쓴 메모로는 그럴 수 없었다. 말은 순간적이지만 메모는 숙고의 시간을 간직한 의사 전달체이기 때문이다. 남자는 단지 뜻하지 않은 일로 약속을 어겼을 뿐이다. 그러니까 괜찮다. 다이조부, 다이조부!

22

하지만 괜찮지 않았다. 입으로는 아무리 괜찮다, 하고 말해 봐도 심장은 괜찮지 않아, 하고 솔직히 되뇌고 있었다. 남자가 그 뒤로 3주째 빨래방에 나타나지 않는다.

23

그리고 한 달이 넘어가도록 남자는 빨래방에 나타나지 않았다.

미치는, 남자가 세탁기를 사버린 게 틀림없다고 말했다. 그래서 빨래방에 오지 않는 거라고 아주 단순하게 생각했다. 하지만 남자는 내 원룸으로 빨래하러 오겠다던 사람이었다. 남자에게 무슨 일이 생긴 게 틀림없었다. 남자 때문에 일하다 멍하니 창밖만 바라보는 일이 잦아진 요즘이었다.

오늘도 일은 손에 잡히지 않는다. 정리해야 할 책은 산더미인데 몸이 생각대로 움직여 주지 않는다. 한쪽 겨드랑이에 목발을 짚고 분주히 움직이던 열람과장이 그런 나를 나무란다.

"요즘 왜 그래? 오늘은 아침부터 계속 멍 때리고 있었던 거 알아?"

"저 잠깐 나갔다 오면 안 될까요?"

눈에 보이지 않으면 찾아 나서야 한다. 이유를 모르면 알아내야 하는 게 마땅하다. 열람과장이 양미간을 찌푸리며 걱정스레 묻는다.

"무슨 일 있어?"

"찾을 게 있어서요."

"뭐 잃어버렸어?"

"그런 거 같아요."

"잃어버렸으면 잃어버린 거지, 그런 거 같다는 건 또 뭐야. 지갑? 휴대폰?"

"저 나가요. 늦어지면 그대로 퇴근할게요. 그래도 되죠?"

"오주 씨!"

"몸도 불편하신데 죄송해요."

나는 정리하던 책을 과장에게 맡겨 두고 가방을 챙겨 든다. 남자가 공연을 했던 그때 그 클럽으로 달려간다. 거기라면 남자의 소식을 알 수 있을 것이다.

오후의 클럽은 한산하다. 이제 막 영업 준비에 들어간 클럽은 바닥 청소 중이었다. 나는 카운터에 앉아 만화책을 보고 있는 중년의 남자에게 다가간다. 숨 고를 틈도 없이 다짜고짜 남자에 대해 묻는다. 만화책에서 눈을 뗀 중년 남자가 되묻는다.

"최주원요?"

"네. 기타리스트 최주원요. 이 클럽 소속인지는 모르겠는데, 여기서 자주 공연했던 걸로 알고 있어요."

"알죠."

"몇 주째 소식이 없어서요. 여긴 매일 나오나요?"

"아, 그게……."

"왜요?"

"좀 안 좋은 소식이 들리던데……."

"무슨……."

"여자 친구가……."

중년 남자가 숨을 한 번 고르고는 말을 잇는다.

"죽었다나 봐요."

"네?"

"자살이라던데……."

"교, 교도소에 있다고 들었는데…… 어떻게……."

"무기 받고 그랬다나 봐요. 그 뒤로 저희하고도 연락이……."

망치로 두드려 맞은 것처럼 머리가 멍해져 온다. 굳어 버린 혀는
제대로 돌아가지 않는다.

"지, 집은……."

"네?"

"그 사람 사는 집요."

"글쎄요. 이 근처 어디라고만 들었지 자세한 건 저도……. 워낙 자
기 얘길 안 하는 친구라……."

"그럼 연락할 다른 방법은 없는 거예요?"

"현재로선요. 쓰던 번호 결번이라고 나오더라고요."

뭐라도 남기는 게 최선일 것 같아, 나는 중년 남자에게 내 휴대폰 번호를 남긴다.

"혹시 연락되면 이쪽으로 전화 좀……."

"그러죠. 근데 너무 기댄 마세요. 그 친구, 한번 숨어 버리면 아무도 찾을 수 없거든요."

중년 남자의 마지막 말에 모든 의지가 꺾인다.

클럽 문을 열고 나오는데 오후의 햇빛이 나를 힐난하듯 내려다본다. 맹세코 이런 걸 원했던 건 아니었다. 잠시 잠깐 그녀의 부재를 원했을 뿐이지, 죽음을 원했던 건 아니었다. 나는 날 힐난하는 태양에 대적이라도 하려는 듯 똑바로 태양을 올려다본다. 그러나 눈부신 태양에 나는 고개를 돌리고 만다. 한번 숨어 버리면 아무도 찾을 수 없는 사람이란다. 그래도 찾아야 한다. 어쩌면 남자는 지금 집 안에 처박힌 채 혼자 슬퍼하고 있는지도 모른다. 스스로 숨어 버렸다 해도, 남자는 누군가가 자기를 찾아 주길 원하고 있는지도 모른다. 그러니 찾아야 한다. 찾아 위로를 해줘야 한다.

나는 곧바로 도서관 동료에게 전화를 건다. 퇴근 무렵이라 그런지 도서관 동료의 목소리는 바빠 보인다.

—저 오주예요.

—어, 그래, 그래.

―바빠요?

―조금. 근데 아까 급하게 뛰어나가는 거 같더니, 무슨 일 있어?

―아니요. 저기, 뭐 좀 알아봐 줘요.

―뭔데?

―도서관 이용자 주소요.

나는 동료에게 남자의 이름과 출생연도를 말한다.

―무슨 일인데?

―묻지 말고 그냥 좀 찾아 주면 안 될까요.

―그래, 잠시만. 최주원이라…….

컴퓨터 자판 두드리는 소리가 들린다.

―두 사람인데?

―그럼 『지문에 관한 모든 것』이라는 책을 빌려 간 사람일 거예요.

―잠시만.

나는 눈부신 태양의 공격을 피해 그늘을 찾아 들어간다. 클럽 맞은편에 있는 건물 입구로 들어서는데 동료의 목소리가 들려온다. 그런데 동료가 불러 준 남자의 주소는 방금 내가 찾아간 클럽 주소와 일치했다.

―전화번호는요?

―휴대폰은 없고 집 전화만 있는데, 불러 줘?

―네.

그러나 동료가 불러 준 남자의 전화번호 역시 클럽 간판에 적혀 있는 것과 똑같았다. 남자를 찾아낼 방법이 없어지고 만 것이다.

휴대폰을 쥔 손이 힘없이 아래로 떨어진다. 이제 내가 할 수 있는 건 남자를 기다리는 것뿐이다. 세탁기를 사버린 게 아니라면, 언젠가 남자는 빨래방에 다시 나타날 것이다. 시끄러운 빨래방이 싫다던 사람이었으니, 어쩌면 내 원룸으로 오게 될지도 모르는 일이다.

남자가, 어디선가 어두운 구석에 홀로 쭈그리고 앉아 울고 있을 것만 같다.

24

그러나 오랜 기다림은 시간을 앗아 갔다. 그 시간들이 내 귀에다 대고 속삭였다. 쉽게 닳아 버릴 옷이었을 뿐이라고. 시간은 결국 모든 걸 처음으로 되돌려 놓았다. 그래서 아무도 없었던 것처럼 내 원룸은 처음이 돼버렸다. 처음은 늘 혼자일 수밖에 없기에, 나 또한 혼자일 수밖에 없다.

그가 프랑스로 떠나간 날처럼, 내 방엔 둘이 함께했던 기억만이 남아 나를 더 혼자로 만들어 버렸다. 관계라는 게 이렇게 예의도 없이 사라질 수 있다는 사실이 미웠다. 그래서 나는 괜찮지 않았다.

봄날에 떠나간 사람보다 봄날처럼 떠나간 사람이 더 아파서, 잠이 오지 않는 밤이었다.

25

눈을 뜬다. 처방전 없이 살 수 있는 수면제 두 알을 먹고 든, 토요일 오후의 긴 잠이었다. 태어나 처음으로 먹어 본 수면제는 괜찮았다. 이 정도의 숙면이라면 약의 도움을 받는 것도 나쁘지 않겠다 싶었다. 그런데 약의 부작용이라도 되는 걸까. 자물쇠가 채워진 서랍 속처럼 가슴이 답답하다. 나는 침대에서 일어나 냉장고 문을 열어 생수를 꺼낸다. 벌컥벌컥 들이켠 생수병 너머로 너무 낯익어 재미없어진 방이 보인다. 내 답답한 가슴은 수면제의 부작용이 아니라 저 방 때문인지도 모른다.

"그래, 옮기자!"

나는 구불구불한 검정색 머리띠로 머리카락을 정리하고, 미루고 미뤄 왔는지도 모를 가구 옮기기를 시작한다. 현관 쪽에 놓여 있던 소파를 창가 쪽으로 옮긴다. 창가 쪽 텔레비전은 침대가 있던 자리로 가고, 침대는 햇볕이 들이치지 않는 더 구석진 자리로 들어간다. 소파가 밀어내기 시작한 가구들의 움직임이 도미노처럼 빈자리를 찾아간다. 욕실로 들어가 아래 칸에 있던 보디클렌저와 보디로션을 위 칸으로 옮기고, 변기용 청소 솔과 양치 컵의 자리도 바꾼다. 칫솔 꽂이에 남자가 쓰던 칫솔이 보인다. 그러나 휴지통에 던져 버리려던 남자의 칫솔은 다시 칫솔 꽂이로 돌아간다. 욕실에서 나온 나는 옷장과 서랍 속의 옷까지 모두 꺼내 위치를 바꾼다. 시계와 달력과 식탁이 원래의 자리에서 조금씩 비켜 가자, 아이러니하게도 방은 그가 프랑스로 떠나기 전의 모습과 조금 닮아 간다.

"칫! 닮아 가라지."

그렇게 하고 나니 저녁 여덟 시다.

나는 땀을 식히기 위해 냉장고에서 생수를 꺼내 따른다. 얼음 몇 개를 띄워 선풍기 앞에 앉는다. 오도독 오도독 씹힌 얼음이 자잘하게 부서진다. 입안 구석구석까지 파고든 얼음 알갱이가 몸속의 열을 식힌다. 나는 그대로 방바닥에 드러눕는다. 땀으로 찐득찐득해진 팔뚝에 뭔가가 달라붙어 따끔거린다. 살펴보니 손톱이다. 누구 것일까. 내 것일 수도, 그의 것일 수도, 남자 것일 수도 있는 손톱. 손톱은 잘리고 나면 그 누구의 것도 아니게 된다.

자연스레 내 눈은 내 손톱으로 향한다. 잘라야 할 때가 된 것 같아, 나는 자리에서 일어나 손톱깎이를 찾아 손톱을 깎는다. 누가 뭐래도 자기 손톱은 역시 자기가 깎아야 한다. 남이 깎아 주는 손톱이라니, 그건 정말 말도 안 되는 소리다. 세상 그 어떤 사람도 자기 자신만큼 불안과 불편 없이 자기 손톱을 깎아 줄 수 있는 사람은 없다. 그걸 오늘에서야 깨닫다니. 나는 피식, 웃는다.

잘린 손톱들이 사방으로 튄다. 거칠어진 손톱 끝을 줄로 정리하고 있는데 초인종이 울린다. 옆집 여자일 것이다. 나는 자리에서 일어나 현관문을 연다. 여자가 뿔테 안경과 내 어깨 너머로 어수선한 방 안을 기웃거린다.

"가구 옮기는 중이었어요?"

"아, 네."

"누가 또 떠났나 보군요."

"아, 그게…… 봄이 떠났잖아요, 봄이."

"그러네요,"

"근데 이렇게 일찍 웬일이세요? 빨래방에 가려면 아직 멀었는데."

"갑자기 일이 생겼지 뭐예요."

"그래서 못 간다고요?"

"좀 늦을 것 같아서요. 오주 씨 먼저 가 기다리라고요. 오피스텔 건너편이라고 했죠?"

"네."

옆집 여자를 만난 건 어제 출근길 복도에서였다. 여자는 대뜸 내게 빨래방에는 언제 가느냐고 물었다. 왜 그러느냐고 했더니 자기도

276

따라가겠다는 것이었다. 세탁기가 있는데도 빨래방에 가는 걸 보면 뭔가 있는 것 같다면서 말이다. 그래서 나는 여자에게 그래요, 같이 가요, 하고 말했다. 거기 가면 설문에 응해 줄 사람도 많을 거라고 하자 여자는 아주 좋아했다.

"그럼 이따 빨래방에서 봐요. 늦지 않게 갈게요."

"네."

나는 마저 손톱 정리를 끝내고 청소기를 돌린다. 일주일에 두 번은 가던 빨래방이지만, 요즘은 토요일 한 번만 간다. 남자가 나타나지 않은 뒤부터다.

26

날이 더워질수록 빨래방은 사람들로 넘쳐 난다. 9번 세탁기에 내 빨래가 돌아간다. 9번 세탁기는 내 전용이 돼버린 지 오래였다.

옆에 앉아 있는 미치는 한쪽 다리를 부산스레 떨며 치즈 맛 소시지를 벗겨 먹는 중이다. 남자가 빨래방에 오지 않은 뒤로 미치는 더 이상 남자에 대해 묻지 않는다. 남자에게 무슨 일이 생겼는지, 나하고는 어떻게 돼가고 있었는지, 아무것도 궁금해하지 않았다. 그래서 미치는 남자의 그녀가 죽었다는 사실도 모르고 있었다. 미치는 아직도, 남자가 세탁기를 사버렸기 때문에 빨래방에 오지 않는 거라고만 생각했다. 미치가 소시지 하나를 건네며 먹을래, 하고 물어 온다. 그런데 갑자기 왜 미치의 연애가 궁금해진 걸까. 나는 미치에게 묻는다.

"미치는 연애 안 해요?"

"웬 봉창이야. 먹을 거야, 말 거야?"

"먹어요."

나는 미치가 건넨 소시를 받아 비닐 포장을 벗긴다.

"안 해요?"

"골치 아프게 그딴 건 왜 물어?"

"궁금해서요. 남자보다 이 소시지를 더 좋아하는 거 같아서요."

"하지 왜 안 해. 아니, 했었나?"

"앞으로는요?"

"글쎄, 실패하더라도 친구로 남을 수 있는 남자라면 한번 생각해 보지. 근데 사랑이니 연애니 하는 거, 사람을 잃게 만드는 묘한 재주가 있잖아. 그래서 징글징글해."

"맞아요."

"그렇게 좋았던 사람들이 어떻게 하나같이 다 웬수가 돼버리는지 모르겠어."

"호호, 그러게요. 근데 오늘은 아저씨들이 안 보이네요?"

"아, 내가 얘기 안 했던가?"

"뭘요?"

"내 정신 좀 봐. 얘기한 줄 알았더니. 콧수염, 여기 떠났잖아."

"네? 언제요? 왜요?"

갑작스러운 소식에 나는 눈을 휘둥그레 뜨고 미치를 응시한다.

"며칠 됐지, 아마. 마나님하고 자식들이 그만 집으로 들어오라 그랬나 봐. 처자식 얼굴에 똥칠을 하네, 교수 체면이 어쩌네 하면서 한바탕 시끄러웠던 모양이야. 말로는 안 먹히니까 자식들이 가게 하나 내주기로 했다나 봐."

"그래요."

"오주 너한테 인사도 못 하고 간다고 되게 서운해하더라. 구도 아저씨도 같이 따라갔어."

"네? 정말요?"

한꺼번에 찾아온 두 사람과의 이별이었다. 예고조차 주어지지 않는 이별은 싫다.

"응. 똥구멍 찢겨져라 의자에 앉아 학문 연구만 해온 사람이 장사에 대해 뭘 알겠어. 수완도 좀 있어 보이고, 그간 같이 지낸 정도 있고 해서 구도 아저씨더러 같이 가자 그랬나 봐."

"잘됐네요."

"개업하면 연락하라 그랬어. 콧수염하고 어울리는 가게가 뭐가 될지 나도 궁금해."

나는 휴대폰을 꺼낸다.

"문자 하게?"

"네."

나는 콧수염 아저씨한테 문자를 보낸다.

방금 미치한테 들었어요. 떠나셨다고요. 근데 그거 알아요? 아저씨는

280

저와 처음으로 클럽 공연 보러 간 분이라는 거요. 아저씨 말대로 다음엔 꼭 젊은 놈하고 공연 보러 갈게요. 구도 아저씨한테도 안부 전해 주세요.

메시지 전송 버튼을 누른다. 아저씨한테서는 바로 답장이 온다.

어쩌다 보니 그렇게 됐네. 종종 연락함세. 잊지 말게, 자넨 아직 젊어. 맘껏 즐기며 살게나.

미치가 콧수염 아저씨한테서 온 문자를 옆에서 훔쳐본다.
"맘껏 즐기며 살라는데, 우리 내일 바다나 보러 갈까?"
"어쩌죠. 저 내일 제주도 가는데."
아이는 건강한 모습으로 인큐베이터에서 새로 태어났다. 휴대폰으로 보내온 사진 속 아이는 아빠와 닮은 것 같기도 했고 아닌 것 같기도 했다. 아이의 사진을 보고 있는데 한번 안아 보고 싶은 생각이 들었다. 아빠가 끓여 주는 라면을 한여름 거실에 앉아 땀을 흘리며 먹어 보는 것도 괜찮겠다 싶어, 나는 제주도행을 결정했다. 아이가 인큐베이터에서 다시 태어나던 날 나는, 미뤄 뒀던 아빠 얘기를 휴스턴에 있는 언니에게 전했다. 직접 말은 안 했지만 언니는 아빠와 그 아이에게 몹시 미안해하는 것 같았다.
"제주도는 왜?"
"누구 만나러요."

"누굴 만나는데 제주도까지 가?"

"새로운 인연요."

"새로운 인연? 남자? 오, 남자구나, 남자."

"생각해 보니 정말 남자네요."

"뭐야, 계속 놀릴 참이야?"

"네."

"근데 십 원짜리 동전은 뭐하게 가져오랬어?"

마침 빨래방 출입문이 열린다. 옆집 여자가 들어온다. 여자의 한 손에는 빨래 봉지가 들려 있고, 다른 한 손에는 서류 가방과 카메라가 들려 있다. 조미치와 조미정. 자매 같은 이름을 가진 두 여자가 오늘 처음으로 만난다.

"여기예요."

나는 손을 들어 내 위치를 옆집 여자에게 알린다. 옆에 앉아 있는 미치가 묻는다.

"누구야? 아는 사람이야?"

"옆집에 사는 사람이에요."

나는 미치에게 먼저 옆집 여자를 소개한다. 여자가 미치에게 인사를 건넨다.

"안녕하세요. 저는 조미정이라고 해요."

"어째 근데 이름이 나하고 좀 비슷하네? 난 조미치. 그냥 미치라고 불러. 나이는 나보다 어려 보이는데, 몇 살?"

"서른하나예요."

"내가 세 살 더 많네. 그래도 그냥 미치라고 불러. 아, 소시지 좋아
해? 하나 줄까?"

옆집 여자가 미치가 건넨 소시지를 받아 들며 대답한다.

"저보다 세 살이나 많은데 어떻게 이름을 불러요."

"난 미국식이 좋아. 오주도 그렇게 부르니까 너도 그렇게 불러."

"전 그렇게는 못 해요. 그럼 미치 언니라고 부를게요."

"너 고집이 장난 아니구나. 그냥 미치라고 부르라니까. 안 그럼 안
놀아 준다."

"그런 건 나중에 차차 하기로 하고요, 설문에 응해 주실 거죠? 저
는 수집가예요. 한 개인의 모든 라이프를 수집하죠."

"저건 또 뭔 소리야?"

미치가 곤혹스러운 표정으로 나를 쳐다본다. 나는 나오려는 웃음
을 가까스로 참아 내며 9번 세탁기로 눈을 돌린다. 동그란 유리 뚜껑
사이로 세제 거품들이 나타났다 사라진다. 어지럽게 돌아가는 내 옷
과 시간들이다. 그나저나 내일 제주도에는 어떤 옷을 입고 갈까. 십
원짜리가 몽땅 우리 수중으로 들어온다면 이 나라에는 과연 어떤 소
동이 일어날까. 남자는 정말로 미치 말대로 세탁기를 사버린 걸까.
그런데 세탁기를 가진 세 여자가 빨래방에서 빨래를 하는 시간이라
니…… 우습다. ●

다 쓴 화장품을 버린다.

종잇장처럼 얇아진 팬티를 버린다.

그리고 몇 편의 소설을 써낸, 고장 난 노트북을 버리고,

빗물이 들어오는 낡아 빠진 운동화를 버린다.

매일 나는 소모되어 이제 쓸모없어진 것들을 버리고, 앞으로도 그
럴 것이다.

부모는 내가 살아온 날들의 두 배에 달하는 나이에 다가가고,

남동생은 예쁘고 착한 여자 친구를 만나 장가를 간다.

아는 녀석들은 각자의 꿈을 향해 어딘가로 흩어져 갔고,

늘 내 곁에 있어 주었던, 작고 예뻤던 강아지는 2년하고도 4개월

전에 멀리 떠나 버렸다.

매일 어떤 것과 혹은 누군가와 이별을 한다.
이런 게 삶이다.

어떤 것과 혹은 누군가의 이별이 남겨 두고 간 그 빈자리를 꿰매 주고 채워 주는 건 시간일 터다.
그것이 우리가 살아가는, 혹은 살아가게 될, 시간이 지배하는 세상인지도 모르겠다.

나의 모든 착한 인연에게 이 소설을 바친다.
그리고 아주 무더웠던 지난여름과 쌀쌀한 가을 무렵의 두 계절을 이 소설과 함께해 주신 분들께 감사를 드린다.

봄이어서, 좋다.

2011년 봄
김희진

옷의 시간들

ⓒ 김희진, 2011
1판 1쇄 발행 | 2011년 4월 29일
1판 2쇄 발행 | 2011년 6월 13일

지은이 | 김희진
펴낸이 | 강병철
주 간 | 정은영
책임편집 | 임선영
편 집 | 이수경
디자인 | 조윤주
제 작 | 장성준, 김우진
영 업 | 조광진 안재임
마케팅 | 원종필 정지운 박제연
웹홍보 | 한설희 전소연 이혜미 김성아

펴낸곳 | 자음과모음
출판등록 | 2001년 5월 8일 제20-222호
주 소 | 121-753 서울시 마포구 동교동 165-1 미래프라자빌딩 7층
전 화 | 편집부 02) 324-2347, 총무부 02) 325-6047
팩 스 | 편집부 02) 324-2348, 총무부 02) 2648-1311
E-mail | neofiction@jamobook.com
홈페이지 | www.jamo21.net

ISBN 978-89-5707-560-9 (03810)